Sur l'auteur

Né à New York en 1937, William Melvin Kelley a grandi dans le Bronx. Il a 24 ans lorsque paraît son premier roman, *Un autre tambour*, salué par la critique. Pour fuir le racisme de la société américaine, il s'expatrie avec sa famille à Paris en 1966, puis s'installe en Jamaïque. Auteur de quatre romans et d'un recueil de nouvelles, William Melvin Kelley est mort à New York, en 2017.

WILLIAM MELVIN KELLEY

UN AUTRE TAMBOUR

Traduit de l'anglais (États-Unis)
par Lisa Rosenbaum

Relu et actualisé

10/18

DELCOURT

L'édition originale de cet ouvrage a été publiée
par Doubleday and Company, Inc, en 1962
sous le titre original :
A Different Drummer

Première publication en France,
en 1965, aux Éditions Casterman.

Presque tout ce que mes voisins appellent le bien,
je crois de toute mon âme que c'est le mal,
et si je me repens de quelque chose
c'est sans aucun doute de ma bonne conduite.
Quel démon m'a possédé et poussé à agir si bien ?

Quand un homme ne marche pas du même pas
que ses compagnons,
c'est peut-être parce qu'il entend battre
un autre tambour.
Qu'il accorde donc ses pas à la musique qu'il entend,
quelle qu'en soit la mesure ou l'éloignement.

Henry David THOREAU[1]

1. Extraits de *Walden*, Traduction de Brice Matthieussent, Éditions Le mot et le reste.

La difficulté, une fois un livre écrit, surtout le premier, c'est que, quand vous atteignez l'âge de vingt-trois ans, vous vous sentez obligé envers tant de personnes que vous ne savez pas à laquelle vous allez le dédier. Vous devez examiner chaque cas et procéder à des éliminations. Ce qui est toujours douloureux, car nombreux sont les gens qui se sont montrés bons envers vous et parce qu'il est malaisé de dire que l'un le fut plus que l'autre.

Aussi, bien que cet ouvrage soit dédié à trois personnes en particulier, j'aimerais remercier toutes les autres qui, pendant des années et surtout depuis que j'ai commencé ce livre, m'ont témoigné assez d'intérêt pour me donner leur avis, soit littéraire, soit personnel, même si je ne l'ai pas toujours accepté.

J'aimerais remercier également tous ceux qui m'ont dit, à un moment ou à un autre :

« Viens donc dîner ce soir. »

« Tu peux venir passer quelques nuits chez moi. »

« Veux-tu que je dactylographie quelques pages de ton manuscrit ? »

« *Tiens. Tu me rembourseras quand tu auras de l'argent.* »

Merci à tous, encore une fois. J'espère qu'un jour je pourrai tous vous remercier individuellement.

Et la dédicace :

À ma mère, Narcissa, 1906-1957, qui, armée du courage tranquille avec lequel elle faisait toute chose, défia la mort pour que je puisse naître, et en triompha.

À mon père, William Melvin Senior, 1894-1958, qui, à une époque où j'étais trop jeune pour en avoir conscience, fit tant de sacrifices pour moi que je doute qu'il ait pu être encore réellement heureux après cela.

À MSL qui, au moment où j'en avais le plus besoin, m'a donné suffisamment d'amour, m'a témoigné assez de bonté, et m'a prodigué assez d'encouragements pour que je me mette à écrire sérieusement.

L'ÉTAT

Extrait de L'ALMANACH DE POCHE, 1961.
Page 643 :
Un État situé dans le centre sud-est de l'extrême Sud. Il est bordé au nord par le Tennessee, à l'est par l'Alabama, au sud par le golfe du Mexique, à l'ouest par le Mississippi.

CAPITALE : Willson City.
SUPERFICIE : 129 922 kilomètres carrés.
POPULATION : 1 802 268 habitants (au dernier recensement de 1960).
DEVISE : « Par l'honneur et par les armes, nous osons défendre nos droits. »
ADMISSION À L'UNION : 1818.

HISTOIRE : DEWEY WILLSON

Bien que l'État ait une histoire riche et variée, il est surtout connu pour être le pays natal du général confédéré Dewey Willson. Celui-ci naquit en 1825 à Sutton, une petite ville située à 44 kilomètres au nord du port de New Marsails, sur le golfe du Mexique. Admis à l'Académie militaire des États-Unis de West Point (promotion 1842), il avait gagné le grade de colonel de l'armée fédérale avant que n'éclate la guerre civile. Quand son État fit sécession en 1861, il résigna ses fonctions et fut nommé général de l'armée confédérée. Il fut le principal artisan des deux célèbres victoires sudistes de Bull's Horn Creek et de Harmon's Draw. Cette dernière, remportée à moins de 5 kilomètres de sa ville natale, devait faire échouer toutes les tentatives des Nordistes pour atteindre et s'emparer de la ville de New Marsails.

Willson devint gouverneur de son État lorsque celui-ci fut réintégré dans l'Union, en 1870. Peu de temps après, il choisit l'emplacement, établit la plus grande partie des plans et commença la construction de la nouvelle capitale qui porte son nom aujourd'hui. En 1878, il se retira de la vie publique et retourna à Sutton. Il mourut le 5 avril 1889, alors qu'il venait de rentrer chez lui après avoir inauguré sa propre statue, un monument en bronze de 3 mètres de haut que les habitants de Sutton avaient érigé sur leur grand-place. La plupart des historiens le considèrent comme le plus grand général confédéré après Lee.

ÉVÉNEMENTS RÉCENTS

En juin 1957, pour des raisons qui restent à éclaircir, tous les habitants noirs quittèrent l'État. Ce dernier constitue un cas unique dans l'Union, du fait qu'il ne compte pas un seul membre de la race noire parmi ses citoyens.

L'AFRICAIN

C'était fini maintenant. Presque tous les hommes qui flânaient sous la véranda de l'épicerie Thomason s'étaient rendus à la ferme de Tucker Caliban ce jeudi où tout avait commencé, mais aucun d'eux, à l'exception peut-être de M. Harper, ne s'était douté que c'était le commencement de quelque chose. Pendant toute la journée du vendredi et la plus grande partie du samedi, ils avaient observé les Noirs de Sutton, munis de valises ou les mains vides, attendre au bout de la véranda l'autobus qui passait toutes les heures et les emmènerait, par-delà Eastern Ridge, en traversant Harmon's Draw, jusqu'à New Marsails et le Dépôt municipal des Chemins de fer. Par la radio et les journaux, les hommes avaient appris que Sutton n'était pas un cas isolé, que les Noirs de tous les autres villages, villes et carrefours de l'État avaient emprunté les moyens de transport à disposition, y compris leurs pieds, pour gagner les frontières de l'État et pénétrer au Mississippi, en Alabama ou au Tennessee. Quelques-uns (très peu en fait) s'arrêtaient de l'autre côté de la frontière et se mettaient en quête d'un abri et d'un travail. Mais la majorité d'entre eux – et cela, les hommes le savaient – ne s'arrêteraient pas une fois la frontière franchie, ils poursuivraient leur chemin jusqu'en un lieu où ils auraient une petite chance de vivre ou de mourir décemment. Les hommes le savaient pour avoir vu des photos du dépôt où s'entassaient les Noirs, et aussi parce que sur la grand-route, entre New Marsails et Willson City, ils avaient regardé défiler des voitures suffisamment bondées de Noirs et d'affaires pour les convaincre qu'ils ne s'étaient pas donné tout ce mal pour déménager à une centaine de kilomètres seulement. Tous avaient lu la déclaration du gouverneur : « Il n'y a pas de quoi s'inquiéter. Nous n'avons jamais eu besoin d'eux, nous n'avons jamais voulu d'eux et nous nous en passerons fort bien. Le Sud s'en passera fort bien. Quoique notre population s'en trouve diminuée d'un tiers, tout ira très bien. Il nous reste quantité d'hommes de valeur. »

Ils avaient tous envie d'y croire. N'ayant pas encore vécu assez longtemps dans un monde dépourvu de visages noirs, ils n'étaient sûrs de rien, mais ils espéraient que tout irait bien et essayaient de se persuader que c'était réellement fini, même s'ils sentaient bien que, pour eux, cela ne faisait que commencer.

Témoins des événements depuis le début, les hommes de Sutton étaient cependant à la traîne du reste de l'État, ils n'avaient pas encore connu la colère ni la rancune féroce dont parlaient les journaux. Ils n'avaient pas essayé d'empêcher les Noirs de partir, contrairement à d'autres Blancs, dans d'autres villes, pensant que c'était leur droit et même leur devoir d'arracher les valises que tenaient n'importe quelles mains noires. Ils n'avaient pas porté le moindre coup non plus. On leur avait épargné la pénible découverte que de tels gestes ne servaient à rien, leur enjoignant de ne pas se livrer à pareilles manifestations d'une juste colère : M. Harper leur avait fait comprendre que les Noirs ne pouvaient pas être stoppés ; Harry Leland était même allé jusqu'à avancer l'idée que les Noirs avaient le droit de partir. À présent, en cette fin d'après-midi du samedi, alors que le soleil disparaissait de l'autre côté de la grand-route derrière les bâtiments dont les façades lisses n'avaient jamais été peintes, ils se tournaient à nouveau vers M. Harper, essayant pour la millième fois en trois jours de découvrir comment tout cela avait bien pu arriver. Ils ne pouvaient pas connaître tous les détails de cette affaire, mais le peu qu'ils en savaient pourrait peut-être leur fournir un début d'explication et ils se demandaient si ce que M. Harper disait au sujet du « sang » avait la moindre chance d'être vrai.

M. Harper arrivait généralement à 8 heures du matin. Cela faisait trente ans qu'il donnait audience sous cette véranda, dans un fauteuil aussi antique et massif qu'un trône. Militaire à la retraite, il avait été dans le Nord, à l'Académie de West Point, où le général Dewey Willson en personne l'avait présenté. Là, il avait appris à faire les guerres auxquelles il n'avait jamais eu l'occasion de participer : pendant la guerre de Sécession, il était trop jeune ; il n'était arrivé à Cuba que bien longtemps après la fin de la guerre hispano-américaine et il était déjà trop vieux quand avait éclaté la Première Guerre mondiale qui devait le priver de son fils. La guerre ne lui ayant rien donné, mais l'ayant au contraire dépouillé de tout, il avait décidé trente ans plus tôt qu'il était inutile d'affronter la vie debout puisqu'elle finissait toujours par vous terrasser. Il s'était donc assis dans un fauteuil roulant pour contempler le monde depuis la véranda, et pour en expliquer la structure chaotique aux hommes qui, tous les jours, se groupaient autour de lui.

Tout au long de ces trente années, on ne l'avait vu abandonner son fauteuil qu'une seule fois, ce jeudi, pour aller à la ferme de Tucker Caliban. Maintenant il y était à nouveau enraciné comme s'il ne l'avait jamais quitté. Ses cheveux blancs, longs et souples, étaient séparés par une raie et retombaient, presque comme une chevelure de femme, des deux côtés de son visage. Ses mains croisées reposaient sur son ventre qu'il avait petit mais proéminent.

Thomason qui, en raison du peu d'affaires qu'il faisait, n'était jamais dans sa boutique, se tenait debout derrière M. Harper, adossé à la vitrine poussiéreuse de son magasin. Bobby-Joe McCollum, le plus jeune membre du groupe – il n'avait pas vingt ans –, était assis sur les marches de la véranda, les pieds dans le caniveau, et fumait un cigare. Un autre habitué du groupe, Loomis, se balançait sur sa chaise. Il avait été à l'université de l'État, à Willson, où il n'était resté que trois semaines, mais trouvait l'explication que M. Harper donnait des événements trop fantasque, trop simpliste. « J'peux pas vraiment croire à c'te histoire de sang, dit-il.

— Qu'est-ce que ça pourrait être d'autre ? » Louchant à travers ses mèches, M. Harper se tourna vers Loomis. Il ne parlait pas comme les autres ; sa voix était haut perchée, monotone, sèche et distincte comme celle d'un homme originaire de la Nouvelle-Angleterre. « Attention, je ne suis pas de ces superstitieux ; je ne crois pas aux fantômes et autres bêtises.

Pour moi, ça relève de la pure génétique : quelque chose de spécial dans le sang. Et si quelqu'un dans ce bas monde a quelque chose de spécial dans le sang, c'est bien Tucker Caliban. » Il baissa la voix, se mit presque à murmurer : « Ce quelque chose qu'il avait dans le sang, j'imagine que ça dormait, que ça attendait là ; puis un jour ça s'est réveillé pour pousser Tucker à agir comme il l'a fait. Je ne vois pas d'autre explication. Nous n'avons jamais eu d'ennuis avec lui, ni lui avec nous. Mais soudain son sang s'est mis à le démanger dans ses veines et il a commencé cette... cette révolution. Et moi j'en connais long sur la révolution ; c'est une des choses qu'on nous apprenait à West Point. Pourquoi croyez-vous que je me serais levé de mon fauteuil si je n'avais pas pensé que c'était suffisamment important ? » Il regarda fixement de l'autre côté de la rue : « Ça ne peut être que le sang de l'Africain. C'est aussi simple que ça ! »

Bobby-Joe avait pris son menton entre ses mains. Il ne se retourna pas pour regarder le vieil homme, de sorte que M. Harper ne s'aperçut pas tout de suite que le garçon se moquait de lui : « J'ai entendu parler de cet Africain, je me rappelle même que quelqu'un m'a raconté son histoire il y a très longtemps, mais j'arrive *absolument pas* à m'en souvenir ». M. Harper avait raconté l'histoire la veille, et bien des fois avant ça. « Et si vous nous la racontiez, monsieur Harper, pour qu'on voie s'il y a un rapport avec tout ceci, hein ? »

À présent, M. Harper avait saisi ce qui se passait, et n'y accordait aucune importance. Il savait aussi que certains des hommes pensaient qu'il était trop vieux, qu'il devrait être mort au lieu de venir chaque matin sous la véranda. Mais il aimait raconter cette histoire.

Pourtant il faudrait qu'ils le cajolent d'abord un peu. « Vous connaissez tous cette histoire aussi bien que moi, dit-il.

— Allons, monsieur Harper, on voudrait juste l'entendre encore une fois. » Bobby-Joe avait pris une voix enjôleuse comme s'il s'adressait à un enfant. Derrière M. Harper, quelqu'un éclata de rire.

« Et puis zut ! Ça m'est bien égal. Je vous la raconterai même si vous ne voulez pas l'entendre, rien que pour vous enquiquiner ! » Il se cala dans son fauteuil et prit sa respiration. « Bon, et maintenant, que personne n'aille prétendre que cette histoire est *entièrement* vraie.

— C'est vrai si rien d'autre ne l'est. » Bobby-Joe tira sur son cigare et cracha par terre.

« Bon, et si vous me laissiez raconter mon histoire…

— Oui, monsieur, dit Bobby-Joe d'un ton exagérément poli ; mais en se retournant, il ne rencontra aucun signe d'approbation sur le visage des autres hommes : M. Harper les avait déjà captivés. Oui, monsieur », répéta-t-il, sérieusement cette fois.

Comme je l'ai dit, personne ne prétend que cette histoire est entièrement vraie. Ça a dû commencer comme ça, mais quelqu'un, ou des tas de gens, ont dû penser qu'ils pouvaient améliorer la vérité, et c'est ce qu'ils ont fait. Et c'est une bien meilleure histoire parce qu'elle est faite à moitié de mensonges. Il n'y a pas de bonnes histoires sans quelques mensonges. Prenez l'histoire de Samson : celle que vous lisez dans la Bible n'est peut-être pas tout à fait vraie. Des gens ont dû penser que si un homme était un peu plus fort que les autres, ça ne pouvait faire de mal à personne s'ils le rendaient beaucoup, beaucoup plus fort. Et c'est sans doute ce que les gens d'ici ont fait pour l'Africain, qui devait déjà être assez grand et fort pour commencer, et qu'ils ont rendu encore plus grand et plus fort.

Je suppose que c'était pour s'assurer qu'on se souvienne mieux de lui. Mais quand on y réfléchit, on ne voit pas pourquoi on oublierait jamais l'Africain, même si tout ça, ça s'est passé il y a très longtemps, parce que comme Tucker Caliban, justement, l'Africain travaillait pour les Willson, qui étaient à l'époque la famille la plus puissante de la région. Seulement les Willson d'autrefois, on les aimait beaucoup plus que ceux d'aujourd'hui. Ils n'étaient pas aussi fiers que nos Willson à nous.

Mais nous ne sommes pas en train de parler des Willson d'aujourd'hui ; nous parlons de l'Africain qui appartenait au père du général, à Dewitt Willson. Dewitt n'a jamais réussi à en tirer quoi que ce soit, c'est vrai ; n'empêche que l'Africain lui appartenait.

En fait, New Marsails (qui à cette époque-là s'appelait encore New Marseilles, d'après la ville française) vit l'Africain pour la première fois un matin quand le navire négrier sur lequel il était entra dans le port. En ce temps-là, l'arrivée d'un bateau c'était toujours un événement et les gens descendaient sur les quais pour l'accueillir. C'était jamais bien loin pour eux puisque la ville n'était pas plus grande que Sutton aujourd'hui.

Le négrier arriva toutes voiles dehors, s'amarra et laissa tomber sa passerelle. L'armateur, qui était aussi le plus gros marchand d'esclaves de New Marsails – il parlait si bien et si vite qu'il pouvait vendre un nègre manchot, unijambiste ou idiot au prix fort –, monta sur la passerelle. On m'a dit que c'était un type grand et maigre, pas une once de muscle. Il avait des yeux de rapace et un nez tout rond, boursouflé et grêlé pareil à une orange pourrie. Il portait toujours un habit bleu à la mode d'autrefois, avec un jabot en dentelles, et une sorte de derby de feutre vert. À exactement trois pas derrière lui, il y avait toujours un Noir qui le suivait. Il se disait que c'était le fils que le marchand d'esclaves avait eu avec une femme de couleur. Je ne sais pas si c'est vrai, mais je suis certain d'une chose, c'est que ce Noir lui ressemblait, marchait et parlait exactement comme lui. Il avait la même stature, le même regard sournois, et il s'habillait de la même façon – derby vert et tout –, de sorte que ces deux-là avaient l'air d'être l'épreuve et le négatif d'une même photographie sauf que le Noir était foncé et avait les cheveux crépus. Le Noir lui servait de comptable, de contremaître, et de tout ce qu'on voudra. Ces deux-là, donc, montèrent à bord, et tandis que le Noir se tenait à une distance respectueuse, le marchand d'esclaves serra la main du capitaine qui, sur le pont, surveillait le travail de ses hommes. Vous comprenez, on parlait différemment en ce temps-là, je ne suis pas sûr de ce qu'ils se sont dit exactement, mais je suppose que c'était quelque chose comme : « Bonjour. Le voyage s'est bien passé ? »

Quelques curieux sur le quai remarquaient déjà que le capitaine n'avait pas l'air dans son assiette. « Pas mal, sauf qu'un de ces enfants de salaud nous a donné du fil à retordre. On a dû l'enchaîner, tout seul, à l'écart des autres.

— Voyons cela », dit le marchand d'esclaves. Le Noir derrière lui opina de la tête, comme chaque fois que son patron ouvrait la bouche, on aurait dit un ventriloque, et le marchand sa marionnette, ou l'inverse.

« Pas tout de suite. Bon sang ! Je le ferai monter après que le reste des nègres aura quitté le bateau. Là seulement, en s'y mettant *tous*, on arrivera peut-être à le faire tenir tranquille. Bon sang ! » Le capitaine porta la main à sa tête et c'est alors que les gens doués d'une bonne vue aperçurent la marque d'une ecchymose d'un bleu luisant qu'il avait au front : on aurait dit que quelqu'un lui avait craché de la graisse à essieux au visage et qu'il n'avait pas eu le temps de s'essuyer. « Bon sang », il répéta.

Bien entendu, les gens sur le quai commençaient à s'impatienter, non par simple intérêt, comme d'habitude, mais parce qu'ils voulaient voir l'enfant de salaud qui causait tous ces ennuis.

Dewitt Willson était là lui aussi. Il n'était pas venu pour voir le bateau ni même acheter des esclaves, mais pour prendre livraison d'une horloge de parquet. Il se faisait construire une nouvelle maison en dehors de Sutton et avait commandé cette pendule en Europe. Il la voulait le plus tôt possible, et le moyen de transport le plus rapide, c'était le navire négrier. On l'avait pourtant prévenu que faire venir quoi que ce soit par un négrier, c'était sept ans de malheur, peu importe, il était tellement pressé de l'avoir qu'il les avait laissés dire. L'horloge avait voyagé dans la cabine du capitaine, tout emmaillotée de coton, soigneusement enveloppée de toile, emballée dans une harasse et couchée dans une caisse capitonnée pour plus de sécurité. Dewitt était donc venu la chercher, équipé d'une charrette pour pouvoir la transporter jusqu'à sa maison et faire la surprise à sa femme.

Dewitt et les autres attendaient. Les hommes de l'équipage apparurent en premier, en faisant claquer leurs fouets, et firent sortir la longue file de Noirs de la cale. La plupart des femmes avaient des seins qui leur pendaient jusqu'à la taille, certaines portaient dans leurs bras un bébé noir. Les hommes avaient le visage défait, amer, aussi triste qu'une porte de prison. Presque tous les esclaves étaient nus comme des vers et se tenaient là, sur le pont, en clignant des yeux, pas un seul n'avait vu le soleil depuis fort longtemps. Le marchand et son Noir arpentaient le pont, allant et venant le long de la rangée, s'arrêtant ici et là, comme toujours, pour examiner les dents ou tâter les muscles, inspectant la marchandise en quelque sorte. Puis le négrier dit : « Bon, et maintenant qu'on amène cet agitateur.

— Non, monsieur ! hurla le capitaine.

— Pourquoi pas ?

— Je vous l'ai déjà dit. Je ne veux pas qu'on le fasse monter avant que tous ces nègres aient quitté le bateau.

— Oui, bien sûr », dit le marchand, mais il avait l'air surpris, tout comme son Noir.

Le capitaine frotta la blessure graisseuse qu'il avait au front. « Vous ne comprenez pas ? Il est leur chef. Il suffit qu'il dise un mot, et nous aurons plus d'embêtements que Dieu a de fidèles. Et moi, j'en ai déjà eu suffisamment comme ça ! » Et, de nouveau, il frotta sa blessure.

Les poussant devant eux comme un troupeau de bétail, les hommes firent descendre les Noirs par la passerelle. Sur le quai, les gens s'écartèrent et les regardèrent passer. Ces Noirs étaient si fous de rage d'avoir été parqués ensemble, avec chacun autant de place pour remuer qu'un bébé dans son berceau, qu'ils dégageaient comme une *odeur* de colère. Ils étaient sales, au bord de la folie, prêts à exploser. C'est pour ça que le capitaine envoya à terre quelques marins armés de fusils, pour leur tenir compagnie. Les autres membres de l'équipage – ils étaient vingt ou trente – restèrent sur le pont à s'agiter ou à piétiner. Les badauds sur le quai comprirent tout de suite de quoi il retournait : les hommes avaient peur. Ça se voyait à leurs yeux. Tous autant qu'ils étaient, ils avaient peur de ce qui se trouvait là, en bas dans la cale, enchaîné au mur.

Le capitaine lui-même n'avait pas l'air très rassuré et n'arrêtait pas de tripoter sa blessure. Enfin, poussant un soupir, il commanda à son second : « Je crois que vous pouvez aller le chercher maintenant. » Puis s'adressant aux vingt ou trente hommes qui étaient là, il ajouta : « Et vous, descendez tous avec lui. J'ai dit : *tous*. Vous devriez réussir à vous en débrouiller. »

Les gens retenaient leur respiration, comme les enfants au cirque quand ils attendent que le funambule arrive à l'autre bout de sa corde. Il faut dire que même si une vieille dame, sourde et aveugle, s'était trouvée sur le quai à ce moment-là, elle aurait senti qu'il y avait quelque chose en bas, dans cette cale, qui s'apprêtait à faire son apparition. Tout le monde se tut et on entendit, couvrant le clapotis des vagues contre la coque, le bruit des lourdes bottes des hommes qui descendaient l'escalier intérieur et qui prenaient tout leur temps pour aller informer cette chose dans la cale qu'on la demandait sur le pont.

Soudain, du fin fond du bateau, de quelque endroit obscur, monta un rugissement pareil à celui d'un ours acculé ou, peut-être, de deux ours en train de s'accoupler. C'était si puissant que les flancs du navire enflèrent à en craquer. Tout le monde sut qu'il provenait d'une seule gorge parce qu'il n'y avait qu'un seul son, pur et fracassant. Puis, sous leurs yeux, sur le côté de la coque face à eux, ils virent s'ouvrir une large brèche au niveau de la ligne de flottaison ; des éclats de bois volèrent et tombèrent dans l'eau avec le bruit d'éclaboussures d'une poignée de cailloux qu'on jetterait dans une mare. On entendit le vacarme assourdi des hommes qui se battaient, se bousculaient, criaient et, au bout d'un moment, on vit un matelot apparaître sur le pont : il chancelait et du sang lui coulait sur le visage. « Nom de Dieu, qu'il dit, il a trouvé le moyen d'arracher sa chaîne du mur ! » Les gens regardèrent de nouveau le trou béant dans la coque et ne remarquèrent même pas que le marin venait de mourir d'une fracture du crâne.

Eh bien, mes amis, je vous prie de croire que sur le quai, les gens se massaient en petites grappes, pour se protéger au cas où la chose de la cale parviendrait d'une manière ou d'une autre à se libérer et se mettrait à faire des ravages dans la paisible ville de New Marsails. Puis, de nouveau, il y eut une sorte de silence, même à l'intérieur du bateau, et les gens tendirent l'oreille. Ils entendirent d'abord un bruit de chaînes, puis ils aperçurent l'Africain pour la première fois.

Pour commencer, il n'y eut que sa tête émergeant de l'écoutille ; suivirent les épaules, tellement larges qu'il était obligé de grimper les marches en se tenant de côté ; son corps apparut enfin, si grand qu'il n'en finissait pas de sortir. Puis l'Africain fut tout entier dehors, nu comme un ver, à part un haillon pour cacher ses parties, et dominant de deux têtes au moins le plus grand des hommes debout sur le pont. Il était d'un noir d'ébène et luisait tout autant que la blessure huileuse du capitaine. Sa tête était aussi grosse et paraissait aussi lourde que ces chaudrons de cannibales qu'on voit au cinéma. Il était entouré de tellement de chaînes qu'on aurait dit un arbre de Noël richement décoré. C'étaient surtout ses yeux qui attiraient tous les regards, enfoncés très profondément dans leurs orbites, de sorte que sa tête ressemblait à un gigantesque crâne noir.

Il avait quelque chose sous le bras. À première vue, les gens pensèrent que c'était une grosseur ou une tumeur et n'y prêtèrent pas attention. Ce n'est que quand la chose se mit à remuer d'elle-même qu'ils remarquèrent qu'elle avait des yeux et que c'était un bébé. Parfaitement ! Un bébé coincé sous le bras de l'Africain comme un vulgaire paquet et qui observait tout le monde avec des yeux curieux.

Maintenant qu'ils avaient vu l'Africain, les gens reculèrent encore un peu comme si la distance entre eux et lui n'était pas déjà suffisante, ou comme s'ils craignaient qu'il pût les atteindre par-dessus le bastingage et leur envoyer valser la tête de dessus les épaules d'une simple chiquenaude. Mais il se tenait tranquille à présent. Il ne clignait pas des yeux comme les autres avant lui, il prenait juste le soleil comme s'il n'était qu'à lui seul et qu'il venait de lui intimer l'ordre de se montrer et de briller pour lui.

Dewitt Willson semblait fasciné. Il était difficile de savoir ce qu'il pensait au juste, mais des gens rapportèrent qu'il n'arrêtait pas de marmonner entre ses dents : « C'est moi qui l'aurai. Il travaillera pour moi. Je le briserai. Il faut que je le brise. » Les gens disaient que Dewitt était resté planté là, à regarder et à parler tout seul.

Le Noir du marchand d'esclaves était fasciné lui aussi, mais il ne desserrait pas les dents. Certains racontèrent qu'il avait l'air de faire une estimation, détaillant l'Africain des pieds à la tête, prenant des notes au crayon sur un bout de papier tout en alignant des additions : tant pour la tête et le cerveau, tant pour la stature et les muscles, tant pour les yeux.

Le capitaine cria aux hommes qui étaient à terre de conduire les Noirs vers la place du marché, celle qu'on appelle aujourd'hui la place des Ventes, et qui était alors un monticule d'immondices situé en plein centre de New Marsails. Pendant que quelques hommes ouvraient un passage à travers la foule, d'autres descendirent du bateau pour faire avancer la file de Noirs enchaînés. Suivirent les gens du quai curieux de savoir quel était le prix courant d'un bon esclave ce jour-là, comme on lit aujourd'hui les cours de la Bourse, mais ce qui les intéressait davantage, c'était de voir à quel prix se vendrait l'Africain. Une fois le cortège un peu éloigné, on fit avancer l'Africain et son escorte, une vingtaine d'hommes au moins, tenant chacun un bout de chaîne, de sorte qu'avec tous ces hommes qui l'entouraient à distance raisonnable, l'Africain ressemblait à un mât de cocagne.

Quand ils atteignirent la place, on fit ranger les autres Noirs sur un côté, et l'Africain et sa suite montèrent sur le talus. Puis le marchand, toujours avec son Noir trois pas derrière lui, ouvrit la vente :

« Mesdames et messieurs, vous avez devant vous le spécimen le plus magnifique qu'un homme ait jamais voulu posséder. Voyez cette stature, cette poitrine, ce poids ; admirez cette extraordinaire musculature, ce port majestueux. Ceci est un chef : il en a donc les qualités. Comme vous pouvez le constater d'après ce qu'il tient là, sous son bras, il est doux avec les enfants. Certes, il est aussi capable de détruire, mais je maintiens que ce n'est que le signe d'une grande aptitude au travail. Je ne pense pas qu'il y ait besoin de plus de preuves, il n'y a qu'à le regarder. Mesdames et messieurs, s'il ne m'appartenait pas déjà et si j'avais une ferme ou une plantation, je vendrais la moitié de mes terres et tous mes esclaves pour récolter assez d'argent pour l'acheter et le faire travailler sur la moitié restante. Or, il se trouve qu'il m'appartient et que je ne possède pas la moindre parcelle de terre. Voilà mon problème. Je ne peux pas m'en servir. Comme il ne m'est d'aucune utilité, il faut donc que je m'en débarrasse. Et c'est là, chers amis, que vous pouvez me venir en aide. L'un de vous doit m'en débarrasser. Je vous paierai pour ce service. Parfaitement, messieurs ! Je ne laisserai dire à personne que je ne sais pas me montrer reconnaissant envers les amis qui m'obligent. Et voici ce que je vais faire : je vous en vends deux pour le prix d'un seul, celui-ci et le bébé qu'il tient sous son bras. »

(Certains ont prétendu avoir découvert plus tard que le marchand était obligé de proposer ce marché puisque c'est en essayant de s'emparer du bébé que le capitaine s'était fait casser la figure. Je pense donc que le négrier aurait eu du mal à vendre les deux séparément sans avoir à tuer l'un pour s'emparer de l'autre.)

« Voyons, vous savez que c'est une affaire, continua le marchand, parce que ce bébé, en grandissant,
deviendra exactement comme son papa. Rendez-vous
compte : quand cet homme ici sera trop vieux pour
travailler, son portrait craché sera prêt à prendre la
relève !

» Je suppose que vous êtes au courant que je ne suis
pas très malin dès qu'il s'agit de fixer un prix, mais je
vous le dis tout de suite, je pense que ce travailleur ne
devrait pas se vendre au-dessous de cinq cents dollars.
Qu'en pensez-vous, monsieur Willson ? Croyez-vous
qu'il les vaut ? »

Dewitt Willson ne répondit pas, ne dit pas un mot ;
il mit simplement la main à sa poche, en sortit mille
dollars avec le calme d'un homme qui arracherait un
fil à son costume, monta sur le talus et tendit l'argent
au marchand.

Le négrier frappa son genou avec son derby vert.
« Adjugé ! »

Personne – pas même les gens qui prétendent avoir
assisté à la scène – ne sait exactement comment ce
qui arriva arriva. Sans doute par la faute des hommes
de l'équipage qui s'étaient laissé distraire par la vue de
tant d'argent. Toujours est-il que l'Africain pivota une
fois sur lui-même et que les autres n'eurent plus qu'une
poignée de sang et de peau à l'endroit où les chaînes en
glissant les avaient sectionnés aussi sûrement qu'une
scie circulaire. À présent, l'Africain tenait *toutes* les
chaînes : il les avait rassemblées autour de lui comme
une femme rassemble ses jupes pour monter dans une
auto. Il se dirigea droit sur le marchand d'esclaves
comme s'il comprenait ce que l'homme faisait et
disait, ce qui était impossible puisqu'il était africain

et qu'il devait parler le baragouin de son pays. En tout état de cause, c'est bien sur le négrier qu'il se précipita. Quelques témoins, quoique pas tous, jurent que l'Africain, à l'aide de ses chaînes, trancha la tête du négrier – avec le derby et tout le reste – et que la tête partit comme un boulet de canon à travers les airs sur 500 mètres, rebondit sur 500 mètres encore, conservant assez de puissance pour estropier le cheval d'un quidam qui se rendait à New Marsails. En arrivant en ville, le type raconta partout qu'il avait dû abattre sa monture qui s'était fait fracasser une patte par une tête volante coiffée d'un derby vert.

Des choses étranges se passèrent alors. Le Noir du marchand, qui avait reculé de deux ou trois pas quand l'Africain s'était libéré, ne semblait plus prêter attention à son maître décapité, il vérifia en revanche soigneusement si ses vêtements n'avaient pas été tachés par des éclaboussures de sang. Puis il courut vers l'Africain, debout près du corps qui n'avait même pas encore eu le temps de tomber, et, lui prenant le bras, se mit à crier : « Par ici ! Par ici ! »

Je suppose que l'Africain ne comprenait pas vraiment, mais sentait que le Noir voulait l'aider. Il partit dans la direction qu'il lui indiquait et le Noir le suivit, se tenant trois pas derrière lui tout comme il l'avait fait avec le marchand. L'Africain dévala le talus malgré ses chaînes qui devaient peser dans les quinze kilos et qu'il faisait tournoyer autour de lui, cassant au passage sept ou huit bras et une jambe, pour s'ouvrir un chemin à travers la population de New Marsails. Quelques hommes épaulèrent leur fusil. Peut-être auraient-ils pu le toucher (je ne dis pas, remarquez bien, qu'ils auraient pu l'arrêter) si Dewitt

Willson, escaladant le monticule, ne s'était interposé entre eux et l'Africain suivi de son Noir, et n'avait hurlé comme un fou : « Ne tirez pas sur mon bien ! Je porterai plainte ! Ce nègre est à moi ! » Entre-temps, l'Africain s'était mis hors de portée, progressant vers le sud à travers les marécages qui s'étendaient au bout de la ville. Les hommes et Dewitt se procurèrent des chevaux et des fusils supplémentaires, puis s'élancèrent à sa poursuite.

L'Africain avançait très vite (j'imagine qu'en plus du bébé et des chaînes il portait aussi le Noir parce que je ne vois pas comment ce gringalet aurait pu marcher au même pas). Dewitt et ses hommes n'auraient sans doute jamais retrouvé sa trace si l'Africain n'avait pas, en traversant le bois et les marécages, laissé derrière lui des buissons, des herbes et des arbrisseaux déchiquetés dans lesquels ses chaînes s'étaient prises et qu'il avait tout simplement arrachés du sol. La piste menait droit à la mer : elle était assez large pour que deux chevaux puissent y avancer de front et aussi droite qu'un fil à plomb. Les hommes la suivirent jusqu'à la plage, jusqu'à l'eau. Là, elle s'arrêtait.

Les hommes imaginèrent que l'Africain avait tenté de rentrer chez lui à la nage (certains prétendent qu'il aurait pu y arriver, avec les chaînes, le bébé et le reste) et que le Noir du marchand avait décampé de son côté. Les hommes étaient fatigués à présent, ils voulaient rentrer chez eux et oublier toute l'affaire. Mais Dewitt était convaincu que l'Africain n'était pas parti à la nage, qu'il était en fait revenu sur ses pas. Il demanda donc aux hommes d'inspecter la plage à la recherche d'une piste quelconque. Ils s'exécutèrent et, à près d'un kilomètre de leur point de départ, trouvèrent sur le sable deux traces qui pénétraient dans la forêt.

À ce stade, Dewitt eut du mal à trouver des hommes pour continuer la traque. D'abord, il commençait à faire nuit, et puis les pistes étaient plus étroites qu'avant : l'Africain avait dû tenir ses chaînes au-dessus du sol de manière à ne rien accrocher, comme une fillette relève sa jupe jusqu'à la taille quand elle va barboter dans l'eau. Les hommes n'étaient pas très chauds, on les comprend, pour pourchasser un sauvage dans les bois, la nuit, parce qu'au mieux il serait presque impossible de le repérer et qu'on n'avait aucune idée d'où il se trouvait et, au pire, il pouvait venir vous rendre une petite visite et vous trancher la tête avant même que vous ne vous aperceviez de sa présence. Ils campèrent donc sur la plage. Quelques hommes allèrent chercher des vivres et, au petit matin, ils se remirent en chasse.

Or, cette seule nuit représentait justement le répit dont l'Africain et le Noir du marchand avaient besoin. Il allait devenir de plus en plus difficile de l'attraper car, lorsque les hommes parvinrent à une clairière située à plus d'un kilomètre à l'intérieur de la forêt, ils aperçurent un tas de pierres cassées, des bouts de chaînes et de menottes à l'endroit où l'Africain avait passé la nuit à se débarrasser de ses entraves. À présent, délivré de ses chaînes, l'Africain se trouvait lâché quelque part dans la nature. Il était si grand et si rapide que les gens commençaient à prendre conscience qu'il pouvait se trouver n'importe où dans un rayon de 150 kilomètres et ne voulaient même pas y penser. Mais Dewitt, lui, accompagné de quelques hommes – ils étaient moins nombreux que le premier jour –, continuait à chercher son bien. Il le pourchassa pendant deux semaines, jusqu'à mi-chemin de ce qui est aujourd'hui Willson City, puis revint à son point de départ, soit au total une expédition de 500 kilomètres. Ensuite il longea toute la côte du Golfe presque jusqu'au Mississippi, et la remonta dans l'autre sens jusqu'à l'Alabama. Enfin, les hommes demeurés à ses côtés remarquèrent qu'il commençait à se conduire de façon bizarre. Il ne fermait jamais l'œil, ne mangeait rien, passait vingt-quatre heures sur vingt-quatre sur son cheval et parlait tout seul. « Je t'attraperai… Je t'attraperai… Je t'attraperai. » Puis, près d'un mois après que l'Africain se fut enfui, un mois au cours duquel Dewitt n'avait pas mis les pieds chez lui, il s'écroula à bas de son cheval et ne se réveilla plus jusqu'à ce qu'on l'eût ramené chez lui sur une civière et qu'il eût dormi une semaine dans un lit de plumes. Sa femme raconta qu'il continuait à parler pendant son sommeil et qu'il se réveilla en criant : « Moi aussi ! Moi aussi je vaux mille dollars ! »

Puis l'Africain changea de tactique.

Un après-midi, Dewitt et sa femme étaient assis sous leur véranda de devant. Dewitt essayait de reprendre des forces en sirotant une boisson fraîche et en se chauffant au soleil. Soudain, sur la pelouse, vêtu d'un costume traditionnel aux couleurs vives et armé d'une lance et d'un bouclier, apparut l'Africain. Il fonça droit sur la maison et la traversa à la manière d'un train dans un tunnel, sortit par la porte de derrière et se dirigea vers le bâtiment réservé aux esclaves où il libéra tous les nègres de Dewitt jusqu'au dernier ; puis il les entraîna dans l'obscurité du bois avant même que Dewitt ait seulement eu le temps de poser son verre et de se lever de sa chaise.

Comme si ça ne suffisait pas, la même chose, ou presque, se reproduisit le lendemain chez un autre Blanc qui habitait à l'est de New Marsails. L'homme vint en ville et raconta son histoire à tout le monde : « Je dormais paisiblement quand j'ai entendu du bruit dehors, du côté des cases nègres. Et bon Dieu, en me précipitant à la fenêtre, qu'est-ce que je vois ? Tous mes nègres qui s'enfoncent dans le bois derrière un homme au moins aussi grand qu'un cheval noir dressé sur ses pattes postérieures. » Puis il ajouta : « Il y avait derrière le géant un autre Noir qui le suivait à distance, et qui agitait les bras pour dire à *mes* nègres ce qu'ils devaient faire et où ils devaient aller. »

Bien qu'il fût encore souffrant, Dewitt se rendit en ville et prit la parole à un grand rassemblement organisé pour essayer de trouver une solution au problème : « Je fais devant vous le serment de ne pas rentrer chez moi avant d'avoir ramené l'Africain ou ce qu'il en restera. Et que chacun se le dise : blanc ou noir, quiconque me fournira des renseignements me permettant d'attraper l'Africain, se promènera le lendemain avec mille de mes dollars dans sa poche. » La nouvelle se répandit aussitôt comme une traînée de poudre dans toute la région, et même au-delà, si bien que des années plus tard, quand vous alliez dans le Tennessee et que vous disiez que vous étiez d'ici, on ne manquait jamais de vous demander : « Et au fait, qui est-ce qui a finalement empoché les mille dollars de Dewitt Willson ? »

Dewitt Willson tint parole. Il repartit à la recherche de l'Africain, le pourchassa et le traqua à travers tout l'État pendant un autre mois. Ils furent plusieurs fois tout près de l'attraper, mais jamais assez près. Quand ils tombaient sur l'Africain, ils s'arrangeaient pour réduire sa bande à une douzaine d'hommes, soit en les tuant, soit en les capturant ; l'Africain, lui, s'en sortait toujours d'une manière ou d'une autre. Un jour qu'ils l'avaient acculé à une rivière, ils crurent bien le tenir, mais l'Africain plongea et atteignit l'autre rive en nageant sous l'eau. Ils ne purent jamais mettre la main non plus sur le Noir du marchand d'esclaves bien qu'il fût toujours là, portant le bébé pendant que l'Africain se battait, supervisant les opérations de ses yeux cupides qui brillaient sous son derby vert. Oui, parfaitement, son derby – il l'avait conservé, contrairement au reste, parce qu'il était maintenant vêtu comme l'Africain, enveloppé dans un de ces longs draps multicolores.

De nouveau, Dewitt changeait, refaisant les mêmes choses qu'avant de s'effondrer, ne parlant à personne, même plus à lui-même, il était maussade et mutique. Et cela se poursuivit ainsi : l'Africain effectuait des raids et libérait des esclaves, puis Dewitt le rattrapait, reprenait une bonne partie des esclaves, en tuait davantage encore, maintenant la bande à douze ou treize hommes, mais l'Africain et le Noir du marchand ne se faisaient jamais prendre.

Une nuit, ils campaient au nord de New Marsails, non loin de la ville. Tout le monde dormait sauf Dewitt qui, assis sur son cheval, contemplait le feu. Soudain, derrière lui, il entendit une voix qui aurait pu être celle du fantôme du négrier, mais ne l'était pas. « Vous voulez l'Africain ? dit la voix. Je vous mènerai à lui. »

Se retournant, Dewitt aperçut le Noir habillé de son drap bariolé et coiffé de son derby ; il s'était introduit dans le campement sans avoir été vu ni entendu.

« Où est-il ? demanda Dewitt.

— Je vous conduirai jusqu'à lui, je m'approcherai de lui et le giflerai si cela vous chante », dit le Noir.

Alors Dewitt le suivit. Il devait dire plus tard que, sur le moment, il n'était pas sûr que ce fût bien sage ; il aurait aussi pu s'agir d'une embuscade. Mais, ajoutait-il aussitôt, il ne pensait pas l'Africain capable d'une chose pareille.

Dewitt réveilla donc ses hommes et ils filèrent le Noir à cheval. Ils n'eurent qu'un demi-kilomètre à parcourir pour atteindre le campement de l'Africain. Il n'y avait pas de feu et les Noirs, une douzaine peut-être, dormaient à même le sol, sans couvertures. Accoté à un énorme rocher, l'Africain était assis en plein milieu de la clairière, le bébé couché sur ses genoux. Sa tête était recouverte d'un morceau d'étoffe et, devant lui, il y avait un tas de pierres auquel il semblait parler à voix basse.

Dewitt Willson se demandait pourquoi personne n'avait donné l'alarme et comment lui et ses hommes avaient pu pénétrer aussi facilement dans le campement. Il se pencha vers le Noir et dit : « Pourquoi n'y a-t-il pas de sentinelles ? Il savait que je n'étais pas loin. Pourquoi n'y a-t-il pas de sentinelles ? »

Le Noir sourit. « Il y avait une sentinelle : moi.

— Pourquoi fais-tu ça ? Pourquoi te retournes-tu contre lui ? »

Le Noir sourit de nouveau : « Je suis américain, je ne suis pas un sauvage. Et puis, un homme doit penser à ses intérêts, pas vrai ? »

Dewitt acquiesça. Il y eut des gens pour dire qu'il faillit faire demi-tour et regagner son propre campement, qu'il ne voulait pas capturer son bien de cette manière ; il aurait préféré revenir au petit matin, une fois l'Africain parti, puis le prendre en chasse et l'attraper à la loyale. Parce que après toutes ces semaines passées à le traquer à travers bois, à le suivre à la trace, à penser qu'il l'attraperait cette fois-là, pour constater aussi vite qu'il n'y était pas parvenu, pas plus qu'un nain n'a la moindre chance de devenir un joueur de basket-ball professionnel, parce que après toute cette transpiration, ces chevauchées sans fin, cette piètre nourriture et le manque de sommeil, Dewitt en était arrivé à respecter cet homme. Et je suppose qu'il a dû se trouver un peu triste de récupérer son bien juste parce qu'un gars auquel l'Africain faisait confiance retournait sa veste en les guidant jusqu'au campement. Par contre les autres hommes ne ressentaient pas les choses de la même manière. Ils voulaient capturer l'Africain coûte que coûte, il se moquait d'eux depuis trop longtemps et ils désiraient en finir.

Les Blancs encerclèrent donc le campement. La chose faite, Dewitt Willson cria aux Noirs de se rendre. Les Blancs allumèrent des torches pour que l'Africain puisse voir qu'il était cerné par le feu, des chevaux et des hommes armés de fusils. Les Noirs se levèrent d'un bond et comprirent aussitôt qu'ils étaient perdus, ils n'avaient que des armes africaines pour se défendre et les jetèrent par terre. L'Africain déposa le bébé, l'enjamba et grimpa jusqu'en haut du rocher. De là, il regarda attentivement tout autour de lui, faisant le compte de ses ennemis. Il était seul contre tous et le savait, la plupart des Noirs s'étaient éparpillés dans les fourrés et ceux qui restaient faisaient mine de ne le connaître ni d'Ève ni d'Adam.

Il se tenait debout sur son rocher, tout seul, luisant à la lueur des torches, et ses yeux n'étaient plus que deux grands trous noirs. Puis il redescendit. Quelqu'un épaula son fusil.

« Attendez ! hurla Dewitt, voyons d'abord si nous pouvons le prendre vivant. Vous ne comprenez donc pas ? L'intérêt, c'est de le prendre vivant ! » Dressé sur ses étriers, il agitait les bras dans la lumière des torches pour attirer l'attention.

Un des hommes crut comprendre qu'on lui demandait d'être un héros. Pensant qu'il pourrait renverser l'Africain, il galopa droit sur lui ; mais l'Africain souleva le gars de son cheval comme on attrape un anneau sur un manège et, le couchant sur son genou, il n'eut pas plus de peine à lui casser la colonne vertébrale que s'il s'était agi d'un vieil os de poulet. Puis il le rejeta loin de lui.

« Si vous tirez, visez ses membres ! » hurlait Dewitt.

De l'autre côté du cercle, quelqu'un tira. La balle traversa la main de l'Africain, puis s'enfonça dans le sol à côté du cheval de Dewitt. L'Africain ne semblait faire aucun rapprochement entre la détonation et la douleur qu'il pouvait ressentir. Il ne broncha même pas. Un autre l'atteignit juste au-dessus du genou et un ruban de sang fila le long de sa jambe.

Gardant le dos tourné au rocher où dormait le bébé, il regarda autour de lui, lentement, contemplant les hommes un à un, et même le Noir du marchand debout à côté de Dewitt, sans pour autant s'arrêter à lui ni manifester le moindre signe de colère ou de rancune. Puis il aperçut Dewitt et se mit à le regarder fixement. Ils se dévisagèrent l'un l'autre, non pas comme s'ils se mesuraient du regard, mais plutôt comme s'ils discutaient sans émettre de sons. Ils eurent l'air de s'être mis d'accord. L'Africain s'inclina légèrement, à la manière d'un lutteur avant un combat. Dewitt Willson épaula son fusil, visa le visage offert de l'Africain. La balle lui entra dans la tête à la hauteur de l'arcade sourcilière.

L'Africain demeura debout. Enfin il tomba à genoux, puis s'affala de tout son long. Il paraissait agoniser mais il se redressa d'un coup, une expression d'intense angoisse sur le visage, comme s'il venait de se rappeler une chose qu'il devait encore faire avant de mourir. Il poussa un gémissement terrible et, les yeux injectés de sang, se mit à ramper vers l'endroit où dormait le bébé. Il saisit une énorme pierre et la brandit au-dessus de l'enfant, mais Dewitt Willson lui tira une balle dans la nuque avant qu'il n'ait eu le temps d'abaisser le bras. Ainsi mourut l'Africain.

Aucun des hommes ne bougea. Ils restèrent assis sur leurs chevaux, désappointés, parce que chacun d'eux aurait aimé pouvoir rentrer et raconter que c'était lui qui avait tué l'Africain d'une balle dans la tête.

Dewitt Willson descendit de cheval et se dirigea vers le bébé qui dormait toujours sans savoir que son père était mort, sans même savoir, je suppose, que son père avait jamais été vivant. En revenant vers son cheval, Dewitt trébucha sur le tas de pierres auquel l'Africain avait parlé. C'était une pile composée de pierres plates. Dewitt resta un moment à la regarder, puis il se baissa, ramassa une pierre blanche, la plus petite de toutes, et la glissa dans sa poche.

M. Harper commençait à être enroué. Il resta un moment sans parler, puis s'éclaircit la gorge : « Dewitt Willson rentra à New Marsails où il récupéra son horloge qu'il n'était pas encore venu chercher. Puis il retourna chez lui en charrette, avec le bébé de l'Africain couché à côté de lui, le Noir du marchand et l'horloge, cette même horloge que vous avez vue à la ferme de Tucker l'autre jeudi. » Il se tut avant de se tourner vers les hommes debout derrière lui. « Bon, voilà l'histoire. La suite, vous la connaissez aussi bien que moi : à ses douze ans le bébé fut nommé Caliban par le général.

— C'est ça. Après que le général a lu ce livre de Shakespeare, ajouta Loomis en soupirant.

— Pas un livre, une pièce : *La Tempête*. Shakespeare n'écrivait pas de livres ; personne n'écrivait de livres en ce temps-là, rien que des poèmes et des pièces. Pas des livres. Vous n'avez vraiment rien appris pendant vos trois semaines à l'université, le tança M. Harper avec mépris.

— Bon, bon, d'accord, une pièce, si vous préférez », concéda Loomis d'un air penaud.

L'heure du dîner approchait. Plusieurs hommes quittèrent la véranda. Un vent chaud descendait d'Eastern Ridge. Une voiture remplie de Noirs aux visages solennels passa en pétaradant.

« Et Caliban, qui a été rebaptisé *Premier* après avoir fondé une famille, était le père de John Caliban. Tucker Caliban est le petit-fils de John Caliban et le sang de l'Africain coule dans ses veines. » M. Harper se renfonça dans son fauteuil avec satisfaction.

« C'est vous qui le dites, dit Bobby-Joe en jetant son cigare dans la rue.

— Mon garçon, je te pardonne d'être aussi stupide. Un de ces jours tu découvriras que je ne suis pas idiot. Tu peux me croire maintenant ou pas, cela m'est égal, mais tôt ou tard tu me donneras raison et me présenteras des excuses. »

Les hommes émirent un murmure d'approbation.

« Écoutez, monsieur Harper, dit Bobby-Joe d'un ton doucereux sans même regarder le vieil homme en face, la tête tournée vers la rue, Tucker Caliban a travaillé pour les Willson tous les jours de sa vie. Comment que ça se fait alors qu'il ait attendu jeudi dernier pour le sentir, le sang de l'Africain ? » Il se retourna brusquement. « Vous pouvez me le dire ?

— Écoute, gamin, un honnête homme n'essaiera pas de te mentir, il ne te dira pas que quelque chose est vrai s'il n'en est pas sûr. Alors je préfère te dire tout de suite que je ne peux pas répondre à ta question. Tout ce que je peux dire, c'est que Tucker Caliban a senti son sang et que ça l'a forcé à agir. L'Africain aurait peut-être réagi différemment, mais ça revient au même. Pourquoi jeudi dernier ? Ça, je ne sais pas. » Le vieil homme parlait en remuant la tête, les yeux fixés sur la ligne des toits.

Puis ils virent arriver la fille de M. Harper qui s'était annoncée de loin au bruit que faisaient ses solides chaussures de vieille femme. C'était une vieille fille de cinquante-cinq ans, aux cheveux jaunes. « Tu es prêt à rentrer dîner, papa ? demanda-t-elle.

— Oui, ma chérie, oui.

— Est-ce que l'un de vous pourrait l'aider à descendre ? » Tous les soirs, elle posait cette même question.

« Je ne crois pas que je reviendrai ce soir. Je vous verrai tous demain, après l'office. » M. Harper était dans la rue maintenant. Sa fille patientait derrière lui, les mains posées sur le dossier du fauteuil-trône.

« Oui, monsieur, dirent-ils d'une seule voix.

— Bonne nuit alors. Et tâchez d'éviter les ennuis. »
Le vieil homme s'éloigna dans un grincement de roues.

Quand il fut hors de vue, Bobby-Joe se tourna vers
les autres. « Vous y croyez vraiment à son histoire
de sang ? Vous croyez que ça explique tout ça ? »
Il pensait qu'une fois M. Harper parti, les hommes
seraient moins empressés de soutenir ses opinions.

« Si c'est ce que dit M. Harper, il y a sûrement une
part de vrai », répondit Thomason. Il se détacha du
mur contre lequel il était appuyé et se dirigea vers la
porte de son magasin.

« Thomason a raison », dit Loomis. Il cessa de se
balancer sur sa chaise et posa les mains sur ses genoux,
prêt à se lever.

« Vous pensez vraiment que c'est aussi simple
que ça ?

— Non, sans doute pas. » Depuis l'intérieur,
Thomason pressa son nez contre la moustiquaire de
la porte. « As-tu seulement une meilleure explication
à proposer ?

— Non, admit Bobby-Joe en regardant le ventre de
Thomason aplati contre la moustiquaire, non, pas là
tout de suite, mais je vais y penser. »

HARRY LELAND

Bien qu'il fût déjà 10 heures passées ce jeudi-là, M. Harper, Bobby-Joe et M. Stewart n'étaient pas encore arrivés. Debout sous la véranda, un peu à l'écart des autres, Harry attendait son fils Harold (les hommes appelaient le garçon Monsieur Leland). De dessous les bords déchirés de son chapeau de paille, il observait le coin de la rue, à l'angle de la place, où il s'attendait à le voir apparaître et courir en direction de chez Thomason (quand il n'était pas à cheval, il courait sans cesse). Ce matin-là, avant de partir en ville, sa femme lui avait demandé d'aller voir Mlle Rickett. « Elle est couchée avec une fracture de la hanche, Harry, et elle aime les visites. Ne reviens pas ici en me disant que vous n'y êtes pas passés. » Il avait simplement opiné de la tête, tout en pensant : *Que le gosse s'en charge ; je l'y enverrai. Cette bonne femme m'énerve. Je ne comprends pas que Marge la connaisse si mal et ne sache pas ce qu'elle fait. Mais moi je sais bien que ce qui l'intéresse, ce sont les coucheries ; en tout cas, ce ne sera pas avec moi. Je lui enverrai le gosse.*

Ils avaient parcouru à cheval le petit kilomètre qui les séparait de la ville. Le garçon était assis devant lui, entre ses bras, sur le cheval monté à cru. En arrivant à la statue du général, dans le centre de la ville, il s'était arrêté et avait demandé au garçon de descendre. « Tu n'as pas besoin de rester longtemps, Harold. Tu y vas et tu dis : Bonjour, mademoiselle Rickett. Papa et maman ont entendu dire que vous n'alliez pas bien et m'envoient prendre de vos nouvelles. »

Harold s'était contenté de le fixer. Comme Harry savait très bien ce que le gosse pensait, il n'avait pas essayé de mentir : « Je sais. Je suis censé y aller moi aussi, Harold. Mais je n'en ai pas envie. Tu peux juste entrer et sortir. Si j'y allais, je serais obligé d'y rester jusqu'au coucher du soleil. Alors, rends ce service à ton vieux père. Et si elle demande après moi, dis-lui que j'ai une affaire urgente à régler chez Thomason. D'accord ? » Mais Harold n'avait pas bougé, continuant à fixer son père de ses yeux vifs d'un gris semblable à la poudre de verre pilé. « Je sais, Harold. Moi non plus, je ne l'aime pas. Mais comme je suis plus âgé que toi, je connais encore plus de choses déplaisantes sur son compte. » Le garçon avait fini par capituler d'un signe de tête – ce qui avait fait plaisir à Harry – avec une expression qui semblait vouloir dire qu'il savait et comprenait tout ça, qu'il était prêt à y aller seul pour éviter cette corvée à son père. Pour lui, ce ne serait qu'une corvée de petit garçon, alors que pour son père ce serait celle d'un homme, une corvée beaucoup plus pénible. Puis il s'était dirigé à l'ouest vers Lee Street.

Du haut de son cheval, Harry l'avait regardé s'éloigner. Avec sa salopette de toile bleue et son tee-shirt rayé blanc et bleu, ses longs cheveux d'un blond cendré – les mêmes que les siens – qui lui recouvraient les oreilles et lui tombaient dans les yeux, son fils ressemblait à un évadé de prison miniature. Après l'avoir vu disparaître au coin de la rue, il s'était rendu chez Thomason.

Mais maintenant qu'il se tenait sous la véranda, à écouter les phrases creuses et sans suite que débitaient les hommes (M. Harper n'était pas là pour donner forme et contenu à la conversation), il commençait à avoir des remords. *C'est comme si j'avais envoyé Harold dans la tanière de la lionne. Le gosse est plus courageux que moi. Que diable, comme si je n'étais pas capable de tenir à distance une putain quadragénaire à la hanche cassée ! Non, il a fallu que je vende mon propre fils. Je lui achèterai quelque chose quand il reviendra.* Il s'appuya contre un pilier, son pilier : son nom n'était pas inscrit dessus, mais personne d'autre que lui ne s'en servait. Sans prendre part à la conversation, il continua à regarder la rue du côté du général, guettant le retour du garçon.

À travers sa chemise de travail et sa veste, il sentit une main potelée se poser sur son épaule. « Où as-tu donc envoyé Monsieur Leland, Harry ? » C'était Thomason, son meilleur ami, un tablier ceint très haut sur la poitrine pareil à une chemise de nuit sans bretelles, d'un blanc très sale.

« Je l'ai envoyé chez Mlle Rickett. Elle est…

— Oui, oui, je sais. Mais tu ne crois pas qu'il est un peu jeune pour ça ? dit Thomason avec un large sourire. Je ne pense pas qu'il soit encore à la hauteur. Certains de nous y arrivent à peine. »

Les hommes ricanaient dans leur dos.

« Moi, en tout cas, je ne suis pas encore tombé assez bas pour éprouver la moindre envie de le faire. En ce qui me concerne, j'ignore quel est son appétit ! »

dit Harry. Puis il envoya son coude dans les côtes de Thomason en éclatant de rire : « C'est pour ça que j'ai envoyé le gosse, pour qu'elle me fiche la paix.

— Mais ça ne t'inquiète pas un peu ? Toi qui essaies de l'éduquer comme il faut ? dit Thomason d'un air exagérément alarmé.

— Elle ne l'embêtera pas. Au mieux, elle lui donnera quelques bonbons.

— C'est bien ce que je veux dire ! Elle va le cajoler et lui dire de revenir dans six ans, quand il sera aussi fort et aussi beau que son papa, pour qu'elle lui montre quelque chose de vraiment spécial. »

Les hommes rirent de nouveau.

« Oh, fermez-la ! » Pas vraiment en colère, Harry leur tourna le dos et jeta un œil dans la rue. Il ne tarda pas à apercevoir Harold qui arrivait au coin en courant.

« Le voilà, dit Thomason en tapant sur l'épaule de Harry. Sacrée foulée. M'est avis qu'il s'en est bien tiré cette fois, à voir au train où il galope. Sinon, il n'aurait pas autant d'énergie… » Il retourna s'adosser contre le mur, à sa place habituelle.

Le garçon s'arrêta en face du magasin, de l'autre côté de la rue qu'il parcourut des yeux dans les deux sens, puis il regarda en direction de la colline où quelque chose semblait retenir son attention. Il y jeta un dernier coup d'œil avant de traverser la rue en courant et de bondir sous la véranda : « Papa, il y a un camion qui vient, dit-il en même temps qu'il glissait quelque chose dans la main de son père : trois cigares couleur de terre, longs et pointus.

— Où tu as eu ça ?

— C'est Mlle Rickett qui me les a donnés pour toi. Elle te fait dire de passer la voir un de ces jours. »

Il se tut pour regarder les confins de la ville comme s'il s'attendait à y voir surgir quelque chose. « Il y a un camion qui vient. »

Tandis que, dans son dos, les autres ricanaient, Harry prit les cigares et les fit glisser dans la poche de sa chemise. « Dites-moi, les gars, elle vous a déjà envoyé des cadeaux à vous ? » dit-il en feignant une certaine fierté.

« Papa, j'ai vu venir un camion. C'était… » Au même moment, le camion apparut derrière Harold, un grand véhicule, noir et carré, chargé à l'arrière d'un énorme tas de cristaux blancs qui vibrait avec les cahots et étincelait au soleil. Le conducteur freina brusquement devant la véranda, déversant sur la chaussée un peu de sa cargaison qui crépita telles des céréales qu'on jette dans un bol.

Quelques hommes s'approchèrent au bord de la véranda, une main en visière au-dessus des yeux. Harry posa sa main sur la tête de son fils, le conducteur glissa sur la banquette de cuir et se pencha par la fenêtre ouverte : « Où habite Caliban ?

— Un peu plus loin sur la route, à environ 3 kilomètres d'ici. » Harry descendit une marche et s'accouda au rebord de la fenêtre. « Impossible de la rater. Sa ferme ressemble à trois boîtes blanches et plates posées bout à bout. Qu'est-ce que vous transportez ? Du sel gemme ?

— Je vois pas en quoi ça vous regarde, à moins que vous vous appeliez Caliban. » Les hommes ricanèrent. Le conducteur hésita une seconde, sans toutefois se rendre compte qu'il avait évité de justesse de traiter Harry de nègre. « Oui, tout juste. Vous avez dit un peu plus loin ? Trois boîtes blanches ?

« — C'est ça. Du sel, vous dites ?

— Oui, du sel. Il veut du sel, je lui en apporte. Plus loin sur la route alors ? Plates ?

— Qu'est-ce qu'il va en faire de tout ce sel ? Vous le savez, vous ?

— Non. Il me l'a commandé. Dix tonnes. S'il a l'argent, moi j'ai le sel. Plus loin sur la route alors ?

— Tout juste.

— Bon. » Le chauffeur remonta sa vitre, laquelle étant cassée se coinça à mi-course, puis il se glissa derrière son volant et démarra. Le camion fonça en soulevant des nuages de poussière des deux côtés de la route.

« Drôlement bizarre pour ce nègre d'acheter dix tonnes de sel, dit Thomason en se tournant vers Harry. Suis-moi, j'ai quelque chose à te montrer. » Tout sourire, il fit entrer Harry dans le magasin. Le garçon les suivit.

L'épicier tira une bouteille de whisky et deux verres à fond épais de sous le comptoir. Harry s'intéressa à un pot de cornichons. À côté de lui, Harold se haussait sur la pointe des pieds et plissait les yeux pour mieux reluquer à travers ses cheveux en bataille un bocal de bonbons au chocolat posé sur une étagère basse. « Thomason, donne-m'en pour cinq cents, s'il te plaît. » *Je ne lui en ai pas parlé, ni à personne d'autre d'ailleurs, rien ne m'y oblige, mais je m'en suis fait la promesse, c'est suffisant.*

Thomason saisit une louche, pesa les bonbons, une dizaine à peine, et les glissa dans un sac. Harry lui fit signe de les offrir au garçon qui, muet de surprise, les prit d'un air ravi et se mit en devoir de les manger tous, ouvrant et refermant le paquet après chacun comme si l'air frais eût pu les gâter. Harry se tourna vers l'épicier : « Je me demande ce qu'il compte faire de tout ce sel. »

Thomason, qui remplissait les verres, haussa les épaules : « Ça, si je le savais ! Ça doit être bon pour sa ferme, sinon il ne l'aurait pas commandé. »

Harold leva le nez de son sac de bonbons. « Papa, ce Tucker dont tu parles, c'est le bon nègre ? » Harry sentit que le garçon le tirait par la ceinture de son pantalon.

Thomason se pencha par-dessus le comptoir : « D'où tu tiens que c'est un bon nègre, gamin ? Il est tout aussi mauvais qu'un autre. »

Harry sentit la joue du garçon se presser contre sa cuisse. Baissant les yeux, il vit Harold le regarder à la dérobée, d'un air penaud. Tous deux savaient ce qui venait de se produire : on avait dit à Harold de ne jamais employer le mot *nègre*. En plus, Harry et sa femme ne voulaient pas qu'il glane comme ça des avis, bons ou mauvais, sur tout et n'importe quoi, et insistaient toujours pour savoir exactement d'où il tenait les choses. Harry entendait déjà sa femme lui dire : « Tu laisses ce garçon traîner avec tous tes amis mal embouchés et ensuite tu t'étonnes de ce qu'il rentre à la maison avec toutes sortes d'idées bizarres en tête. »

« Qui t'a dit que Tucker était un bon Noir, Harold ?

— Personne. » Il parlait dans la jambe de Harry. « Seulement, je croyais… » Il se tut. Harry se tourna de nouveau vers Thomason.

« Que dirais-tu d'un autre verre ? » Il abattit son poing sur le comptoir avec autant de ferveur que s'il y enfonçait des clous avec un marteau.

« Bien sûr, tout de suite, dit l'épicier en attrapant la bouteille par le col. Mais vaudrait mieux faire le guet. Il faut croire que ma femme débarque toujours au moment où… »

D'un geste de la main, Harry lui fit signe de se taire. « Harold, va guetter Mme Thomason, et tu dis "Bonjour" si elle arrive. » Il adressa un clin d'œil à Thomason, avant d'ajouter : « Le plus fort possible. »

Le garçon alla s'asseoir un peu plus loin par terre, le nez pressé contre la moustiquaire de la porte. Les hommes portèrent un toast, et vidèrent leur verre d'un trait.

« Papa ? »

Thomason se hâta de fourrer les verres et la bouteille sous le comptoir. Les deux hommes se redressèrent en s'essuyant la bouche du revers de la main.

« Papa, M. Harper arrive. »

Thomason rit nerveusement. Harry se dirigea vers la porte et posa la main sur la tête de son fils. « La prochaine fois, dis-le tout de suite que c'est M. Harper. Tu as failli tuer ce pauvre Thomason. » L'épicier piqua un fard.

Ils retournèrent sous la véranda. Harry alla s'appuyer contre son pilier et Harold s'installa à côté de lui. Poussé par sa fille, M. Harper descendait la grand-route, au beau milieu de la chaussée. Quand il atteignit la véranda, les hommes soulevèrent son fauteuil et le posèrent au milieu d'eux en échangeant des salutations. Mlle Harper ne s'attarda pas. Le vieil homme se cala dans son fauteuil : « Eh bien, quoi de neuf aujourd'hui, Harry ?

— Pas grand-chose. Un camion… » Mais déjà M. Harper se tournait vers Harold : « Et comment va Monsieur Leland ce matin ? »

Harold disparut derrière le dos de Harry et essaya de se faufiler entre le pilier et la hanche de son père. *C'est drôle qu'il n'aime pas M. Harper, il ne lui a jamais fait de mal. Il ne doit pas comprendre que quelqu'un puisse être aussi vieux et humain à la fois.*

« Il va bien, monsieur Harper », répondit-il pour son fils.

Ils restèrent là à flâner et à bavarder. Harry avait passé un bras autour du pilier. Assis devant lui, Harold, armé d'un bâton, grattait la boue sur le bas-côté de la route. De temps à autre, quand il se redressait, sa tête heurtait doucement le genou de son père. Derrière eux, les hommes posaient à M. Harper des questions sur les événements mondiaux et, même quand ils ne saisissaient pas bien la réponse, ils opinaient de la tête ou grommelaient une approbation. Puis, comme l'heure du déjeuner approchait, ils quittèrent la véranda les uns après les autres, sachant que le vieil homme aimait manger seul. Sa fille ne tarda pas à apparaître : elle marchait d'un pas alerte sur la grand-route, une boîte à déjeuner en métal gris sous le bras.

Harry et son fils entrèrent dans le magasin pour acheter leur repas qu'ils allèrent manger au soleil, derrière la maison. Quand ils eurent fini leur fromage et leurs crackers, et bu du lait dans des gobelets en carton, Harry alluma l'un des cigares que Mlle Rickett lui avait offerts. Il regarda Harold qui faisait semblant de fumer une vieille paille jaunie ; alors il frotta une allumette pour lui donner du feu et brûla le bout de la paille pour qu'il y ait des cendres. Le garçon se rapprocha de lui et posa sa tête sur son épaule : « Papa, pourquoi Tucker il a acheté tout ce sel ? Tu sais, toi ?

— Non, fiston. » Harry tira sur son cigare. « Tucker est bizarre, pas vrai ? J'ai entendu dire qu'il avait fait des choses plus bizarres encore. » Il se tourna brusquement vers Harold : « Au fait, dis-moi un peu, qu'est-ce que maman et moi t'avons dit au sujet du mot *nègre* ? »

Harold baissa la tête et se mit à chercher une réponse sur le sol, entre ses jambes. « Tu as dit... tu as dit que je ne devais jamais l'utiliser.

— Tu te souviens pourquoi ? » Harry ne voulait pas se montrer trop sévère. *C'est compliqué pour lui, tout le monde le dit autour de lui et, même moi, j'ai du mal à m'en empêcher.*

« Tu as dit que c'était un vilain nom et qu'il ne fallait pas appeler quelqu'un par un vilain nom sauf si on voulait le blesser. » Le garçon jeta un regard anxieux à son père, pour voir s'il avait bien répondu.

« C'est ça. Tâche de t'en souvenir dorénavant.

— Oui, papa.

— Écoute-moi, Harold. » Il regarda son fils, cherchant ses mots, des mots qui l'étonnaient lui-même. Il ne savait pas pourquoi il ressentait les choses de cette manière, mais il lui semblait qu'il avait raison d'avoir de telles idées et de vouloir les partager avec son fils. « Un jour, quand tu auras mon âge, les choses ne seront peut-être plus ce qu'elles sont aujourd'hui et il faut que tu y sois préparé. Tu vois ? Si tu es pareil à certains de mes amis, tu ne pourras pas t'entendre avec toutes sortes de gens. Tu comprends ? »

Le garçon ne répondit pas. Il considérait son père à travers le voile de ses cheveux blonds.

« Tu vois, poursuivit Harry, je pense qu'aucun mot n'est mauvais au départ. Ça commence par être un mot, puis les gens lui donnent un sens. Et il se peut que toi, tu ne lui donnes pas le même sens que tout le monde. C'est comme si quelqu'un, à l'école, te traitait de fils à sa mère : ça ne veut pas dire que c'est mal d'être le fils de sa mère ; c'est comme si on disait que tu as les yeux gris. Mais quand tu appelles "nègre" un homme de couleur, il croit que tu dis qu'il est mauvais, alors que c'est sûrement pas du tout ce que tu penses. Tu comprends ?

— Oui.

— Bien, Harold. J'étais pas en colère contre toi, tu le sais, pas vrai ? Tiens. » Il approcha le bout mouillé de son cigare des lèvres de son fils. « N'avale pas la fumée, ça te rendrait malade. Et surtout ne dis rien à ta mère. »

Il resta un moment à regarder le garçon qui, le cigare entre les dents, faisait la grimace à cause de l'âcreté du tabac, mais n'en était pas moins fier de presque fumer. Puis il lui retira le cigare. « Je pense qu'on peut retourner là-bas, dit-il, M. Harper doit avoir fini de manger. »

Ils furent les premiers à réapparaître sous la véranda. Peu à peu les autres s'en revinrent et se mirent à discuter en aparté tout en observant les oiseaux qui volaient au-dessus des maisons basses. Depuis son pilier Harry fixait l'horizon. Harold s'était assis sur le bord de la véranda, il ne s'amusait plus à creuser la terre. Et ils restèrent là, en ce début d'après-midi, à écouter le silence et à regarder passer les quelques rares voitures de touristes, munies de plaques aux couleurs bizarres, qui, après avoir fait le tour de tout ce qu'il y avait dans la vieille ville française de la côte, fonçaient vers la capitale sans se rendre compte qu'ils traversaient la ville natale du général.

Puis ils aperçurent la charrette, approchant de la ville, traînée par un cheval roux dont l'échine, au lieu d'être incurvée, formait une bosse comme si un coup de marteau oblique l'avait complètement tordue. Bientôt ils distinguèrent aussi le conducteur qui fouettait frénétiquement sa bête comme s'il avait à ses trousses les fantômes de mille Noirs furibonds ; et il était aussi rouge que son cheval. Pas étonnant, il buvait sans relâche depuis l'instant, ou presque, où il avait goûté à autre chose que le lait sucré de sa mère. Ils entendirent le martèlement des sabots sur la chaussée quand Stewart fit une embardée et tira si brutalement sur les rênes que la bouche du cheval saigna et que les roues cerclées de fer de la charrette en forme d'auge laissèrent une traînée de limaille sur 3 mètres. Il sauta à bas de son siège et trébucha dans le caniveau. « J'viens juste de voir la chose la plus incroyable. Comment va, monsieur Harper ? Harry ? Incroyable, je vous dis !

— Qu'est-ce que tu as vu ? Un troupeau d'éléphants ? » demanda Harry en exhalant un gros nuage de fumée qui resta un moment en suspens au-dessus de la tête de Stewart. Les hommes éclatèrent de rire, mais se reprirent aussitôt en voyant que M. Harper se tenait droit dans son fauteuil, la bouche aussi fine et pincée qu'un pli dans une feuille de papier.

Stewart reprit son souffle, ignorant les commentaires et les rires, et s'adressa exclusivement à M. Harper : « En venant de chez moi, je suis passé par là-bas et je l'ai vu – Tucker Caliban, je veux dire –, je l'ai vu, je vous jure que c'est vrai, qui jetait du sel, du sel gemme, sur son champ. Quand je l'ai appelé, il a pas répondu. Il a juste continué à semer. À remplir sa musette, au gros tas de sel dans sa cour. »

Harry respira profondément, ce dont personne ne s'aperçut. *Le camion. C'est pour ça qu'il a acheté tout ce sel. Il y en a jusque sous les pieds de Stewart.* Quelques cristaux traînaient par terre, sans que les autres ne le remarquent, comme s'ils avaient déjà oublié le camion et son tas gigantesque à l'arrière.

« Qu'est-ce que vous dites ? Du sel ? » M. Harper s'était penché en avant presque aussitôt et avait repoussé une touffe de cheveux blancs pour mettre sa main en cornet autour de son oreille. « Il y a combien de temps que vous avez vu ça ?

— Autant de temps qu'il en faut pour arriver jusqu'ici. » Stewart pensait que les hommes ne le croyaient pas. Il se mit à transpirer, ôta son chapeau noir à oreillettes et s'essuya la tête avec un mouchoir jaune fripé. « Je vous le jure », ajouta-t-il en faisant un signe de croix sur son cœur de son index taché de nicotine.

« Ça doit être vrai, monsieur Harper, dit Harry en se tournant vers le vieil homme, on a tous vu le camion chargé à ras bord. » Les autres opinèrent de la tête.

« Je me demande ce qui lui a pris de faire ça », dit Stewart en posant un pied sur la véranda. Harry sentit Harold se presser contre lui. « Il doit être cinglé. » Quelques hommes émirent un murmure d'approbation, que M. Harper ignora. « Montez-moi sur cette charrette », dit-il. Il s'arracha de son fauteuil qui se mit à rouler tout seul, à reculons, ses roues grinçantes comme étonnées de ne plus avoir à supporter son poid. Le vieil homme étendit les bras tel un oiseau décharné, attendant que quelqu'un l'aidât. « Stewart, montez à l'arrière. Je prends le commandement. Harry, vous conduirez. Je tiens à mourir dans mon lit et non pas encastré dans un poteau électrique. »

La plupart d'entre eux n'avaient jamais vu M. Harper debout et, d'un coup, comme si une voix inconnue et lointaine avait annoncé à la radio de Thomason l'approche d'une tornade, les rues se remplirent de gens courant de toutes parts. Stewart se hissa péniblement sur la charrette, à l'arrière. D'autres hommes, dont des Noirs, allèrent chercher des chevaux sans comprendre ce qu'ils faisaient ni pourquoi ils le faisaient, et sans savoir où ils allaient.

Assis à côté de son père, à l'avant, Harold s'agenouilla sur la banquette et chuchota à l'oreille de Harry pour que M. Harper, qu'on installait près d'eux, ne puisse pas l'entendre : « Papa, je croyais qu'il pouvait pas marcher. Tu m'as dit qu'il pouvait pas marcher.

— Non, Harold, je n'ai pas dit ça. J'ai dit qu'à ses yeux rien n'était assez important pour mériter qu'il se lève. Mais apparemment, il vient de trouver une raison. »

Maintenant qu'il était assis, M. Harper respirait péniblement. Harold se serrait autant qu'il le pouvait contre son père. Harry murmura quelque chose au cheval roux dont l'échine tordue ressemblait, d'en haut, à un gros ballon de cirque. Ils longèrent un défilé de boutiques et de maisons et traversèrent une foule de badauds sortis dans la rue pour les regarder passer, comme à la parade du mémorial des confédérés. Nombre d'entre eux attelèrent leur charrette, démarrèrent leur moteur – sans dire un mot, ni donner la moindre explication – et les suivirent, comme hypnotisés par M. Harper qu'ils ne quittaient pas du regard.

En bordure de la ville, à la droite de la charrette, ils aperçurent les bâtisses peu élevées, lézardées par le vent, où habitaient des Noirs. Au passage de

M. Harper, eux aussi interrompirent ce qu'ils étaient en train de faire, cessèrent de parler et formèrent leurs propres rangs pour suivre le vieil homme.

Peu après, ils rencontrèrent Wallace Bedlow, aussi large et noir qu'un wagon de charbon, monté sur un cheval à la robe tirant sur l'orange, de la taille d'un gros chien. Comme d'habitude, il portait la veste de smoking blanche qu'il avait gagnée à un concours de battage de pieux. Il fit virer sa monture et prit la tête du cortège des Noirs.

Les deux groupes remontèrent la grand-route en direction de la ferme de Tucker Caliban. Harry aperçut enfin dans le lointain la maison blanche avec ses trois corps de bâtiment juxtaposés qu'il avait achetée et repeinte l'été précédent. Derrière se trouvait une grange spacieuse aux couleurs passées et, devant, un corral carré de la dimension d'un grand salon, ainsi qu'un érable mort qui pourrissait là depuis de longues années. Et au-delà de l'arbre, dans un champ, la silhouette d'un petit homme en train de semer qui, à chaque mouvement du bras, prenait la couleur du givre.

Arrêtés au bord de la route, les gens attendaient dans leurs charrettes, leurs voitures ou sur leurs chevaux que M. Harper fît quelque chose. Écartant les coudes de son maigre corps, il demanda à Harry et à Thomason de le faire descendre et de l'aider à marcher jusqu'à la clôture. Il ne dit pas un mot, n'interpella pas Tucker comme il l'eût fait pour n'importe lequel des hommes, blanc ou noir, qui l'accompagnaient, et se contenta de s'appuyer contre la barrière et de regarder travailler le Noir dont la taille ne dépassait pas celle d'un garçon, comme s'il respectait le travail qu'il était en train d'accomplir et refusait de l'interrompre avant qu'il n'ait terminé.

Quand Stewart l'avait aperçu et avait fouetté son cheval tordu pour arriver plus vite en ville, Tucker avait déjà ensemencé près d'un quart de son champ ; à présent, il en était presque à la moitié. Harry ne voyait de lui que la petite tache blanche de sa chemise car, avec son pantalon foncé et sa peau noire, l'homme se confondait avec la rangée d'arbres plantés derrière lui. Il manqua de sel et Harry le vit qui, à grandes enjambées par-dessus les sillons, revenait lentement vers la maison pour s'y réapprovisionner. Il passa tout près d'eux et Harry put discerner ses traits minuscules qui paraissaient perdus dans son large visage et les lunettes à monture d'acier posées sur son nez épaté. Si Tucker était devenu fou, comme Stewart l'avait suggéré un peu plus tôt sous la véranda, il n'en laissait rien paraître. Harry lui trouva l'air calme et consciencieux d'un homme qui ne fait rien d'extraordinaire. *Exactement comme s'il semait du grain. Comme si c'était la saison, le printemps, et que, s'y étant mis de bonne heure, il n'avait plus à s'inquiéter de manquer les premiers beaux jours. Exactement comme nous autres, au printemps, on se lève tôt, on mange et on part aux champs pour semer. La différence, c'est que lui il ne plante rien. Il est tout bonnement en train de tuer sa terre ; et il n'a même pas l'air de la détester. Ce n'est pas du tout comme s'il s'était levé le matin et s'était dit : « Je ne vais pas m'échiner un jour de plus. Je vais lui faire la peau, à cette terre, avant qu'elle n'ait la mienne. » Il ne se démène pas comme un chien enragé, jetant le sel comme si c'était du sel ; non, il le sème comme si c'était du coton ou du maïs et qu'il escomptait une bonne récolte pour l'automne. Il est bien petit pour faire une chose si terrible, il est à peine plus grand que Harold, on dirait un gamin en train de construire une maquette d'avion, ou de travailler aux côtés de son père, avec une faux miniature, en se racontant qu'il est son père et que ce champ est à lui et que son propre fiston travaille à ses côtés.*

À présent, Tucker était tellement proche que M. Harper aurait pu l'atteindre et lui taper sur l'épaule. Au lieu de cela, le vieil homme chuchota, si bas que même Harry qui était à côté de lui l'entendit à peine : « Tucker ? Que fais-tu, mon gars ? » Les hommes attendirent la réponse. Que Tucker, un peu plus tôt, n'ait pas répondu à Stewart, cela ne les avait pas surpris, mais ils étaient persuadés que tout homme pourvu d'une langue ne manquerait pas de répondre à M. Harper. Tucker, cependant, ne broncha pas, se contentant de remplir sa musette. « Tucker, Tucker Caliban. » M. Harper s'adressait au dos du Noir. « Tu m'entends ? Qu'est-ce que tu fais ? »

Écarlate, le visage déformé par la colère, Stewart avait déjà le pied sur le second échelon de la barrière : « Je vais lui apprendre le respect à ce sale nègre », dit-il. Mais M. Harper le retint par le bras. Personne ne les aurait crus capables d'une telle agilité.

« Laissez-le tranquille, dit M. Harper en s'éloignant de la clôture, vous ne pouvez pas l'arrêter, Stewart. Vous ne pouvez même plus lui faire de mal. »

Stewart suivit le vieil homme d'un pas mal assuré. « Qu'est-ce que vous voulez dire ? demanda-t-il.

— Il a commencé quelque chose et vous ne pouvez *plus rien* contre lui maintenant. Même si vous l'envoyez à l'hôpital, aussitôt sorti, il rappliquera ici avec sa musette à planter son sel. » Il se fit aider par Harry pour regagner la charrette. « Remontez-moi là-haut, dit-il, je peux tout aussi bien regarder ça assis, d'autant plus que ça va être long. »

Les Noirs étaient arrivés peu après que M. Harper était remonté dans la charrette et s'étaient groupés en contrebas. Les Blancs les avaient observés avec attention dans l'attente d'une quelconque réaction susceptible d'expliquer ce qu'ils voyaient. Mais ils n'avaient perçu que le reflet de leur propre effarement, tempéré peut-être par de la tolérance. *Eux non plus ne comprennent pas. Ça saute aux yeux. Tucker pourrait aussi bien être égyptien, ils en savent autant que nous sur cette affaire, ni plus ni moins, c'est-à-dire à peu près autant que sur la façon de monter à dos de chameau.*

Dans le champ partiellement blanchi, Tucker avait continué à lancer les cristaux pareils à des grêlons, il avait multiplié les voyages pour remplir sa musette qu'il avait vidée encore et encore, à pleines poignées, sur la terre. Le soleil s'était incliné vers les arbres et, quand Tucker eut terminé, il n'était plus qu'à trois doigts au-dessus de l'horizon. Tucker revint vers la maison et jeta sa musette sur ce qui restait du tas de sel. Dans le silence de cette fin d'après-midi, il essuya son visage ruisselant de sueur avec sa manche et, après avoir jeté un coup d'œil au travail accompli, entra dans la maison.

« Si c'est pas une honte ! s'exclama Stewart en se détournant de la clôture. Tout ce bon sel, quel gaspillage ! Je parie qu'on pourrait fabriquer des montagnes de glace avec une telle quantité de sel. » Il plaisantait.

« Taisez-vous, Stewart, dit M. Harper en se penchant en avant, et vous apprendrez peut-être quelque chose. »

La porte s'ouvrit et Tucker apparut dans la cour. D'une main, il tenait une hache, et de l'autre, un fusil. Il les posa contre la clôture du corral et disparut au coin de la maison. Il en revint avec son cheval, une vieille bête grise qui boitait légèrement, et sa vache qui avait la couleur d'un bois de charpente fraîchement coupé. Il ouvrit la porte du corral et, pendant un instant, regarda fixement les bêtes, caressant l'une, puis l'autre. Harry le vit se raidir et un soupir parut soulever sa poitrine. Puis il poussa les bêtes dans le corral, referma la grille et grimpa sur la clôture où il s'assit avec son fusil en travers des genoux.

Il tira. La balle atteignit le cheval à la tête, juste derrière l'oreille. Un sang épais se mit à couler le long de l'encolure et sur la patte antérieure gauche. L'animal resta debout pendant dix bonnes secondes, les paupières fixes, les yeux exorbités ; puis il tituba et s'écroula. Flairant une odeur de sang et de mort, la vache traversa le corral au galop, les pis agités d'un balancement frénétique. Touchée à son tour, elle continua de courir jusqu'à ce qu'elle finisse par se cogner contre la clôture. Projetée en arrière, elle se tourna vers Tucker avec l'expression déconcertée d'une femme qui vient de se faire gifler sans raison apparente. Elle poussa un beuglement et s'effondra. Tucker descendit de la barrière pour aller regarder les bêtes mortes.

Quand Tucker avait tiré sur le cheval, des larmes avaient coulé sur les joues de Harold, mais il pleurait si doucement, tellement en lui-même, que Harry ne s'en serait pas aperçu s'il ne l'avait regardé précisément à ce moment-là. Passant un bras autour de ses frêles épaules, il l'avait serré contre lui, sentant sous ses doigts les os fragiles, mais il l'avait laissé tranquille et ce n'est qu'une fois certain que le garçon ne pleurait plus qu'il lui avait dit de s'essuyer les yeux et de se moucher.

M. Harper fumait sa pipe en silence. Loomis considéra les carcasses qui gisaient dans un coin du corral et hocha la tête : « C'est une honte. Une véritable honte ! Deux belles bêtes comme ça. J'aurais pu les acheter, si j'avais su. »

Thomason éclata de rire : « Oh, la ferme ! Il faut toujours que tu me tapes du fric chaque fois que t'as envie d'un verre. Où t'aurais trouvé l'argent pour acheter une vache et un cheval ? » Les autres ne se privèrent pas de rire, tout en observant M. Harper du coin de l'œil, l'air confus. Il ne riait pas, ils se concentrèrent donc de nouveau sur la ferme.

Tucker était sorti du corral et avait ramassé sa hache qui, à la lumière du soir, brillait pareille à la flamme d'une allumette dans l'obscurité. Puis il se dirigea vers l'arbre tordu. Il marquait autrefois la limite sud-ouest de la plantation des Willson, sur laquelle l'arrière-grand-père et le grand-père de Tucker avaient travaillé, d'abord comme esclaves et ensuite comme ouvriers agricoles. Il se disait que le général y était venu chaque soir, à cheval, pour contempler le coucher du soleil. Maintenant, l'arbre appartenait à Tucker, au même titre que le terrain. Tucker posa sa main sur le tronc, la passa sur les aspérités comme sur les parties lisses ; puis il ferma les yeux et remua les lèvres. Enfin, il recula d'un grand pas et abattit l'arbre. Le vieil érable sec, en tombant, fit entendre un grincement semblable à celui des roues du fauteuil de M. Harper. Sans manifester le moindre signe de colère ou de folie, mais avec beaucoup d'application, Tucker débita l'arbre en petits morceaux ; puis, après avoir déposé la hache au milieu des copeaux gris terne, il rassembla ce qui restait de sel au fond de la musette et, avec autant de tendresse que s'il repiquait un jeune plant, le tassa tout autour des racines mortes. Quand il eut terminé, il revint vers la maison.

« Dis donc, Tucker, lui cria Wallace Bedlow, perché sur la clôture, t'as l'intention de faire pousser un arbre à sel ? » Les Noirs rirent à gorge déployée en se tapant sur les cuisses. Tucker ne pipa mot, ce qui rendit les hommes de la véranda plus perplexes que jamais. Ils étaient descendus de leurs voitures et de leurs charrettes et s'étaient assis sur la barrière, alignés comme des oiseaux. La peau de Stewart était luisante de sueur et il tira son mouchoir jaune pour essayer de se nettoyer le visage. « C'est dingue, dit-il. Si un nègre ne pige plus un autre nègre, personne n'y arrivera. Faudrait appeler quelqu'un pour l'embarquer. Il est devenu fou. »

Du haut de la charrette, Harry lui cria : « C'est sa terre et il a bien le droit d'en faire ce qui lui chante ! » Il jeta un coup d'œil à son fils qui n'en perdait pas une miette.

Les traînées sales que les larmes avaient laissées sur son visage le faisaient paraître aussi vieux que M. Harper. « C'est vrai ce qu'il dit, M. Stewart ? Dis, papa, est-ce que Tucker est devenu fou ? C'est ça qu'est arrivé ? »

Harry n'avait pas de réponse. *Si demain je rencontrais quelqu'un qui me racontait la scène que je viens de voir, je dirais que Tucker Caliban est devenu complètement fou. Mais assis ici, à le regarder faire, je ne peux pas dire ça. Parce que, s'il y a bien une chose dont je suis sûr, c'est que ce n'est pas la folie qui le pousse à agir comme ça. J'ignore ce que c'est, mais en tout cas il est pas fou.*

L'après-midi s'était enfui. Au-dessus du corral où les cadavres des animaux commençaient à attirer la moitié des mouches du comté, loin de la ferme aux trois bâtiments, par-delà le champ vide et blanc et les arbres pareils à des rubans de velours noir bordés de vert, le soleil se couchait, flamboyant comme un sou neuf.

Tucker était entré dans la maison. Il ouvrit de nouveau la porte et Harry aperçut son dos maigre : à travers la chemise blanche trempée de sueur, sa peau paraissait grise. Il tirait quelque chose de lourd. Une poussée le fit trébucher. Bethrah, sa femme, devait se tenir en face de lui, sur le seuil.

Wallace Bedlow passa par-dessus la barrière et se dirigea vers la maison, tout en retirant sa veste blanche sous laquelle il ne portait rien d'autre qu'un tricot de corps troué. « Dans son état, dites à Bethrah d'arrêter de pousser cette chose ! Peu importe ce que vous fabriquez, je vais vous donner un coup de main. »

La voix de Bethrah sortit de la pénombre : « Je n'ai pas besoin que l'on m'aide, monsieur Bedlow. Laissez-nous maintenant. Merci quand même ! »

Tucker se contenta de lever les yeux sur l'homme qui faisait au moins trois têtes de plus que lui.

« Madame Caliban, dit Bedlow par-dessus la tête de Tucker, vous ne comptez quand même pas faire un travail aussi dur, pas *en ce moment* ? » Sa veste, jetée sur son épaule, laissait entrevoir une doublure verte à carreaux complètement déchirée.

« On comprend bien que vous voulez nous rendre service, dit Bethrah, mais il faut qu'on le fasse par nous-mêmes. Merci, c'est très gentil de votre part, mais allez-vous-en maintenant. » Sa voix était très douce, mais ferme.

Tucker se contenta de le regarder fixement.

Bedlow revint vers la clôture. Tucker retourna à sa tâche et, bientôt, à la lueur du jour finissant, Harry put voir qu'il se débattait avec l'horloge de parquet qui avait appartenu à Dewitt Willson. C'était celle qui, entourée de coton et soigneusement emballée, était arrivée sur le même bateau que l'Africain et qui, après la mort de ce dernier, avait été transportée avec le bébé et le Noir du marchand d'esclaves jusqu'à la plantation des Willson. On l'avait donnée à Caliban Premier lorsqu'il avait atteint sa soixante-quinzième année – ou du moins ce que l'on pensait être sa soixante-quinzième année. C'était un cadeau du général en récompense de ses bons et loyaux services, d'abord comme esclave, puis comme employé. Tucker Caliban en avait hérité à son tour.

L'horloge était dehors à présent, debout dans la cour, et Bethrah, au dernier stade de la grossesse, se tenait à côté. Presque aussi grande que la vieille horloge, Bethrah abaissa les yeux vers son mari qui, après avoir traversé la cour, était revenu avec la hache. Il la leva et l'abattit sur le verre qui protégeait les fragiles aiguilles, le brisant en mille morceaux qui se répandirent à ses pieds. Il continua de frapper jusqu'à ce que l'acier finement travaillé et le bois précieux ne fussent plus qu'un tas de ferraille et de petit bois.

Bethrah, retournée dans la maison, en ressortit avec un bébé. Elle portait l'enfant endormi et un unique sac de voyage rouge. « Nous sommes prêts, Tucker », dit-elle.

Il fit un signe de la tête tout en contemplant les bouts de bois dispersés dans la poussière de la cour. Puis il regarda le corral et, au-delà, le champ, tout gris à présent dans la lumière crépusculaire. Le bébé se mit à pleurer et Bethrah le berça, le balançant doucement comme au rythme d'une berceuse silencieuse, jusqu'à ce qu'il se fût rendormi.

Tucker regardait la maison. Pour la première fois, il parut hésiter. Peut-être même avait-il un peu peur.

« Je sais, acquiesça Bethrah en inclinant légèrement la tête. Vas-y. »

Tucker entra sans refermer derrière lui. Quand il reparut, il portait sa livrée de chauffeur ainsi qu'une cravate noire. Il ferma doucement la porte.

Au milieu de la maison, une flamme orangée se mit à grimper le long des rideaux, puis à se déplacer lentement vers les autres fenêtres comme une personne qui visiterait une maison avant de l'acheter. Elle finit par jaillir à travers le toit avec le bruit d'un papier que l'on déchire, éclairant le visage des hommes, les ridelles des charrettes, le visage des Noirs.

Harry regardait l'incendie et, de l'autre côté du champ, les arbres enveloppés d'une lumière cuivrée. Des gerbes d'étincelles montaient puis se dissolvaient dans le bleu profond du ciel. Harry prit Harold dans ses bras et l'emmena jusqu'à la barrière où ils restèrent debout à contempler le spectacle. Au bout d'une heure, les flammes s'apaisèrent, à l'exception de quelques foyers tenaces et de quelques endroits où elles reprenaient de plus belle, dévorant ce qui restait encore de bois, de tissu ou de bardeau non consumés. Enfin, il ne subsista plus que des braises rougeoyantes, les ruines de la maison ressemblaient à une grande ville la nuit, vue de très loin.

Tucker et Bethrah se dirigèrent vers la clôture et, pendant un bref instant, Harry crut qu'ils allaient dire quelque chose, le fin mot de l'histoire ; mais ils contournèrent les charrettes et s'éloignèrent sur la route, en direction de Willson City.

Les hommes se détournèrent de la barrière, mesurant à quel point le feu les avait tous échauffés et mis en sueur. Et chacun de s'adresser à son voisin le plus proche pour grommeler quelque chose du genre : « Quel salaud tout de même ! » ou « Ça alors, ça dépasse tout » ou bien encore « Jamais de toute ma vie, j'ai... ». Ils remontèrent dans leurs charrettes, détachèrent leurs chevaux et démarrèrent leurs moteurs avec force pétarades et gargouillis.

Harry s'attarda un moment près de la barrière. Quand il jugea qu'il avait vu tout ce qu'il y avait à voir, il tendit sa main à son fils. Mais Harold n'était plus là. Harry le chercha des yeux et l'aperçut sur la route. La tête rejetée en arrière, il parlait tranquillement avec Tucker dans l'ombre silencieuse. Bethrah attendait en retrait. Il vit Tucker se retourner et rejoindre sa femme, puis ils disparurent tous deux dans les ténèbres. Harold revint à reculons, comme si l'obscurité ne pouvait happer les deux silhouettes aussi longtemps qu'il les regarderait. Quand il fut à sa hauteur, Harry ne demanda rien, se contentant de poser sa main sur l'épaule du garçon.

Les hommes étaient à présent installés dans la charrette de Stewart, prêts à regagner la ville. Soulevant le garçon, Harry le confia aux bras d'un des hommes avant de grimper à son tour et le cheval difforme les traîna jusqu'à Sutton. Comme à l'aller, ils ouvraient le chemin à deux groupes distincts. Blotti contre son père, Harold tremblait de froid. Prenant les rênes d'abord dans une main puis dans l'autre, Harry parvint à ôter sa veste. « Tiens, dit-il en la fourrant entre les bras du garçon, mets-toi ça. »

MONSIEUR LELAND

Tucker Caliban ne lui avait jamais dit grand-chose, mais Monsieur Leland ne le considérait pas moins comme son ami. De son côté, Tucker lui avait prouvé la profondeur et l'indéfectibilité de son amitié un matin de l'été précédent.

Ce jour-là, Monsieur Leland et son père étaient venus en ville de très bonne heure, avant même que M. Harper ne soit apparu sous la véranda. Son père allait consulter un docteur à cause d'une toux dont il ne pouvait se débarrasser. Assis tout seul sur le trottoir devant l'épicerie Thomason, il l'avait attendu, en s'amusant à creuser un trou dans le rebord de la grand-route. Après avoir pratiqué une entaille de quelques centimètres dans la boue dure et l'avoir bien nettoyée, il s'était levé pour jeter un œil à la devanture du magasin. Ce n'était pas les boîtes de conserve, les fusils, les équipements de pêche ni même les jouets qui l'intéressaient, mais bel et bien le bocal des cacahuètes toutes poilues.

Alors qu'il était là, à espérer que quelqu'un passerait, quelqu'un *comme les parrains des contes de fées, qui devinerait mes pensées et filerait m'en acheter*, il avait entendu des pas derrière lui. En reculant, il avait vu dans la vitrine le reflet de la grosse tête noire sur le petit corps maigrichon, une silhouette moins grande que celle de son père et à peine plus haute que la sienne.

Tucker Caliban était entré dans le magasin et avait acheté un sac de fourrage. Déjà sur le point de sortir, il s'était arrêté et avait parlé à M. Thomason en montrant la vitrine du doigt. L'épicier avait alors pesé une bonne livre de cacahuètes et l'avait versée dans un sac en papier brun. Une fois dehors, Tucker s'était planté devant Monsieur Leland : « Tu es bien le fils de Harry Leland ? » Il le fixait comme s'il allait le frapper, sans lever la main, mais d'un air féroce.

Monsieur Leland avait rentré la tête dans les épaules : « Oui, m'sieu. » *C'est un nègre... un Noir, je veux dire, mais papa m'a dit de dire « monsieur » à toutes les personnes qui sont plus âgées que moi, même à des nèg... Noirs.*

« Tu veux des cacahuètes, Monsieur Leland ? avait demandé Tucker en lui fourrant le sac entre les bras. En voilà. Dis à ton papa que je sais ce qu'il essaie de faire de toi. » Puis il lui avait tourné le dos et était remonté sur sa charrette. Sans plus regarder Monsieur Leland, ni même lui sourire ou lui dire au revoir, il avait fouetté son cheval avec un bout de corde nouée si serré qu'elle formait une espèce de courte badine brune. Il s'était éloigné sur la grand-route, laissant Monsieur Leland se demander ce que son père pouvait bien essayer de faire de lui. *Tucker a dit ça comme si c'était quelque chose de pas bien, l'air furieux, mais si c'était quelque chose de mal, quelque chose qu'il aime pas, pourquoi est-ce qu'il*

*m'aurait acheté des cacahuètes ? J'imagine que c'est
sa façon d'être, un peu comme papa et M. Thomason qui se disputent tout le temps, le visage plein de
colère, alors que papa prétend que Thomason est
son meilleur ami après maman, mais papa et maman
se disputent aussi. Faut croire que l'air des gens et
ce qu'ils disent n'ont aucune espèce d'importance ;
ce qui compte, c'est ce qu'ils font.* Il avait décidé
qu'il demanderait tout de même à son père ce qu'on
voulait faire de lui. Quand il l'avait fait, son père
avait pris un air grave et l'avait regardé dans les
yeux : « Ta maman et moi, nous essayons de faire
de toi un être humain acceptable. »

Cela ne l'avait pas beaucoup avancé, mais il avait
senti que si son père désirait qu'il fût ainsi, même
s'il ne comprenait pas très bien pourquoi ni comment,
c'était forcément une bonne chose. Et si ça lui rappor-
tait des cacahuètes, c'était encore mieux. Il n'avait pas
approfondi davantage.

C'était donc tout ce qui s'était passé entre Tucker
Caliban et lui, tout ce qu'il possédait pour étayer
sa croyance en leur amitié, à part les rares fois où
ils s'étaient croisés en ville et où Tucker lui avait
fait un signe de tête ou même dit : « Comment va,
Monsieur Leland ? »

Mais cela lui suffisait. Aussi, quand il regarda
l'incendie et vit s'écrouler la ferme de Tucker, quand
il entendit autour de lui les propos moqueurs des amis
de son père, le traitant de mauvais et de fou, il se
remit à pleurer. Puis il se fraya un chemin à travers la
forêt de jambes, pour courir après lui ; il avait l'impression que Tucker l'avait trahi en faisant des choses qui
semblaient justifier qu'on le traitât de mauvais et de

fou. Il espérait aussi que Tucker lui fournirait une explication, n'importe laquelle, qui lui permettrait de défendre son ami et de répondre aux autres : « C'est pas vrai. Il a fait ça parce que… »

Il rattrapa les deux Noirs et les appela. Mais ils ne se retournèrent pas ni ne s'arrêtèrent, comme s'ils ne l'avaient pas entendu. Alors il saisit Tucker par la basque de sa veste et s'en servit comme d'une rêne pour le forcer à s'arrêter.

« Retourne là-bas, Monsieur Leland. Fais ce que je te dis.

— Pourquoi vous partez ? » Il renifla et redressa la tête. « Vous n'êtes pas méchant, n'est-ce pas, Tucker ? »

Tucker s'arrêta et posa sa main sur la tête du garçon. Le garçon se raidit.

« C'est ça qu'ils disent de moi, Monsieur Leland ?

— Oui, m'sieu.

— Et toi, tu crois que c'est vrai ? »

Monsieur Leland regarda Tucker dans les yeux. Ils lui parurent grands et trop brillants. « Je… Mais alors, pourquoi est-ce que vous faites toutes ces vilaines choses, ces trucs de cinglé ?

— Tu es jeune, pas vrai, Monsieur Leland ?

— Oui, m'sieu.

— Et tu n'as encore jamais rien perdu, n'est-ce pas ? »

Stupéfait, le garçon ne répondit pas.

« Retourne là-bas », répéta Tucker.

Il se surprit à reculer, sans vraiment le vouloir ni l'avoir décidé, c'était comme si le flegme et la fermeté de la voix de Tucker le poussaient en arrière, pareils à un vent violent d'automne. Soudain, il sentit la main de son père sur son épaule, elle était légère et ne le dirigeait pas ; c'était lui, plutôt, qui la dirigeait, comme si son père eût été un aveugle et lui son guide. Puis il fut soulevé et déposé dans la charrette. Il se mit à trembler de froid et son père lui donna sa veste. L'odeur du corps de son père, l'odeur de tabac, de transpiration et de terre le réchauffa bien mieux que le denim graisseux de sa veste. Il s'endormit en chemin, la tête sur l'épaule de son père. Devant l'épicerie Thomason, les hommes descendirent et son père remit les rênes à M. Stewart qui leur demanda s'ils voulaient qu'il les ramenât chez eux. « Merci, Stewart. Nous sommes venus avec Deac ce matin. » Ils allèrent derrière le magasin, dans l'obscurité glacée, où ils trouvèrent le cheval à l'endroit où ils l'avaient laissé, attaché à un buisson rabougri et tout tordu. Son père le hissa sur le cheval, puis grimpa à son tour. Il sut quand ils quittèrent la grand-route pour s'engager sur leur route à eux, à une encablure de la ferme de Tucker, et se réveilla tout à fait. « Papa ?

— Oui, Harold ? » Il sentit l'haleine de son père frôler son oreille.

« Tucker a dit qu'il avait perdu quelque chose. » Il se rappela en fait que Tucker lui avait demandé s'il avait jamais perdu quelque chose. « Il a dit que j'étais jeune et que je n'avais encore jamais rien perdu. » Son père resta silencieux. « Qu'est-ce que ça veut dire ? »

Il comprit que son père réfléchissait.

« Papa, mais j'ai déjà perdu des choses, pas vrai ? Des choses comme des billes, puis une fois les vingt-cinq cents que tu m'avais donnés. C'est pas ça, perdre quelque chose ? »

Il sentait que son père réfléchissait, il sentait son père, derrière lui : il l'entourait de ses bras, presque comme s'il l'enlaçait, à ceci prêt qu'il ne l'aurait peut-être pas serré comme ça s'il n'avait pas eu à guider Deac. Puis il finit par dire : « Je ne pense pas que c'est ce qu'il a vraiment voulu dire, fiston. Je crois qu'il parlait d'autre chose, peut-être de... »

Il attendit, mais son père laissa sa phrase en suspens. Il n'aurait su dire ce que son père avait été sur le point d'exprimer, ou ce que Tucker avait voulu signifier, mais il eut l'impression (une impression qu'il n'aurait pu expliquer) que ce n'était pas très important.

Ils arrivaient chez eux. Quittant la route, ils gagnèrent la grange où son père débrida Deac avant de le conduire à sa stalle délabrée. Puis ils entrèrent dans la maison.

Sa mère ne les salua même pas. « Harry, voilà que tu ramènes encore ce gosse à 10 heures du soir ! Vraiment, Harry ! » dit-elle en gesticulant. Elle était restée habillée et n'avait pas encore défait ses longs cheveux, aussi noirs que... *l'intérieur d'une tarte au cassis, disait papa.*

« Je t'assure, Marge, que cette fois-ci, ce n'est pas ma faute, prétexta son père timidement, nous...

— Toujours la même excuse. Sincèrement, ta bande de copains ivrognes a beau l'appeler *Monsieur*, toi, au moins, tu devrais te souvenir qu'il n'a que huit ans. » Elle enseignait à l'école du dimanche. « Êtes-vous allés voir la pauvre Mlle Rickett ? » Elle avait fiché ses poings sur ses hanches et s'adressait maintenant à Monsieur Leland.

« Oui, maman. On y est restés un moment et elle a donné des cigares à papa. » Il mentait, il le savait, aussi se tourna-t-il vers son père. Sur les lèvres de Harry, il vit passer un fugitif sourire de reconnaissance et de soulagement, ce qui lui fit penser que ce n'était pas tout à fait un mensonge, *un peu comme en Corée, où papa s'est battu, quand les soldats veillaient les uns sur les autres pour rester en vie et que l'ennemi ne leur fasse pas de mal. Et l'ennemi, ça pouvait tout aussi bien être un sergent qu'un Rouge. En plus papa était sergent, mais il y avait d'autres sergents qui étaient tout autant des ennemis que les hommes sur lesquels ils tiraient et qui tiraient sur eux.*

Marge se tourna de nouveau vers Harry : « Est-ce qu'il a mangé, au moins ?

— Pas vraiment. En fait… » Son père et lui se tenaient près de la porte d'entrée et sa mère les toisait, debout derrière la table.

« Harold, assieds-toi et mange. » D'un geste brusque, elle pivota vers la cuisinière, enleva une assiette de dessus une casserole d'eau bouillante où elle l'avait laissée au chaud et la porta vers la table. Harold crut qu'elle allait la poser brutalement, mais elle n'en fit rien. Monsieur Leland s'assit. Le dessous de l'assiette était recouvert de gouttelettes chaudes. Il avait bien trop sommeil pour avoir faim, mais il savait que s'il ne mangeait pas de bon cœur, ce serait son père, de nouveau, qui aurait à en répondre.

Son père avança d'un pas. « Marge ? »

Elle l'ignora. « Mange, Harold. » Il n'avait pas attendu qu'elle le lui dise pour commencer.

Quand il eut fini (entre-temps, son père s'était rapproché tel un gamin qui arrive en retard à l'école, et s'était glissé sur une chaise, en face de lui, d'où il observait Marge qui s'affairait à la cuisine, la suivant non seulement du regard, mais de toute la tête), sa mère l'emmena se coucher, dans la chambre où son frère Walter dormait déjà d'un sommeil tranquille, aussi inerte que la statue du général. Elle attendit qu'il se fût déshabillé, l'aida à faire ses prières puis sortit, laissant la chaleur douce d'un baiser sur son front. Il essaya d'écouter ses parents, mais aucun bruit ne lui parvint de la cuisine.

Quand, plus tard, il se réveilla, il faisait nuit. Pour Harold, l'obscurité qui accompagnait la fin du jour n'avait rien à voir avec la nuit, ce n'était que de l'obscurité. La nuit, c'était quand il se réveillait et que sa chambre, la maison et les alentours étaient silencieux et qu'il devait aller aux toilettes. Il se leva, suivit le corridor ; en passant devant la porte ouverte de la chambre de ses parents, il les vit dans les bras l'un de l'autre, dans le lit où, à ce qu'on lui avait dit, il était né, et où il savait que son frère était né aussi. S'il avait eu la moindre inquiétude (ce qui n'était pas le cas), ça l'aurait rassuré. Il s'acquitta de sa petite affaire et retourna se coucher.

« Harold, mon garçon, lève-toi. » C'était son père et c'était vendredi matin. « Allons, dépêche-toi, nous sommes pressés. »

En un clin d'œil, il se trouva parfaitement réveillé. « Qu'est-ce qui est arrivé ?

— Rien encore. Mais ça ne va pas tarder, et tu ne voudrais pas manquer ça, pas vrai ? » Son père était habillé, son chapeau déjà sur la tête.

« Non, c'est sûr. » Il sauta au bas du lit, puis s'assura que son frère était bien couvert.

« Je vais voir ce que je peux faire pour le petit déjeuner. » Son père sortit et bientôt un cliquetis de poêles à frire lui parvint de la cuisine. Il enfila sa salopette et mit une chemise propre, la même, à peu de chose près, que celle qu'il portait la veille. Il en avait sept et sa mère avait inscrit le nom d'un jour de la semaine à l'intérieur de chaque col. En allant à la salle de bains, il espionna par la porte, restée ouverte : seule dans le lit, sa mère paraissait minuscule ; elle dormait plus profondément encore que ne l'aurait pu Walter, ses longs cheveux enroulés autour du cou comme un gentil serpent noir. Il se brossa les dents, aspergea ses cheveux qu'il coiffa bien en arrière, et arriva dans la cuisine juste au moment où son père s'attablait devant un grand bol de café. À sa place, il y avait déjà un verre de jus d'orange et une assiette de bouillie d'avoine. Il s'assit et commença par le jus d'orange, il était froid et lui parut amer à cause du goût de pâte dentifrice qu'il avait encore dans la bouche.

« Pourquoi est-ce qu'on part si tôt ?

— Je voudrais être là-bas quand ça commencera. » Son père souffla sur son café.

« Qu'est-ce qui doit commencer, papa ?

— J'sais pas. » Les yeux de son père étaient vitreux et un peu rouges. « Ce qui a déjà commencé. Tu te souviens de ce que M. Harper a dit ? Je ne pense pas que ce soit terminé et j'imagine que tu veux être là pour voir ça ?

— Oui, papa.

— Bon. » Un rapide sourire passa sur le visage de son père. « Dépêche-toi alors. »

Il mangea aussi vite qu'il le put. S'étant brûlé la langue une fois, après avoir pris une grosse cuillerée au centre de l'assiette, il se mit à engloutir des petites cuillerées prélevées sur les bords. En face de lui, son père buvait son café. Quand sa mère en buvait, c'était dans une tasse ; le bol de son père, lui, était au moins deux fois plus grand. La vapeur montait vers le visage mince et hâlé, empreint de bonté, et formait de fines gouttelettes au bout du nez.

Leur petit déjeuner avalé, ils posèrent sans bruit la vaisselle dans l'évier, firent couler de l'eau dessus et filèrent par la porte de derrière chercher Deac. Son père le hissa sur le cheval avant de grimper, puis ils se mirent en route. Il était toujours tôt, les champs, les buissons et les hautes herbes portaient encore les cheveux d'ange du brouillard, *qui monte comme la vapeur du café de papa.*

En arrivant devant l'épicerie Thomason, ils constatèrent qu'ils n'étaient pas les seuls à être venus de bonne heure. Il y avait déjà Bobby-Joe, M. Loomis et, bien entendu, M. Thomason qui, à l'intérieur de sa boutique, époussetait ses boîtes de conserve. L'heure était encore trop matinale pour M. Harper ou M. Stewart. *Papa dit que M. Stewart commence dès son réveil à demander à Mme Stewart s'il peut aller en ville. Il l'ennuie tellement qu'elle finit toujours par céder, mais pas avant 4 ou 5 heures de l'après-midi, après lui avoir fait faire toutes les corvées.*

Une fois Deac attaché derrière la maison, au même buisson que la veille, ils reprirent leur place sous la véranda. Monsieur Leland s'assit sur les marches à côté de Bobby-Joe, juste devant son père appuyé contre son pilier. Personne ne les salua, ils se connaissaient trop bien les uns les autres pour cela. Ils discutèrent, non pas de Tucker Caliban, mais du temps, essayant de deviner si la journée serait belle ou non. Ils bavardèrent ainsi jusqu'à l'arrivée de Wallace Bedlow qui, contrairement à la veille, ne montait pas son cheval orange – *Pourvu qu'il ne l'ait pas tué*, songea Harold – et avançait vers eux d'une démarche pesante depuis le nord de la ville. Il était vêtu de sa veste blanche, d'une bonne paire de pantalons dont l'étoffe légère bruissait à chaque pas, et portait une vieille valise en carton bouilli. En passant, il se contenta d'incliner légèrement la tête, sans dire un mot. Puis il posa sa valise à côté de l'arrêt de bus, au bout de la véranda, à l'écart des hommes.

Les Blancs le regardaient à la dérobée, Bobby-Joe avec une pointe de mépris. Le père de Monsieur Leland fut le premier à lui parler, jouant en l'absence de M. Harper, et avec l'accord tacite des autres, le rôle de porte-parole. « Bonjour, Wallace. »

Wallace Bedlow se tourna vers lui et lui sourit comme s'il venait juste de découvrir sa présence et ne se savait pas observé. « Bonjour, monsieur Harry. »

Le père du garçon s'écarta d'un pas de son pilier, dans sa direction. « Où allez-vous ? À New Marsails ?

— Oui, monsieur. » En un clin d'œil, son sourire s'évanouit. Monsieur Leland nota que Wallace avait dit « monsieur ». *Comme si papa était plus âgé que lui, ce qui est pas vrai, parce que quand Wallace enlève son chapeau, on voit ses cheveux gris crépus. Il dit « monsieur » à papa quand même, comme je le fais avec lui.*

« Et vous comptez y rester longtemps, Wallace ? » Son père parlait comme s'il n'attachait aucune importance aux questions qu'il posait, et que personne, à part lui, n'en soupesait chaque mot, ni n'écoutait.

« Je crois pas que je reviendrai, monsieur, répondit Wallace avec, dans la voix, plus de défi qu'il ne semblait nécessaire.

— Quoi ?

— Je crois pas que je reviendrai, monsieur. » Il regarda les hommes. « J'attends le bus pour aller à New Marsails et je pense que je reviendrai pas... du tout.

— Vous déménagez dans le Quartier Nord ? » Le Quartier Nord était l'endroit où vivaient les Noirs de New Marsails. Monsieur Leland l'avait vu quand il était allé au cinéma avec sa famille, le bus traversait le Quartier Nord avant d'entrer en ville.

« Non, monsieur. » Le visage de Wallace Bedlow se ferma davantage encore.

« Vous allez où alors ? » demanda Harry, presque dans un murmure. Monsieur Leland entendit quelqu'un soupirer.

« Je crois que je vais aller dans le Nord, rester chez mon jeune frère Carlyle, à New York. » Wallace Bedlow les fixa à son tour quand Harry lâcha « Ah bon ! », on eût dit qu'il les mettait au défi de l'empêcher de partir. Mais les hommes ne bougèrent pas et retournèrent à leur conversation d'un air indifférent. Wallace Bedlow se détourna lui aussi et attendit tranquillement son bus. Quand celui-ci arriva, il monta dedans. Entre-temps, sept autres Noirs s'étaient joints à lui ; eux aussi avaient des valises et portaient leurs plus beaux vêtements. Certains, même, avaient mis une cravate. Ils étaient restés là à attendre en silence, plongés dans leurs pensées, comme si les Blancs n'existaient pas. Et quand le bus dévala la colline en faisant crisser ses pneus et s'arrêta devant l'épicerie, ils montèrent dedans sans un mot, jetèrent leur monnaie dans la boîte en plastique (à l'évidence ils avaient l'appoint) et s'avancèrent vers le fond du véhicule. Puis le bus les emporta.

Presque aussitôt après, M. David Willson apparut à l'angle de la rue, venant de sa maison des Swells[1], le quartier riche de la ville. C'était un assez bel homme, aux yeux bruns et tristes, un peu plus petit que le père de Monsieur Leland. Il n'était pas fermier et descendait en droite lignée du général, bien qu'il n'eût aucunement hérité de sa grandeur et passât pour un usurpateur de l'illustre nom de famille. Il possédait une grande partie des terres sur lesquelles les amis du père de Monsieur Leland étaient métayers. On ne l'aimait pas. Il allait à pied et marchait absorbé dans ses pensées, les mains croisées derrière le dos. Sans saluer, ni même regarder les hommes installés sous la véranda, il entra dans le magasin, acheta un journal et s'en retourna par le même chemin.

Bobby-Joe cracha par terre : « Espèce de sale prétentieux. »

Toutes les heures, pendant les quatre heures qui suivirent, un bus arriva de New Marsails. Chaque fois, dix Noirs au moins l'attendaient patiemment en silence, comme enfermés dans d'invisibles cercueils, comme s'ils avaient perdu la faculté de communiquer ou n'avaient plus rien à communiquer, ni au monde qui les entourait, ni les uns aux autres. Ils portaient tous des valises, des cartons, des sacs à provisions ou des baluchons ficelés, et tous avaient mis leurs plus beaux vêtements.

---

1. En anglais, *the Swells* : les gens chics.

M. Harper était arrivé entre-temps, juste après le départ du deuxième bus. Il ne disait rien. D'autres Blancs avaient gagné la véranda, des Blancs qui se promenaient par là ou qui avaient compris plus tardivement que les autres qu'il se passait quelque chose, que quelque chose était en train de changer. Certains furent même assez stupides pour demander à M. Harper pourquoi les Noirs partaient (ils auraient dû le savoir) et où ils allaient (question oiseuse à laquelle on ne pouvait répondre sans interroger chaque Noir individuellement). Mais M. Harper ne s'embarrassa pas d'une réponse, pas même d'un signe de tête, se contentant de tirer sur sa pipe et, de temps à autre, de gigoter un peu dans son fauteuil, observant le ballet des bus et les Noirs munis de valises qui attendaient sans broncher et montaient dedans en faisant l'appoint, parfois des familles entières, de la grand-mère au petit-fils, puis le bus tournait derrière la statue du général et gravissait la côte avec force changements de vitesse et fumée noire, avant de disparaître.

Quand le bus de midi arriva, le chauffeur fit attendre les Noirs, au lieu de les laisser entrer tout de suite. Il descendit avec son changeur de monnaie pareil à un petit xylophone et un sac rempli de pièces. Il s'approcha de la fenêtre ouverte côté conducteur et, levant le bras, passa sa main au travers pour fermer la porte de l'intérieur. Il entra dans l'épicerie et ressortit sous la véranda avec un gâteau à la crème et un berlingot de lait.

C'était la deuxième fois que Monsieur Leland le voyait ce matin. Avec sa casquette, il lui faisait penser à un aviateur qu'il avait vu au cinéma, dans un film sur la guerre de Corée. Quand il eut fini de manger, l'homme alluma une cigarette. Il jeta un coup d'œil aux Noirs en secouant la tête, tira une grosse bouffée et regarda le bout rouge de sa cigarette s'éteindre. Assis sur les marches de la véranda, Monsieur Leland avait cessé de creuser la boue pour se livrer à une inspection des roues de l'autobus qui étaient au moins aussi hautes que lui, mais il se retourna pour étudier le visage du chauffeur qui exprimait un grand désarroi.

M. Harper roula avec son fauteuil jusqu'à eux. « Dites donc, où vont tous ces gens à votre avis ?

— J'aimerais bien le savoir ! » Le chauffeur jeta sa cigarette et l'écrasa du pied. Il n'en resta plus qu'un petit tas de papier, de cendres et de tabac, mais Monsieur Leland distinguait encore les fins caractères bleus du nom de la marque. « Aujourd'hui, j'ai transporté plus de nègres – hommes, femmes et enfants – jusqu'à New Marsails que je n'en ai jamais transporté en un seul jour, pas même le jour où ce club de basket-ball, le premier à intégrer un nègre en ligues majeures, a joué à New Marsails. Je les laisse au dépôt et ils s'y engouffrent tous. Je vois toutes sortes de nègres entrer là-dedans, mais ce qui est bizarre, c'est que je n'en vois ressortir aucun. C'est à mon tour de vous demander où est-ce qu'ils vont. Et, surtout, ne vous y trompez pas, il n'y a pas que les nègres de Sutton, y a aussi tous ceux qui habitent le long de la grand-route. Ils sortent des bois en courant, me font signe d'arrêter et vont s'installer dans le fond. À l'arrière, on dirait une boîte de sardines, de sardines noires avec des valises.

— Hummm », fit M. Harper en hochant la tête. Il n'en dit pas davantage et regagna sa place contre le mur, où il se mit à fixer la route sans même essayer de superviser la conversation qui se tenait autour de lui.

Il ne prononça pas un seul mot jusqu'à l'arrivée de sa fille avec la boîte à déjeuner, et tout ce qu'il dit fut : « Merci, ma chérie. »

Monsieur Leland se retourna pour le regarder ouvrir sa boîte et voir ce qu'il y avait dedans, mais son père lui tapa sur l'épaule et, d'un signe de tête, lui intima de se lever. Ils allèrent s'asseoir derrière la maison, au soleil, et observèrent une volée d'oiseaux, pareille à une colonne de fumée chahutée par le vent, qui tournoyait au-dessus de la colline. Ils mangèrent les sandwiches que son père avait préparés le matin, avant d'aller le réveiller. Puis Harry glissa la main dans la poche de sa veste et en sortit deux pommes. Il en frotta une contre sa poitrine et la tendit à Monsieur Leland.

« Où c'est qu'ils vont tous ces nèg… oirs, papa ? » Il examina la pomme, cherchant à déterminer l'endroit exact où il allait la mordre.

« Je sais pas, Harold. » Son père mordit dans la sienne, mâcha, avala. « Je suppose qu'ils partent tous vers un endroit où ils pensent s'en tirer mieux qu'ici.

— Aucun d'eux ne reviendra ?

— Je pense pas, Harold. Je crois qu'ils sont en train d'effectuer ce qu'on appelait à l'armée un "repli straté-gique". C'est quand tu te trouves avec trente hommes, face à trente mille. Alors tu tournes les talons et tu déguerpis en te disant : "Ça vaut pas le coup de jouer les braves et de se faire tuer ; on va reculer un peu et demain, peut-être, on livrera une petite bataille." Je crois que les Noirs, eux, sont en train de se replier pour de bon.

— Ça veut dire que c'est des poules mouillées, papa ?

— Je crois pas. Je pense que dans ce cas, il faut une sacrée dose de cran pour partir, fiston. »

Monsieur Leland n'avait pas d'autres questions à poser, mais en lui-même il s'interrogeait tout en grignotant la pomme tiède, presque amère. Comment pouvait-on avoir plus de cran en s'enfuyant qu'en restant ? Peut-être était-ce comme quand Eden MacDonald lui avait dit, à l'école, que son père pouvait flanquer une raclée à celui de Monsieur Leland et que Monsieur Leland avait répondu : « Non, c'est mon papa qui peut flanquer une raclée au tien, parce que le mien n'a peur de rien, ni de personne. » Eden avait dit : « Je parie que si ton père rencontrait un ours au coin d'un bois et n'avait pas son fusil, il détalerait plus vite qu'un nègre. » Et quand Monsieur Leland avait dit que ce n'était pas vrai, Eden avait rétorqué : « Eh bien, il se ferait massacrer alors. » En rentrant chez lui, Monsieur Leland avait demandé à son père s'il s'enfuirait devant un ours, s'il n'avait pas son fusil. « Je crois que oui, Harold, avait répondu son père. Ce serait encore la chose la plus intelligente à faire, tu penses pas ? » En y réfléchissant bien, Harold trouvait que son père avait raison, bien qu'il n'aimât pas beaucoup l'idée qu'il pût se sauver à la vue d'un ours ou de n'importe quoi d'autre. En tout cas, c'était mieux que si son père se faisait tuer et qu'on le ramenait tout déchiqueté, ensanglanté et mort. Peut-être, donc, était-ce pareil pour les Noirs. Il était sur le point de le demander à son père quand celui-ci se leva, s'étira et se dirigea vers un tonneau posé contre le mur pour y jeter le papier qui avait enveloppé les sandwiches.

Alors il se leva et suivit son père qui contournait la maison pour regagner la véranda. Il décida de remettre sa question à plus tard.

Ils entamèrent l'après-midi aux mêmes places et en faisant les mêmes choses que le matin : attendant que d'autres Noirs munis de valises apparaissent sous la véranda et que le bus descende la colline, avec ce bruit particulier des roues qui semblaient coller au macadam. Mais ce fut la voiture qui arriva en premier.

Elle était noire et lustrée comme une paire de souliers du dimanche et roulait plus vite que n'importe quel autobus, plus vite même que le camion que Monsieur Leland avait vu la veille, avec ses roues à cheval sur la ligne brisée blanche et son chargement de sel. Elle était si rapide que Monsieur Leland ne pouvait ajuster son œil à sa vitesse et n'en avait qu'une image brouillée. Ses ornements en chrome rappelaient ceux des chars au cinéma, et l'arrière avait tout l'air d'une fusée. Elle était conduite par un Noir à la peau claire (qui paraissait verte à travers le pare-brise) et il y avait un passager assis à l'arrière, mais impossible de le voir distinctement jusqu'à ce que la voiture s'arrêtât devant la véranda et qu'il baissât la vitre. Monsieur Leland constata alors qu'il était noir, aussi noir et presque aussi luisant que la voiture, ses cheveux gris comme la cendre recouvraient presque ses oreilles et étaient rassemblés sur la nuque à la manière de ceux d'un guerrier d'autrefois. Il était vêtu de noir et portait des lunettes de soleil bleues à monture dorée. Attachée à sa veste par une chaîne en or, il y avait une croix dorée avec un Christ cloué dessus, une croix si grande qu'on distinguait les clous dans les mains de Jésus. Le Noir ne regarda personne et s'adressa exclusivement à Monsieur Leland : « Que Dieu vous bénisse et vous protège, jeune homme. »

Il parle comme M. Harper et papa dit que M. Harper a appris à parler dans le Nord. Il doit donc être du Nord, lui aussi. Pas étonnant que les nèg... oirs s'en aillent dans le Nord, ils ont l'air d'y vivre comme des rois. Il était un peu sidéré, mais parvint à bafouiller un « Bonjour... monsieur ». Assis au bord de la véranda, il pouvait voir le plafond de la voiture. *Il est tout recouvert de tissu soyeux ; il y en a plein partout.*

« Bonjour », dit son père debout derrière lui, les genoux à la hauteur de la tête de Monsieur Leland. Mais le Noir continua à fixer le garçon.

« Êtes-vous Monsieur Leland ?

— Oui, monsieur. »

Comme si cela valait en soi une récompense, le Noir sortit son bras de la voiture et tendit au garçon son index et son majeur entre lesquels était coincé un billet de cinq dollars. Monsieur Leland le saisit timidement, se demandant pourquoi on lui décernait cet argent, et sentant la peur l'envahir car le visage du Noir avait pris une expression presque sauvage, comme si le simple fait d'être Monsieur Leland méritait une récompense, mais était aussi quelque chose de mal.

« Je me suis laissé dire, Monsieur Leland, que vous connaissiez très bien un Noir nommé Tucker Caliban. Est-ce vrai ?

— Oui, monsieur. » Monsieur Leland tenait toujours son billet de cinq dollars du bout des doigts, comme si on lui avait demandé de le tenir un instant, ou comme si c'était un échantillon que le professeur faisait circuler parmi les élèves de sa classe. Il se redressa, de sorte qu'il s'appuyait presque contre son père, se sentant plus en sécurité maintenant que celui-ci avait posé sa main sur son épaule. Les hommes s'étaient alignés sur le trottoir et regardaient par les portières ; mais aucun ne toucha la voiture, comme s'ils craignaient de se brûler. Seul Bobby-Joe manifestait plus que de la simple curiosité, il plissait les yeux comme s'il avait mal ou, à l'inverse, avait envie de faire mal.

Mais le Noir continuait à concentrer son attention sur Monsieur Leland : « Dans ce cas, Monsieur Leland, auriez-vous l'obligeance de me raconter ce que vous avez vu hier ? »

Monsieur Leland ne savait pas s'il devait s'exécuter. Il rejeta la tête en arrière et, en haut, à l'envers, il aperçut son père l'y autoriser d'un mouvement du menton. Il regarda de nouveau le Noir : « Eh bien, pour commencer il y a eu ce camion… »

Le Noir ne le laissa pas terminer sa phrase, il avait fini par prendre en considération la présence de Harry. « Vous êtes le père de ce garçon, je suppose ? »

Son père acquiesça.

« Dans ce cas, puis-je vous demander de lui permettre de me montrer la ferme ?

— Vous voulez dire que je peux monter dans cette voiture ? » fit Monsieur Leland qui avait pris plusieurs fois le bus, mais n'avait jamais roulé en voiture.

Son père ne dit rien, il restait là à fixer le Noir.

Alors, de nouveau, Monsieur Leland leva les yeux vers lui : « Papa, je peux, dis ? »

Son père avait l'air soucieux, ce n'était pas tant de savoir s'il devait permettre au garçon d'y aller, que pourquoi le Noir tenait à l'emmener et ce qu'il avait derrière la tête.

Le Noir observa Harry un instant, puis glissa la main dans la poche intérieure de son veston et en sortit un gros portefeuille. Il y préleva un billet de dix dollars qu'il lui tendit. « Tenez, dit-il en partant d'un petit rire comme si c'était très drôle, laissez-moi vous l'acheter pour un petit moment. » Il se pencha par la portière, le bras tendu, mais, contrairement à Monsieur Leland quelques instants plus tôt, son père ne bougea pas, se contentant de regarder le Noir dans les yeux, à travers les verres bleus protecteurs.

« Pas assez ? » Le Noir ajouta un autre billet de dix dollars. Monsieur Leland se dit qu'il pourrait continuer toute la journée à tirer des billets de dix dollars de son portefeuille, tant celui-ci semblait bourré d'argent. Mais cette pensée ne fit que lui traverser l'esprit, ce qui le préoccupait surtout, c'était la balade en voiture. « Papa, je peux, dis ? »

Son père restait immobile. Il finit par tourner très légèrement la tête vers M. Harper qui avait roulé son fauteuil jusqu'au bord de la véranda. M. Harper inclina la tête une seule fois. Son père se retourna vers le Noir : « Quand est-ce que vous le ramenez ? » demanda-t-il en même temps qu'il tendait le bras et prenait l'argent. Derrière eux, quelqu'un émit un sifflement involontaire.

« Dans une heure environ. Il est juste question d'aller jusqu'à la ferme de Caliban. »

Le garçon sentit que son père lui passait la main dans les cheveux. « Harold, tu veux y aller ? »

Certain de vouloir monter dans la voiture, il était moins certain d'apprécier ce Noir qui n'était pas amical comme Tucker Caliban, bien que cela ne sautât pas tout de suite aux yeux. Peu importe, il fallait *absolu-*

ment qu'il monte dans cette voiture. « Oui, papa », répondit-il.

Son père fit glisser sa main sur la nuque du garçon et le poussa très doucement. « Viens par ici », dit-il. Ils s'écartèrent un peu des hommes, de la voiture et du Noir, Monsieur Leland en tête, guidé par son père, qui le retourna face à lui et lui posa les mains sur les épaules. « Harold, tu te souviens de ce que je t'ai dit ce matin au sujet de quelque chose qui commençait ?

— Oui. » À l'ombre du chapeau, les yeux de son père étaient graves, mais brillants et doux aussi.

« Eh bien, ça a commencé, mon fils, et ce Noir le sait. Alors rappelle-toi bien *tout* ce qu'il te dira. » Il s'interrompit. « Absolument tout, exactement comme il le dit, même si tu ne comprends pas les mots. Ne t'en fais pas pour ça, moi-même je ne comprends pas la moitié de ce qu'il raconte. Mais M. Harper, lui, comprendra.

— Oui, papa.

— Ça te fait pas peur, hein ? »

Il n'en était pas bien sûr, mais il voulait à tout prix monter dans la voiture. « Non, papa.

— Bon, vas-y alors. Sois sage, montre-toi sous ton meilleur jour et surtout n'oublie pas de retenir tout ce qu'il te dira. » Il se tut, jeta un œil en direction de la voiture, puis se retourna : « Fais ça pour moi.

— Oui, papa. » Monsieur Leland avait l'impression d'être un espion. Ils revinrent près de l'auto. Le Noir ouvrit la portière et Harold aperçut l'intérieur de la voiture, aussi moelleux qu'un lit. Le Noir lui fit une place et il monta. Il vit son père saisir la poignée et fermer la portière. Assis dans le coin, il sentit soudain qu'une force invisible l'enfonçait dans le siège ; pourtant il n'entendit pas le vrombissement du moteur. Le plancher était recouvert d'une carpette et les vitres teintaient tout ce qui se trouvait à l'extérieur d'un vert horrible. De la musique parvenait de quelque part, derrière lui. Quand il se retourna pour faire un signe d'adieu à son père et aux hommes, la ville avait déjà disparu.

« Maintenant, Monsieur Leland, racontez-moi ce qui s'est passé, voulez-vous ? »

Harold ouvrit la bouche et un soupçon de peur lui fit débiter l'histoire avec l'impétuosité d'un torrent. « D'abord, on a vu le camion à charbon descendre la colline. Il était tout noir et roulait à fond de train. Il transportait du sel. Le chauffeur a dit qu'il voulait l'apporter à la ferme de Caliban et il nous a demandé où c'était. Papa lui a expliqué et il est parti. Plus tard, M. Stewart est arrivé et nous a dit que Tucker mettait le sel sur son champ. Alors, on est tous partis là-bas, tous ceux de la véranda et quelques Noirs aussi, et on a passé l'après-midi à le regarder faire. Le champ était tout blanc comme si Tucker avait mis de l'engrais dessus, mais ce n'était pas ça, c'était du sel. Puis il est entré dans la maison où il a pris son fusil et une hache. Il s'est assis sur la barrière du corral et il a tiré. D'abord sur le cheval. Le sang a commencé à jaillir comme si on plantait une épingle dans un ballon rempli de sang. La vache courait et meuglait, et il a tiré sur elle aussi. Quand elle s'est retournée, on pouvait voir le trou dans sa tête, c'était comme si elle était morte mais qu'elle le savait pas. Et puis elle est morte pour de vrai. Après, Tucker a pris sa hache et il a coupé l'arbre qui était dans sa cour, celui où le général venait y a très longtemps à cheval parce que c'était son arbre préféré. Puis il est retourné dans la maison pour y mettre le feu. Il est ressorti et il est parti. » Il s'interrompit. Il ne voulait pas raconter au Noir ce que Tucker lui avait dit. Le Noir ne connaissait pas Tucker. Ç'aurait été comme s'il révélait un secret que Tucker lui avait confié.

« Est-ce tout ? demanda le Noir en le regardant au travers de ses lunettes de soleil.

— Oui, monsieur, pour Tucker Caliban, c'est tout. » Il modifia son mensonge en ajoutant : « Mais il s'est passé autre chose, ce matin, quand mon papa et moi sommes venus en ville.

— Ah oui ? Quoi ?

— Eh bien, d'abord, il y a un nèg... oir qui s'appelle Wallace Bedlow qui est arrivé avec une valise et de beaux vêtements, pas les vêtements qu'on met pour travailler, et des pantalons légers qui flottaient au vent, et il a dit qu'il reviendrait jamais à Sutton. Il a attendu le bus, il est monté dedans et il est parti. Puis d'autres Noirs sont arrivés avec des valises et des beaux habits. Ils ont pris l'autobus et ils sont partis. »

Le Noir lui demanda d'une voix cassante, presque en colère : « Et combien y en avait-il, à votre avis, Monsieur Leland ?

— J'en ai peut-être vu cinquante, mais c'étaient tous des Noirs qui n'avaient pas de voiture. Il y en a quelques-uns qui sont partis en auto.

— C'est bien ce que je pensais », dit le Noir, se parlant à lui-même.

Quand ils arrivèrent à la ferme de Tucker Caliban ou, du moins, à ce qu'il en restait, rien ne semblait avoir changé depuis la veille. Pourtant, sous certains aspects, c'était différent. On aurait pu croire qu'il y avait des années, et non pas un jour, que Tucker avait incendié et quitté sa maison, déjà les cendres s'étaient tassées pour former une sorte de pâte et l'endroit avait cet air dévasté des propriétés abandonnées depuis longtemps, comme ces fermes dans les collines que son père lui avait montrées un matin qu'ils étaient allés à la pêche. Le champ n'était plus aussi blanc. La rosée avait dissous une partie du sel et l'avait entraîné dans le sol, de sorte que la terre était bien plus grise, cendreuse, que blanche et étincelante. Au-dessus du corral, le ciel était noir de mouches et les dépouilles des animaux commençaient à avoir l'odeur douceâtre, écœurante, d'une boutique de confiseur.

Le chauffeur gara la voiture devant ce qui avait été la porte d'entrée, et Monsieur Leland descendit, suivi du Noir qui, remarqua le garçon, avait de l'embonpoint, bien que ses bras et ses épaules semblassent assez maigres. Quand il se pencha pour sortir de la voiture, sa croix oscilla et brilla au soleil.

Ils firent lentement le tour de la maison. Au milieu de la cour, le Noir observa les débris de l'horloge : un tas de fer, de cuivre, de rouages, de ressorts et d'éclats de bois finement vernis. « Qu'est-ce que c'est que ça, Monsieur Leland ? »

Il avait complètement oublié l'horloge. Il expliqua au Noir ce que c'était.

« Et que lui est-il donc arrivé à cette horloge ?

— C'est après avoir coupé l'arbre qu'il a sorti l'horloge dans la cour. Sur le chemin du retour mon papa m'a raconté son histoire, il m'a dit que c'était le général lui-même, vous savez, le général Dewey Willson de l'Armée. Il... »

Le Noir s'était mis à rire.

« Monsieur ? fit le garçon en se rapprochant de lui.

— C'est simplement ce que vous venez de dire qui me fait rire. Il y avait deux armées, jeune homme.

— Monsieur ?

— Cela n'a aucune espèce d'importance. Ne vous en faites pas pour cela. Continuez. »

Interloqué, Harold resta un moment à fixer le Noir. Il finit par se dire que, peut-être, cela n'avait effectivement aucune importance, mais il trouvait que le Noir, en se moquant de lui, s'était montré désagréable. « Eh bien, le général a donné l'horloge à l'arrière-arrière… à l'arrière-arrière-arrière… arrière-arrière-grand-père de Tucker, et c'est Tucker qui l'a cassée en mille morceaux. Il…

— N'est-ce pas merveilleusement primitif ! » Ce n'était pas une question. Monsieur Leland ne comprenait pas ce que cela signifiait, mais il retint quand même la phrase pour pouvoir la répéter à son père.

« Bien, il semblerait que nous ayons fait le tour des choses, n'est-ce pas, Monsieur Leland ? » Le Noir se dirigea vers la voiture. « À moins que quelque chose d'autre vous revienne. » Il baissa les yeux vers le garçon, avec un air soupçonneux.

Monsieur Leland se demanda si le Noir savait qu'il n'avait pas tout raconté sur Tucker. Après tout, le Noir connaissait son nom. Celui qui le lui avait dit pouvait tout aussi bien lui avoir rapporté que Monsieur Leland avait parlé à Tucker. Le Noir pouvait se fâcher et dire à son père que son fils avait menti. « Eh bien, il y a eu autre chose… mais Tucker me l'a dit à moi et je ne sais pas si je dois vous le répéter, parce que…

— C'est comme vous voudrez, jeune homme. Je n'essaierai pas de vous faire trahir une confidence.

— C'est-à-dire, monsieur ?

— Oui, bien sûr. » Et soudain, comme par enchantement, le Noir se mit à parler de la même manière, ou presque, que Wallace Bedlow ou Tucker lui-même. « J'essaierai pas de vous faire causer. Ce que vos amis vous racontent en secret doit rester secret. » Il se tut un instant, puis ajouta : « C'est pas vrai, Monsieur Leland ? »

Le garçon était tout étonné. On aurait dit que la voix de quelqu'un d'autre sortait du corps de cet homme.

« Oui, monsieur. Oui, sans doute… mais vous m'avez donné de l'argent pour que je vous raconte *tout* ce qui s'est passé hier, et ce serait pas honnête si je… Eh bien, Tucker a dit… Quand il est parti, je lui ai couru après, et il m'a dit… que j'étais jeune et que j'avais encore jamais rien perdu. Je n'ai pas compris ce que ça signifiait. Puis il m'a demandé de m'en aller. » Il inclina la tête en arrière pour regarder le Noir dans les yeux et vit qu'il lui souriait plus chaleureusement qu'il ne l'avait fait jusque-là. Le garçon hésita un moment, puis demanda : « Vous savez, vous, ce que ça veut dire ?

— Je pense que Tucker voulait dire par là qu'on lui avait volé quelque chose, mais qu'il ne s'en était jamais aperçu parce qu'il ne savait même pas qu'il possédait ce qu'on lui avait dérobé. Comprenez-vous maintenant ? » Le garçon eut conscience que son visage trahissait ses pensées. « Non, je ne crois pas, poursuivit le Noir, mais cela n'a pas grande importance pour vous, pour le moment. Quand vous serez un peu plus grand, vous ne le comprendrez que trop bien. »

Ils étaient revenus à la voiture. « Je monte le premier, d'accord ?

— Oui, monsieur. » Il réfléchissait encore à ce que le Noir lui avait dit et continua d'y songer tandis que la voiture filait sans bruit en direction de la ville. À côté de lui, absorbé dans ses pensées, le Noir regardait par-dessus l'épaule du chauffeur, fixant un point, au loin, sur la route… *Si Tucker a perdu quelque chose sans savoir qu'il l'avait, comment peut-il savoir qu'il l'a perdu ? C'est idiot. Il faut commencer par savoir qu'on a une chose avant de s'apercevoir qu'on l'a perdue. À moins qu'après l'avoir perdue, on se mette à la chercher et qu'on s'aperçoive qu'elle n'est plus à l'endroit où on l'avait laissée. Mais si on l'a laissée quelque part, on devait savoir qu'on l'avait. Donc, c'est pas ça. Peut-être que c'est comme quand quelqu'un vous donne quelque chose pendant votre sommeil et qu'avant votre réveil, quelqu'un d'autre, Walter par exemple, se glisse dans votre chambre et vous prend le cadeau. Il va s'amuser avec dans les bois et le laisse là-bas. Le matin, la personne qui vous en a fait cadeau arrive et vous demande : « Harold, as-tu trouvé ce que je t'ai apporté ? » Vous répondez que non et la personne répond : « Pourtant je l'ai posé bien en évidence sur la commode. Comment se fait-il que tu ne l'aies pas trouvé ? – Je sais pas », vous répondez et, en y réfléchissant, vous vous dites : « Walter ! Il doit l'avoir pris avant mon réveil. Je vais lui flanquer une bonne raclée. » Walter vous dit qu'il l'a laissé dans la forêt, il ne sait plus où. Et comme ça vous l'avez perdu sans même l'avoir jamais eu, mais vous savez quand même que vous l'avez perdu. Peut-être bien que c'est quelque chose comme ça…*

Entre-temps, ils étaient arrivés en ville, ils s'arrêtaient maintenant devant l'épicerie Thomason, de
l'autre côté de la rue. Le Noir baissa la vitre. Monsieur
Leland aperçut son père appuyé contre son poteau. Il
vit Bobby-Joe cracher dans le caniveau et M. Harper
se pencher en avant.

« Merci et que Dieu vous garde ! » cria le Noir à
son père. Puis il se tourna vers Harold : « Et merci
à vous aussi, Monsieur Leland. Vous êtes un bon
jeune homme. Si jamais vous venez dans le Nord, ne
manquez pas de me rendre visite. » Il mit la main à
une poche minuscule de sa veste et en tira une carte de
visite. Monsieur Leland la prit, passa ses doigts sur le
relief des caractères, mais ne la regarda pas. Le Noir
lui tendit la main – elle était douce et molle – puis il
ouvrit la portière et Monsieur Leland sauta hors de la
voiture. Lorsqu'il atteignit la véranda, la voiture était
déjà à mi-chemin de la côte de Harmon's Draw.

Monsieur Leland donna la carte à son père qui, sans
la regarder, la passa à son tour à M. Harper. Celui-ci la
lut à haute voix : « LE RÉVÉREND B.T. BRADSHAW
DE L'ÉGLISE RESSUSCITÉE DU CHRIST NOIR
D'AMÉRIQUE, NEW YORK ».

M. Thomason alla chercher une chaise pour Harry
et, quand celui-ci se fut assis, il prit Monsieur Leland
sur ses genoux. M. Harper rapprocha son fauteuil. Se
penchant vers lui au point que le garçon pouvait sentir
son haleine, il commença de le questionner. Monsieur
Leland raconta tout ce qu'il savait, tout ce dont il se
souvenait, et il se souvenait de tout. M. Harper ne
fit aucun commentaire jusqu'au moment où Harold
rapporta la réflexion du Noir à propos de l'horloge :
« N'est-ce pas merveilleusement primitif ! » Alors

seulement il hocha la tête et dit, presque dans un soupir : « Oui, oui, là il a raison. » Mais ce fut tout. Les autres hommes se contentèrent d'écouter en silence.

Il n'était pas encore tout à fait 4 heures de l'après-midi, mais quand Monsieur Leland eut terminé son récit, son père lui dit gravement : « Bon, eh bien, rentrons maintenant. »

Son père ne desserra pas les dents jusqu'au moment où ils bifurquèrent pour emprunter le chemin de leur ferme. Monsieur Leland entendit les sabots du cheval quitter l'asphalte et se mettre à marteler sourdement la boue. « Harold, pas un mot à ta mère sur ta balade avec ce Noir. » Il se tut une seconde. « Elle pourrait ne pas aimer ça.

— Oui, papa. »

Il se renversa en arrière et appuya sa tête contre la poitrine de son père. Il écouta battre son grand cœur et entendit sa voix, creuse et lointaine : « Ce n'est pas que ce soit mal, tu comprends. Ce n'est pas comme hier, quand tu as raconté un mensonge pour m'éviter des ennuis. C'est juste pour qu'elle s'inquiète pas. Elle aime pas que tu ailles avec des inconnus, mais maintenant que c'est fait et qu'il t'est rien arrivé, c'est pas la peine qu'elle se fasse du souci. Tu comprends ? »

Il opina de la tête et la sentit frotter sur l'étoffe de la chemise de son père.

« Regarde. » Son père lâcha les rênes et Monsieur Leland sentit qu'il fouillait dans ses poches. Il perçut un bruit de papier de soie, puis la main de son père passa par-dessus son épaule et il vit le paquet. « Ouvre-le. Faut que tu voies ça. » Il le prit, défit le papier et découvrit un foulard de soie jaune – il savait que c'était de la soie parce que c'était plus fin, plus doux et plus délicat que n'importe lequel des tissus qu'il connaissait – bordé d'un minuscule ourlet. Il le tint à bout de bras et il lui parut plus léger que la brise. « Le jaune est sa couleur préférée et elle aime les jolies choses. Je l'ai acheté avec une partie des vingt dollars. Dis-moi, veux-tu que je garde pour toi tes cinq dollars ? » Il ajouta aussitôt : « T'es pas obligé de me les donner si tu veux pas, ils sont à toi. » Mais Monsieur Leland avait déjà plongé sa main dans la poche de sa salopette. Il en sortit l'argent et le tendit à son père. « Je te les garderai. Comme ça tu seras riche quand le cirque viendra à New Marsails. » Le garçon approuva de la tête.

Son père raconta à sa mère qu'il avait gagné vingt dollars en réparant le pneu crevé d'un riche touriste, puis il lui offrit le foulard. Elle poussa un cri de joie, embrassa le carré de soie et le porta durant le dîner. Jamais encore Monsieur Leland ne l'avait vue aussi jolie.

Le samedi, ils ne se rendirent pas en ville. Monsieur Leland pensait qu'ils iraient, qu'il y aurait peut-être davantage à voir, mais quand il posa la question à son père, celui-ci lui répondit : « Non. De toute manière, tout ce qu'il y aura à voir c'est d'autres Noirs qui partent avec des valises. Et puis, ça fait deux jours qu'on laisse ta maman seule ici, et j'ai l'impression que ce serait une bonne idée si on restait à la maison et qu'on faisait tout ce qu'elle nous demande, sinon elle risque de se fâcher et de devenir grognon. Et d'ailleurs, quand on y réfléchit, elle aurait raison, vu qu'on lui a laissé faire tout le travail toute seule. On va rester à la maison aujourd'hui. »

Monsieur Leland joua donc avec Walter pendant la majeure partie de la journée. Il essaya de raconter tout ce qu'il avait vu ces derniers jours, mais Walter ne saisit vraiment que l'histoire des animaux tués et du sang qui jaillissait d'eux comme d'un ballon. Il aurait bien aimé voir ça. Monsieur Leland lui confirma que ça valait en effet le spectacle. Naturellement, Walter voulut que son frère l'emmenât voir les bêtes – espérant sans doute en secret que le sang continuerait à en jaillir – et aussi la ferme incendiée. Monsieur Leland lui dit qu'il était encore trop petit, ce à quoi Walter rétorqua qu'il n'était pas trop petit du tout, ne tardant pas, du reste, à prouver le contraire en se mettant à trépigner, à râler et à pleurnicher. Finalement, parce qu'il avait lui aussi envie d'y aller, Monsieur Leland l'emmena. Ils s'y rendirent par la forêt, le long d'étroits sentiers boueux, et débouchèrent à l'arrière du champ gris. Loin, de l'autre côté, ils aperçurent les morceaux déchiquetés du bois de charpente qui se dressaient pareils à des tiges de coton brûlées, et le ciel sombre, rempli de mouches, au-dessus du corral. Ils avaient traversé la moitié du champ quand ils virent apparaître sur la grand-route, venant de la ville, un Blanc monté sur une bicyclette. C'était un vieux vélo américain qui, jadis, avait dû être crème et rouge brique, mais que l'usage et le temps avaient recouvert d'une rouille gris foncé. Il n'avait plus de garde-boue et le phare avant était cassé. L'homme s'arrêta sur le bas-côté, coucha son vélo à ses pieds et resta là à regarder autour de lui. Puis il aperçut les deux garçons. « Vous êtes les fils de Harry Leland ? »

Lui aussi parlait comme s'il venait du Nord, mais plus à la manière de M. Harper qu'à celle du Noir. Les enfants ne répondirent pas. Ils s'étaient figés au milieu du champ et Monsieur Leland avait pris son frère par la main.

L'homme leur cria : « Je suis Dewey Willson. »

Il ment. Dewey Willson, c'est le général, et il est mort. Il serra si fort la main de son frère que celui-ci se mit à grimacer et à protester. « Tiens toi tranquille, Walter. Cet homme est peut-être fou »... *Pas fou comme Tucker, lui il l'est vraiment, fou, parce qu'il se prend pour un homme qui est mort.* Traînant son frère derrière lui, il se dirigea vers l'inconnu. Ils le voyaient beaucoup mieux, à présent. Plus petit que leur père, il avait les mêmes cheveux couleur sable, mais coupés plus court. Il était vêtu d'un complet bleu clair garni de boutons – trois ou quatre – et portait une cravate à rayures diagonales.

« Est-ce que tu sais quelque chose sur cet incendie, mon petit ? » Il attendit une réponse, mais celle-ci ne vint pas. « Je suis un ami de Tucker Caliban, poursuivit l'homme ; je viens d'arriver du Nord. Sais-tu ce qui s'est passé ?

— Vous êtes un ami de Tucker ? » Monsieur Leland parlait malgré lui, mais il n'en croyait rien, pas plus qu'il n'avait cru que cet homme était le général. Pourtant l'inconnu n'avait pas l'air de mentir.

« Oui, regarde. » L'homme mit la main dans sa poche. Le cœur de Monsieur Leland bondit dans sa poitrine : *Encore de l'argent*, se dit-il. Mais l'autre sortit un simple bout de papier. « C'est une lettre de lui. C'était un de mes très bons amis. » L'homme parut soudain tout triste.

« C'était ? » Les garçons s'étaient approchés, l'inconnu abaissa les yeux vers eux, leur tendant la lettre. Le bourdonnement des mouches parut s'amplifier soudain. « Vous savez, vous, pourquoi il a fait ça ?

— Fait quoi ? »

Monsieur Leland ne put tenir sa langue plus longtemps. Il voulait découvrir ce que l'autre savait. « Pourquoi il a brûlé sa maison, tué ses bêtes et tout ? »

L'homme se contenta de le regarder fixement, il n'avait pas l'air de le croire. « Mon père avait donc raison. C'est donc cela qu'il a fait ?

— Oui, oui, c'est cela qu'il a fait, c'est vrai. » Comme l'homme demeurait incrédule, Monsieur Leland ajouta : « Il a fait tout ça il y a deux jours.

— Il y a deux jours ? »

Monsieur Leland finit par conclure que si l'inconnu lui demandait tout le temps de répéter, ce n'était pas parce qu'il ne le croyait pas, mais parce qu'il était un peu dur d'oreille. « Oui, oui, je l'ai vu de mes yeux. Il a mis le feu à la maison, il a abattu ses bêtes et...

— Et du sang s'est mis à gicler comme de l'eau d'un ballon percé, interrompit Walter.

— Tais-toi, Walter. » Monsieur Leland serra si fort la main de son frère que le petit se tordit de douleur. « Il a vraiment fait ça, dit-il en se retournant vers l'homme.

— Je te crois, fit l'autre.

— C'est la vraie vérité, intervint Walter.

— Chut, Walter.

— Raconte-moi ce qui s'est passé, tu veux bien ? » L'homme semblait sincèrement triste.

Une fois de plus, Monsieur Leland raconta l'histoire du sel, de la mort des animaux, de l'horloge (il ne l'oublia pas cette fois), des étincelles s'élevant et disparaissant dans le ciel. Mais quand il eut terminé son récit, l'homme semblait toujours aussi triste et aussi sceptique.

« Vous êtes vraiment un de ses amis ? »

L'homme acquiesça d'un geste. Il avait un air tellement étrange que Monsieur Leland se dit que la meilleure chose à faire, c'était de s'en éloigner au plus vite. « Faut qu'on s'en aille. Au revoir. » Il se dirigea vers la grand-route – ce serait le chemin le plus sûr pour rentrer, car l'homme pouvait les suivre dans le bois –, sans entendre que l'inconnu lui répondait : « Oui, au revoir. »

Quand ils atteignirent la route, Monsieur Leland se tourna vers Walter et, lui lâchant la main, lui cria très fort : « On fait la course ?

— J'ai pas envie. »

Monsieur Leland lui chuchota à l'oreille : « Ce sera notre excuse pour courir. Il peut encore nous rattraper et il a l'air dangereux.

— Bon, d'accord, on court. » Walter jeta un coup d'œil par-dessus son épaule.

Ils coururent comme des fous jusqu'en haut de la colline. Quand ils furent hors de vue, ils s'arrêtèrent, haletants.

« Il était fou, dit Walter.

— Comment tu le sais ? » Monsieur Leland n'aimait pas quand son frère tirait des conclusions hâtives.

« Il n'avait pas l'air d'un fou ?

— Si, admit Monsieur Leland à contrecœur.

— Alors, tu vois bien qu'il est fou. »

Monsieur Leland fut sur le point de répliquer que ce n'était pas toujours vrai. Tucker avait fait des choses bizarres, avait même eu l'air bizarre, mais n'en était pas fou pour autant ; il semblait avoir une bonne raison de faire toutes ces choses, même s'ils étaient trop jeunes pour comprendre. Mais il laissa tomber le sujet, Walter ne saisirait pas un mot de ce qu'il dirait. Ils étaient à quelques mètres du bas de la colline et se rapprochaient de l'embranchement de leur route. Ils apercevaient la colline voisine et la grand-route qui débouchait d'entre les arbres. Alors ils virent arriver la voiture noire, elle roulait aussi vite que la veille et aussi vite que le camion de sel, le jour d'avant. Le Noir à la peau claire était au volant. Des nuages de poussière s'élevaient des deux côtés de la route et se rejoignaient derrière le véhicule, tout comme les mains de Walter qui se refermaient toujours trop tard quand Monsieur Leland lui lançait la balle. Monsieur Leland agita le bras et Walter, croyant que c'était un jeu, l'imita. Tous deux firent des signes, mais aucun des occupants ne leur répondit. Quand l'auto les dépassa, Monsieur Leland parvint même à distinguer le Noir, assis à l'arrière, ses lunettes bleues perchées sur le nez, plongé dans la contemplation de la route devant lui. Puis l'auto disparut de l'autre côté de la colline. Ils se remirent en marche.

« Pourquoi on a fait ça, Harold ? demanda Walter qui s'était mis à décrire de grands cercles inégaux autour de son frère. Tu les connais ? »

Sachant que son frère aurait tout raconté à sa mère – ce qui aurait attiré des ennuis à son père –, Monsieur Leland ne lui avait parlé ni du Noir ni de sa promenade en voiture. « Oui, je les ai vus en ville, hier.

— Qu'est-ce qu'ils faisaient ? Tu m'en as pas parlé.

— Ça n'a aucune importance, Walter. Laisse tomber.

— Mais qui c'était ?

— Personne. » Il regarda son frère droit dans les yeux, essayant de lui présenter un visage aussi franc que possible. « Personne du tout. »

UN LOINTAIN
ANNIVERSAIRE D'AUTOMNE

Quand Dewey Willson III se réveilla le matin de son dixième anniversaire, par une claire et lumineuse journée d'automne, elle était là, dans un coin de la pièce : une bicyclette américaine aux couleurs clinquantes et aux chromes étincelants.

Il sortit lentement du lit, en hésitant, persuadé qu'elle ne manquerait pas de disparaître s'il s'en approchait trop vite. Le froid du plancher le fit frissonner. Quand il l'atteignit sans qu'elle se fût volatilisée, il caressa la selle en cuir de porc. Il mourait d'envie de l'enfourcher, mais, à son grand désespoir, il se rappela qu'il ne savait pas monter à bicyclette. Tucker avait essayé à plusieurs reprises de le lui apprendre, mais il avait fini par renoncer, Dewey ne réussissant ni à se tenir en équilibre, ni à manier son guidon, ni à pédaler.

Sans quitter le vélo du regard, il s'habilla aussi vite que possible et descendit l'escalier quatre à quatre pour aller chercher Tucker. Cette fois, il y arriverait, si seulement il parvenait à convaincre Tucker de lui montrer une dernière fois comment s'y prendre.

Tucker était dans la cour de derrière avec John, son grand-père. Ils étaient en train d'enlever la cire, maintenant sèche, dont on avait enduit la carrosserie. John avait les cheveux blancs et son visage était si ridé qu'on distinguait à peine ses traits. Il avait presque soixante-quinze ans. Tucker faisait le plus gros de la besogne, bien qu'il n'eût encore que treize ans et qu'il peinât à atteindre le haut des portières. Dewey resta à l'écart à les observer, craignant que Tucker ne lui dise qu'il n'était qu'un garçon stupide, qu'il n'apprendrait jamais à monter à vélo. Finalement, il rassembla son courage et alla lui parler.

« J'peux pas maintenant, Dewey. Je dois aider grand-père. » Tucker lui faisait face, un morceau de chiffon blanc dans une main, et une boîte de cire orange dans l'autre. Déjà à l'époque, quand il regardait les gens, il donnait l'impression d'être sur le point de lancer une ruade ou un coup de poing, alors qu'il pensait peut-être à tout autre chose. Et déjà à l'époque, il portait des lunettes à monture d'acier.

« J'apprendrai cette fois. C'est promis », dit Dewey. Il se tortilla, mal à l'aise sous le regard de Tucker, et finit par baisser les yeux sur l'extrémité en caoutchouc de ses baskets.

« Peut-être que oui, ou peut-être pas, mais plus tard, en tout cas. Je dois aider grand-père. » Tucker se retourna vers le vieil homme qui, haletant, faisait des efforts désespérés pour nettoyer le toit de la voiture. « Plus tard », répéta Tucker.

Sa bicyclette à côté de lui, Dewey passa la majeure partie de sa journée d'anniversaire assis sur les marches de la cour, derrière la maison, à regarder Tucker travailler. Il se demanda si le garçon ne l'enviait pas d'avoir reçu un vélo neuf. Il aurait préféré ne pas avoir à ennuyer Tucker, pouvoir enfourcher sa bécane et découvrir qu'il prenait part au miracle, qu'il pouvait rouler sans jamais regarder en arrière, ni avoir peur de tomber ou de s'écraser contre un arbre.

Tucker ne termina son travail que tard dans l'après-midi, à l'heure où le vent, empli de la senteur métallique du sel, arrivait du golfe. Juste au-dessous de l'horizon, monté sur un char de nuages, le soleil paraissait obscur. Ils n'auraient pas beaucoup de temps.

Debout à côté des marches, Dewey fixait Tucker qui, d'un air maussade, inspectait la cour. « Impossible d'apprendre ici, il y a pas assez de place. Tu vas rentrer dans le premier buisson en vue et nous attirer des ennuis. Suis-moi. » Il empoigna la bicyclette par le guidon et la poussa en direction de l'allée couverte de gravier.

« Où va-t-on ? » demanda Dewey en trottant derrière lui. Il était un peu fâché que Tucker poussât le vélo à sa place.

« Suis-moi. On n'a pas le temps de discuter.

Ils se dirigèrent vers un endroit situé en bordure de la grand-route, à 1 kilomètre au nord de Sutton. Quelqu'un avait commencé à y construire un restaurant, mais ne l'avait jamais achevé. Seul le parking – un immense terrain couvert lugubre et hérissé de piliers en béton – était terminé.

Il faisait presque nuit à présent ; le soleil avait plongé sans prévenir derrière les grands arbres, de ce côté de la route. Tucker poussa la bicyclette jusqu'à l'un des angles du parking, puis s'arrêta. « Tu te souviens de ce que je t'ai dit les autres fois ?

— Je crois. » Dewey n'en était pas très sûr et Tucker le comprit.

« Bon, alors écoute-moi. » Il récita la leçon d'une voix haut perchée et monotone. « C'est plus facile de garder son équilibre quand on va vite que quand on va lentement. Par contre, quand tu roules vite, faut pas lâcher le guidon. C'est vraiment pas compliqué, il suffit de garder ton sang-froid. Tu crois que tu y arriveras ?

— Je crois que oui.

— Bon. Vas-y, grimpe, je vais te tenir et courir à côté de toi en te poussant. Je te préviendrai, quand je te lâcherai. D'accord ?

— Oui. »

Tucker l'aida à s'asseoir sur la selle flambant neuve. Dewey mit ses pieds sur les pédales. Tucker vérifia. « Je te l'ai répété cent fois : ne fais *jamais* de vélo avec des baskets. Ton pied va glisser et tu vas te faire mal.

— Je suis désolé.

— On peut plus y changer grand-chose maintenant, soupira Tucker. Bon. C'est parti. »

Dewey se tortilla sur la selle et Tucker se mit à le pousser. « Essaie de garder ton équilibre et de sentir tes deux roues sous toi. N'aie pas peur et te cramponne pas trop au guidon. »

Les extrémités du guidon pointaient comme les cornes d'un taureau sauvage. Dewey se retourna vers Tucker.

« Maintenant, je te lâche. » Tucker joignit le geste à la parole. Presque aussitôt, Dewey se mit à zigzaguer, et Tucker dut l'attraper juste avant qu'il ne s'écrase contre un des piliers. Ils recommencèrent encore et encore. Tucker courait à côté du vélo, haletant, toussant de temps à autre, tandis que Dewey, sur sa selle, ne savait que faire mais s'efforçait désespérément de faire quelque chose. Il avait envie de pleurer, mais il ne voulait surtout pas que Tucker s'en aperçoive, il se sentait déjà assez honteux comme ça.

Le crépuscule descendait sur les collines et le vent se leva. Ils avaient fait d'innombrables tentatives.

« On ferait mieux de rentrer, mon petit Dewey.

— S'il te plaît, Tucker, une dernière fois. S'il te plaît, Tucker.

— Écoute, Dewey, tu sais bien que ton père sera pas content si t'arrives en retard pour le dîner.

— Mais Tucker, il *faut* que j'apprenne. » Il sentit que des larmes lui brûlaient les yeux, peut-être coulaient-elles déjà sur son visage, car Tucker le regarda et fit oui de la tête. Puis il l'aida à remonter en tenant fermement la selle et recommença à le pousser. Dewey essaya de s'habituer au comportement de la bicyclette et, quand il crut que ça y était, il se tourna vers Tucker pour lui dire de le lâcher.

Mais Tucker n'était plus là. Sans l'avertir, il avait cessé de courir, et Dewey était seul, roulant, pédalant, glissant, flottant, volant de ses propres ailes. Il pouvait sentir le vélo en équilibre sur les minces roues blanches et un sentiment de fierté l'envahit. Puis la peur surgit de nulle part et une panique noire voila ses yeux et boucha ses oreilles. C'est à peine s'il entendit Tucker lui crier : « Tout droit ! Redresse ! Tout droit ! »

Mais la confiance l'avait déjà quitté par petites vagues. Il était en train de perdre la bataille contre le guidon belliqueux. Le bitume se rapprocha dangereusement et lui écorcha bientôt les genoux. Cependant, maintenant qu'il n'était plus sur le vélo, qu'il se trouvait sain et sauf sur la terre ferme, il ne sentait pas la douleur, il était plus fier de lui qu'il ne l'avait jamais été.

« Tu y es arrivé ! Tu y es arrivé ! Tu y es arrivé ! » Tucker courut vers lui, le souleva de terre, lui tapa sur les épaules. Puis ils dansèrent une ronde autour de la bicyclette. Tucker lui serra la main, le serra contre lui et alla même jusqu'à l'embrasser. Ils firent les fous jusqu'à ce qu'ils n'aient plus d'énergie ni de voix.

Ils prirent le chemin du retour, le long de la route droite et obscure. De temps à autre, les phares des rares voitures qui passaient éclairaient leur visage.

« Tucker, tu m'apprendras à démarrer tout seul ?

— Oui, dès que tu pourras t'arrêter autrement qu'en te jetant par terre.

— Tucker, tu… ? » À ce moment-là, la lumière d'une voiture se réfléchit dans les lunettes de Tucker, faisant paraître son visage livide, et, devant son expression résignée, Dewey comprit que Tucker pensait déjà au retour à la maison et qu'il ferait mieux de se taire.

Chaque fois qu'il repensait à cette journée, Dewey se disait que Tucker devait savoir ce qui l'attendait quand il avait consenti à rester. C'était lui le responsable, lui qui devait vérifier l'heure. Lui qui n'avait pas fait attention. C'est du moins ce qu'estima le père de Dewey qui en parla à John. Celui-ci demanda à sa bru d'infliger à Tucker une punition qu'il n'oublierait pas de sitôt. Et ce soir-là, à table, Dewey entendit le claquement de la lanière brûlante sur les fesses de Tucker.

Plus tard, dans la soirée, Dewey raconta à son père qu'il avait appris à faire du vélo. Il pensait que cela lui ferait plaisir, puisque c'était lui qui lui avait offert la bicyclette, mais son père se contenta de hocher la tête sans même lever les yeux de son journal. Pendant de longues années, Dewey eut des remords d'avoir demandé à Tucker de rester. Il se promettait toujours de lui en parler mais, pour finir, il n'en faisait rien. Et, de son côté, Tucker ne fit jamais allusion à cet épisode.

LES WILLSON

C'était samedi après-midi. Les poteaux télégra-
phiques, plantés au bord du fleuve, dans la berge
artificielle en béton armé, défilaient si vite devant sa
fenêtre qu'au bout d'un moment Dewey – maintenant
âgé de dix-huit ans et rentrant chez lui au terme de sa
première année d'université dans le Nord – renonça à
les compter et contempla plutôt la course à laquelle le
train semblait se livrer avec les eaux du fleuve. Mais
bientôt, comme souvent depuis qu'il l'avait reçue, il
se mit à penser à la lettre de Tucker. Il continuait à
se demander s'il en avait bien saisi le contenu. Non
qu'il fût particulièrement profond ou complexe, c'était
la plus simple des lettres, mais elle mentionnait un
sujet et une époque dont il n'avait plus qu'une vague
réminiscence. Et il savait que pour comprendre ce que
Tucker avait voulu dire, il lui fallait replonger dans
ses souvenirs, se remémorer non seulement ce jour-là,
mais aussi les sentiments qu'il avait éprouvés alors.
Il aurait aimé que ces derniers fussent consignés et
rangés quelque part, dans un endroit d'où il aurait pu
les ressortir pour se les rappeler parfaitement. Une fois
de plus, il passa en revue les menus incidents de ce

jour particulier dont parlait Tucker, sans comprendre davantage. Le message de Tucker, rédigé dans un code qu'il avait oublié, ou qu'il n'avait jamais su, lui échappait. Il réessaya : il sortit la lettre de l'enveloppe, toute déchirée à présent, et déplia la feuille de papier jaune. Il lut les mots tapés à la machine, dictés à Bethrah (il en était certain) et signés de la main, non pas d'un homme de vingt-deux ans, mais de celle d'un garçon de quatorze ans, âge auquel Tucker avait quitté l'école.

Mon Cher Dewey,

J'espère que tu vas bien. De mon côté, je vais bien. Bethrah et le bébé vont bien aussi.

Je t'écris parce que je voulais te demander si tu te rappelais le jour où je t'ai appris à monter à vélo. C'était un jour très important pour toi. Je me souviens que tu avais très envie de savoir en faire et je suis content d'avoir pu t'apprendre. Mais tu aurais appris de toute façon parce que tu le voulais très fort.

Quand tu es venu à Noël, tu m'as demandé de t'écrire. Eh bien, je voulais simplement te poser cette question au sujet de la bicyclette.

Bien à toi.
Tucker Caliban

C'était aussi futile que les autres fois, et Dewey demeurait perplexe et dépité. Mais il serait bientôt à la maison, il pourrait demander à Tucker de lui expliquer sa lettre, même si cela l'obligeait à admettre qu'il ne possédait pas l'intelligence fulgurante dont il se vantait.

Le train s'engagea dans la série de tunnels qui aboutissaient au dépôt municipal de New Marsails. Des ronds de lumière, dispensés par de faibles ampoules sous des abat-jour d'acier, trouaient l'obscurité. Munis de pioches et de pelles, des hommes travaillaient à la lueur de lanternes ; l'un d'eux, le chef d'équipe, tenait une lampe rouge sang qu'il agita au passage du train. Dewey se leva, s'étira, il attrapa les manches entremêlées de sa veste et chercha le paquet de cigarettes qu'il était sûr d'avoir mis dans sa poche de poitrine. Puis ce fut de nouveau l'éclat de la fin de l'après-midi et, dans le compartiment, le murmure des voix remplaça le grondement du tunnel.

Quand Dewey repensait à l'aspect de la gare cet après-midi-là, il ne se souvenait pas d'avoir remarqué la multitude de Noirs qui se trouvaient sur le quai, dans la salle d'attente réservée aux gens de couleur, les visages graves des hommes, pas plus que leurs costumes fraîchement repassés et leurs chemises propres, ou même qu'ils portaient pour la plupart des valises de cuir éraflées, des sacs de voyage élimés ou encore des sacs à provisions bourrés de vêtements, de draps, de couvertures et de photos. Il ne se souvenait pas des femmes en robe d'été, aux bras encombrés de chandails et de manteaux, les leurs et ceux de leurs enfants, et de paniers de pique-nique coincés au creux du coude. Il n'avait pas vu les chaussures de marche cirées dont on avait camouflé toutes les marques d'usure. Il ne se souvenait pas davantage des enfants qui gambadaient, couraient devant leurs parents, des plus petits accrochés aux jupes de leur mère, ni des bébés endormis dans les bras des adultes ou sur des bancs. Il ne se rappelait pas les vieillards qui avançaient en clopinant, fièrement appuyés sur leur canne, ou qui, assis, attendaient tranquillement l'arrivée du train. Il ne se souvenait pas que les Noirs, soucieux de passer inaperçus, parlaient à voix basse et évitaient le regard des Blancs.

Naturellement, il se souvenait d'avoir vu des Noirs, mais il y en avait toujours eu au dépôt : les porteurs en blouse grise, coiffés d'une casquette rouge. Quant à la foule des autres qui s'y trouvait ce jour-là, il ne l'avait pas remarquée, comme il n'avait pas remarqué qu'ils montaient dans les trains en partance. La seule chose qu'il se rappelait nettement, c'était d'avoir regardé par la vitre encrassée et d'avoir reconnu sa famille parmi la foule au moment où les freins à air comprimé du train l'avaient projeté en avant. Il se souvenait d'avoir été heureux d'apercevoir sa sœur Dymphna qu'il n'avait pas revue depuis Noël – il était assez âgé maintenant pour l'apprécier et l'aimer – et déçu de constater que Tucker et Bethrah n'étaient nulle part sur le quai. Enfin, il se souvenait de sa surprise (non, le mot est bien trop faible), du choc qu'il avait ressenti en voyant ses parents, *sa* mère et *son* père, se sourire mutuellement en *se tenant par la main* (!) aussi allégrement que des adolescents. Car la dernière fois qu'il avait quitté la maison à la fin de vacances de Noël sinistres, sa mère ne cessait de marmonner qu'elle allait demander le divorce.

Le train s'était arrêté. Il descendit ses deux valises du filet au-dessus de son siège et, après avoir laissé passer quelques voyageurs, sortit dans le couloir derrière deux jeunes filles qui, comme lui, rentraient de l'université. Malgré la chaleur, elles portaient de gros chandails à col roulé et des colliers à plusieurs rangs de perles.

« Alors il m'a demandé si j'avais un blocage ou quelque chose comme ça, et il s'est mis à me parler avec beaucoup de douceur, mais je ne me suis pas laissé avoir. Il m'a dit que c'était normal qu'un homme et une femme fassent ça.

— C'est exactement ce qu'il m'a dit à moi aussi.

— Bref, figure-toi, ma chère, que tout à coup j'ai su que je n'avais qu'une envie, c'était qu'il m'embrasse. Et après ça, je me suis sentie fondre, tout bonnement.

— Moi aussi. »

À la portière, un contrôleur souriant, vêtu d'un costume bleu râpé, aidait les voyageurs à descendre les marches glissantes. Il prit le bras de Dewey, mais celui-ci se dégagea poliment et sauta de la plus haute marche sur le quai.

Dymphna faisait des bonds pour l'apercevoir par-dessus la tête des gens. À chaque saut, elle accomplissait un quart de cercle et, finalement, elle lui fit face. Elle le vit, agita les bras et, toujours au vol, essaya de prévenir ses parents. Puis elle disparut derrière un mur de gens. Quand il l'aperçut de nouveau, elle n'était plus qu'à une trentaine de pas de lui et courait dans sa direction, les bras ouverts, son manteau flottant derrière elle. Elle l'attrapa fermement par la taille et l'entoura de ses bras avant même qu'il eût pu déposer ses bagages : « Dewey ! Saluuut !

— Bonjour. Comment ça va ? » Il était trop abasourdi pour en dire davantage.

Elle le serra encore plus fort contre elle. « Bien. C'est tout ce que tu trouves à me dire ? » Elle se pencha en arrière. « Comment me trouves-tu ?

— Tu t'es fait couper les cheveux. » Par-dessus la tête de sa sœur, il aperçut ses parents qui se dirigeaient vers lui, toujours main dans la main, et il voulut savoir à quoi il devait s'en tenir. Il se pencha vers Dymphna et chuchota : « Ils se tiennent *réellement* par la main… Qu'est-ce qui se passe ici… des miracles ? »

De nouveau, elle le pressa contre elle : « Oui, oui, oui ! Je ne sais pas comment c'est arrivé, mais on dirait qu'on va échapper à un "foyer brisé". C'est merveilleux, non ? »

Ses parents arrivaient. Dymphna le lâcha, sa mère s'avança et l'embrassa. Il crut qu'elle sanglotait et ne comprit pas ce qu'elle lui disait en parlant contre sa poitrine ; mais quand elle se recula pour l'examiner, il vit que ses yeux étaient secs et qu'elle souriait. Elle avait vieilli ; il ne se souvenait pas de lui avoir jamais vu ces mèches grises au-dessus des oreilles.

Son père se tenait debout derrière elle, les mains dans le dos. « Comment ça va, Dewey ? » Il lui tendit la main, se penchant en avant, presque timidement et sans bouger d'un pouce, comme s'il y avait entre eux un précipice, large de deux bras.

« Ça va, papa. »

L'homme opina de la tête, dégagea sa main qui alla rejoindre l'autre, derrière son dos. « Tu as bonne mine, mon fils.

— Je trouve qu'il a un peu maigri », gloussa sa mère.

Ils se dévisagèrent mutuellement en silence et Dewey remarquait à présent combien ses parents avaient changé : encore jolie, sa mère n'était plus jeune et avait presque l'air d'une matrone. Ses traits, autrefois si aigus, s'étaient adoucis, et ses yeux bruns avaient perdu de leur éclat. Mais ce qui le frappa surtout, ce fut sa mine fatiguée. Son père, lui, semblait s'être tassé. Plutôt que vieilli, il paraissait avoir rétréci et fondu à vue d'œil ; mais il avait l'air heureux, plus heureux que

Dewey ne l'avait jamais vu, moins oppressé, moins écrasé par un invisible fardeau. Quant à Dymphna, c'était maintenant presque une jeune femme : habillée avec élégance, elle était la copie de ce que sa mère avait dû être vingt ans plus tôt.

Il s'attendait à quelque chose de totalement différent : il n'aurait pas été surpris si l'un de ses parents était venu seul à la gare et lui avait annoncé que la procédure de divorce était engagée. Ou bien, s'ils étaient venus tous les deux, à les voir garder leurs distances, à ne s'adresser qu'à lui et jamais l'un à l'autre, Dymphna au milieu pour leur servir de paravent, de manière à empêcher tout contact, fût-il accidentel. Mais au lieu de ça, ils étaient… trop heureux.

Personne n'avait parlé. Ils se tenaient maintenant sur un quai presque désert. En queue de train, un serre-frein donna un coup de sifflet et la file de voitures se mit à reculer. On annonça le départ d'un train pour le Nord. Au bout de quelques secondes, une foule de Noirs déferla par l'entrée principale et se dirigea vers la voie suivante.

« Honneur aux dames, dit son père en leur faisant signe de passer devant, puis il attrapa une des deux valises. Nous vous retrouverons à la voiture. »

Dymphna demeura un instant à les observer : elle savait que Dewey et son père n'étaient pas très liés, que parfois, même, ils avaient de violentes disputes, et elle s'était demandé comment son père se comporterait vis-à-vis de Dewey lorsqu'il serait de retour. Elle ne bougea pas jusqu'à ce que sa mère lui pinçât le bras.

« Viens, Dymphnie. Cela nous donnera le temps de nous remettre du rouge à lèvres. »

Dewey les regarda sortir et vit Dymphna se retourner à deux ou trois reprises. Il sourit. « Dieu, qu'elle est curieuse ! dit-il à voix haute, en secouant la tête.

— Elle l'est », approuva son père en s'approchant de lui. Dewey se tourna vers lui, irrité par cette intrusion. « Qu'avais-tu à me dire ? » Il avait l'intention de blesser son père et fut surpris de constater qu'il y était parvenu.

Son père fixait le sol à ses pieds. « Dewey, commença-t-il en poussant un soupir, j'ai conscience que ta mère et moi, nous ne t'avons pas facilité les choses.

— Tu veux dire que *tu* ne me les as pas facilitées.

— Oui, tu as peut-être raison, mon fils. » De nouveau, Dewey avait marqué un point. Quelque chose n'allait pas, ou avait changé : son père paraissait presque humain. Il fut sur le point de répondre qu'il en était *certain*, mais il se ravisa, décidé à écouter ce que son père avait à lui dire.

« Tu as sans doute raison, mais nous avons… J'ai essayé d'arranger les choses. » Il leva les yeux d'un air timide. « Peut-être qu'un jour quand nous, c'est-à-dire toi et moi, nous nous connaîtrons mieux, je pourrai t'expliquer le fin mot de l'histoire. » Il détourna le regard. « Marchons, veux-tu ? » Il regarda Dewey comme s'il s'attendait à ce qu'il lui résiste.

« Oui, d'accord.

— Quoi qu'il en soit, il semble que ta mère et moi, nous puissions… » Il n'acheva pas sa phrase. « Et j'espérais que peut-être toi et moi, nous pourrions apprendre à mieux nous connaître. »

Dewey avait très envie de répondre que c'était tout à fait possible, qu'il avait attendu cela toute sa vie, mais il se retint : trop de choses les séparaient pour être effacées aussi vite. « Je ne sais pas, dit-il.

— Peut-être pourrions-nous essayer. Nous avons tout l'été devant nous. Nous pourrions essayer.

— Oui, sans doute. »

Ils pénétrèrent dans l'immense salle d'attente en marbre. Sous leurs pieds, les ombres laissèrent place à des reflets. Ils se dirigèrent vers le parking, un grand espace ouvert cimenté, où des horodateurs en métal mat étaient disposés comme les croix d'un cimetière militaire. Il y avait peu de voitures. Du siège avant de l'une d'elles, sa mère leur sourit et agita la main. Dymphna, assise à l'arrière, leur fit signe, elle aussi. Elles se ressemblaient vraiment beaucoup.

Une fois à la voiture, son père ouvrit le coffre, Dewey y déposa ses bagages, puis il monta à l'arrière avec Dymphna. Son père mit le moteur en marche et s'engagea dans la rue. En ville, il semblait y avoir beaucoup plus de Noirs que d'habitude. Ils avaient des valises et portaient des vêtements de couleur sombre.

« Mon chéri ? Tu m'écoutes ? » Sa mère lui avait parlé. « Je t'ai demandé si tu t'étais plu à l'université.

— Oui, maman. Beaucoup. »

Ils traversaient le Quartier Nord à présent. Les rues étaient pleines de Noirs. Certains étaient assis sur des marches blanches, devant de hautes bâtisses en briques, étroites et sales. Dans des terrains vagues, au milieu des ordures, des enfants jouaient à chat perché. De temps à autre, à l'appel d'une des femmes qui pressaient leur poitrine contre le rebord en pierre des fenêtres, un des enfants se détachait du groupe et rentrait en courant à la maison. La façon dont il disait au revoir à ses camarades avait presque toujours quelque chose de définitif.

Ils passèrent à côté d'un groupe d'hommes debout devant un bar dont l'enseigne au néon était éteinte, à l'angle d'une rue. Ils avaient rapproché leurs têtes comme si l'un d'eux était en train de raconter une histoire grivoise. Dewey s'attendit à entendre un éclat de rire général, mais rien ne vint. Au lieu de cela, les hommes se séparèrent et partirent chacun de leur côté, solennels et solitaires. Le Quartier Nord semblait étrangement silencieux pour un samedi après-midi.

Ils traversèrent le fleuve. À travers le treillis en acier noir qui, vu de la voiture, ne paraissait guère plus gros qu'une moustiquaire, on voyait l'eau enfler autour des piles, et c'était le pont, plutôt que l'eau, qui semblait bouger.

« Dis-moi, Dymphnie, comment vont Tucker et Bethrah ? Et le bébé ? » Son silence le surprit. « Tu m'as entendu, Dymphnie ? Comment vont… ?

— Oui, j'ai entendu, Dewey. » Elle s'interrompit d'un coup. « Nous n'en savons rien.

— Pardon ? »

Sa mère pivota vers lui pour lui faire face. « Ils ne travaillent plus pour nous, mon chéri.

— Vraiment ? » Cela l'attrista, mais il décida que l'on n'y pouvait rien. « Et pour qui travaillent-ils maintenant ?

— Pour personne. »

Il y eut un autre silence.

« Où sont-ils ?

— Ils étaient à la ferme. » Dymphna posa sa main sur le bras de son frère. Il se tourna vers elle. « Ils ont cessé de travailler pour nous en avril…

— Nous savions que tu devais étudier dur, nous n'avons pas voulu t'inquiéter. C'est pour cela que nous ne te l'avons pas écrit », poursuivit sa mère.

Dewey s'adossa contre la banquette et croisa ses mains derrière la nuque. « Ah bon, alors ils sont à la ferme à présent ; ils ne travaillent pour personne. C'est bien, ça. Je voulais parler à Tucker de quelque chose. Il m'a envoyé une lettre. Il vous l'a dit ? »

De nouveau, le silence.

« Qu'est-ce que vous avez donc, tous, à faire des mystères et des têtes d'enterrement ?

— Dewey, commença Dymphna comme si elle s'apprêtait à lui annoncer qu'il avait fait quelque chose de terrible, mais qu'elle ignorait comment s'y prendre.

— Il y a eu un incendie là-bas, jeudi dernier », dit sa mère en le regardant, avec un air grave.

Il bondit sur son siège. « Ils ne sont pas… ? Est-ce qu'ils sont… ?

— Non, mon chéri, ils y ont échappé. » Elle secoua frénétiquement la tête comme si les mots ne suffisaient pas.

« Mais personne ne sait où ils sont, murmura Dymphna d'un air sinistre ; c'est un mystère total !

— Oh, je t'en prie, arrête de me taquiner, ce n'est pas drôle… » Il s'interrompit pour peser cette éventualité. « Vous trouvez ça drôle ? Est-ce que vous vous moquez de moi, bande de… ?

— Non, Dewey, ce n'est pas une plaisanterie. » Son père parlait calmement, en gardant les yeux rivés sur la route. « Il y a eu un incendie ; Tucker, Bethrah et le bébé en sont sortis indemnes. Et Dymphna dit vrai : personne ne sait où ils sont. »

Dewey s'agrippait au dossier du siège. « Mais comment c'est arrivé ? » Puis une image terrible lui traversa l'esprit : des hommes en cagoule, des croix enflammées, des huées. « Ce n'était pas le... ce n'était pas le... ? »

Son père comprit à quoi il faisait référence. « Non, ils n'ont rien à voir avec cette histoire.

— D'après les journaux, il a mis le feu à la maison lui-même. Honnêtement ! renchérit Dymphna en se trémoussant comme une petite fille.

— Lui-même ! Maintenant, je suis sûr que vous me faites marcher.

— Pas du tout, mon chéri. C'est bien ce que disent les journaux, même s'il n'y a aucune certitude. Et personne n'a vu Tucker et Bethrah depuis. J'ai moi aussi du mal à croire qu'il ait mis le feu.

— Pas moi, affirma sèchement son père. Je suis même à peu près sûr qu'il l'a fait.

— Qu'en sais-tu ? » Dewey passa la tête par-dessus l'épaule de son père.

« C'est assez compliqué, Dewey. J'aimerais rentrer dans les détails quand nous aurons un peu plus de temps. »

Dewey sentit la vieille rancœur remonter à la surface : « Bon sang, c'est ce que tu dis *toujours* ! Tu n'as *jamais* assez de temps pour *quoi que ce soit* ! »

Assistant une fois de plus à ce cauchemar familier, sa mère semblait inquiète : « Dewey, je ne pense pas que ton père dirait cela s'il...

— Oh, maman, ne fais pas l'enfant. Il m'a dit ce genre de choses toute ma vie !

— Cette fois-ci, c'est différent, mon chéri.

— Et en quoi c'est différent, tu peux me dire ? »
Il avait parlé sans se rendre compte qu'il se disputait presque avec sa mère, parce qu'elle prenait la défense de son père. Par le passé, les disputes avaient toujours eu lieu entre son père et lui, Dewey prenant systématiquement le parti de sa mère silencieuse. « Bon, admettons, je le découvrirai bien par moi-même. »

Ceci eut l'air d'intéresser Dymphna. « Comment ? demanda-t-elle.

— J'irai voir sur place, à la ferme, et parlerai à quelqu'un. *Voilà* comment. » Il avait pris la question simple de sa sœur pour un défi.

« Voudras-tu la voiture pour t'y rendre ? » Son père faisait une offre de paix.

« Non. » Puis il jugea sa réponse vraiment trop sèche. « Non, reprit-il, j'irai à vélo. Merci. Je… je suis resté assis sans bouger pendant deux jours de suite. » Il se tut, puis ajouta : « Merci quand même. »

Son père opina de la tête.

Aucun d'eux ne trouva autre chose à dire.

La route s'élargit. Ils aperçurent deux Noirs lourdement chargés qui marchaient en direction de New Marsails. En arrivant à leur hauteur, Dewey crut reconnaître des Noirs de Sutton, mais à la vitesse à laquelle filait la voiture, il ne put en avoir la certitude.

DYMPHNA WILLSON

Hier, en rentrant de l'école, j'ai vu des choses bizarres.
C'était vendredi. Je vais à l'école de Mlle Binford.
C'est très sélectif.

En prenant le bus, au dépôt (on nous avait laissés
sortir de bonne heure, il était près de midi), j'ai remarqué qu'il y avait là un nombre incroyable de gens de
couleur. Des centaines. Mais je n'y ai pas fait plus
attention que cela. Quand le bus est arrivé à Sutton,
une foule de Noirs s'y trouvaient aussi, devant chez
Thomason, avec des valises. Dès que je suis descendue, ils sont tous montés.

La raison pour laquelle je mentionne cela, c'est
que, dernièrement – et surtout depuis l'incendie –, j'ai
beaucoup pensé à la seule personne de couleur que
je connaisse vraiment, Bethrah Caliban. Je me suis
rappelé le jour où elle est arrivée pour travailler chez
nous, comment elle a fini par épouser Tucker, et bien
d'autres choses encore.

Je m'en souviens assez bien parce que je traversais
une période de ma vie où tout avait un poids symbo-
lique et où je croyais prendre de grandes et graves
décisions, toutes les deux secondes. Les filles sont

comme ça à quinze ans, et c'est l'âge que j'avais cet été-là. C'était il y a deux ans, presque jour pour jour.

Bethrah vint travailler chez nous parce que Mme Caliban, la mère de Tucker, faisait tout le travail. John n'était plus bon à grand-chose, il devait avoir dans les quatre-vingts ans. Et on ne pouvait pas compter sur Tucker pour le ménage ; non qu'il s'y refusât, seulement personne n'avait jamais osé le lui demander. Il entrait dans la maison pour soulever les choses lourdes, mais s'en tenait là. Le plus clair de son temps, il le passait au garage. Maman décida donc que Mme Caliban avait besoin d'une aide et téléphona à une agence.

On nous avait envoyé une première candidate le mercredi soir, mais comme personne ne l'aimait, elle était aussi vite repartie le jeudi soir.

Le vendredi matin, quand la sonnette avait retenti, j'étais assise dans le salon, où j'attendais des amis qui devaient venir me chercher. J'avais crié en direction de la cuisine que c'était pour moi et j'étais allée ouvrir.

« Bonjour. Je suis Bethrah Scott. Je viens me présenter pour l'emploi de domestique. » Et elle avait souri.

J'étais stupéfaite. Elle n'avait pas du tout l'air d'une bonne. Les bonnes sont grosses, très noires de peau, et ont un accent noir très prononcé. J'avais balbutié quelque chose comme : « Je suis Dymphna Willson. Je... », puis je l'avais regardée de nouveau.

Elle était grande, c'est la première chose qui me frappa. Elle devait mesurer près d'un mètre quatre-vingts (plus tard, elle m'apprit qu'avec des talons elle mesurait exactement un mètre quatre-vingt-quatre), et elle était mince, « svelte » conviendrait peut-être mieux. Ses cheveux couleur de rouille étaient lisses et brillants, avec de légères ondulations, et coupés court. Elle portait un ensemble léger d'été gris, un chemisier blanc très simple et la plus ravissante paire de chaussures que vous puissiez imaginer. Elle avait de grands yeux noisette. Elle était belle, tout simplement, et je l'aimai au premier coup d'œil. Non seulement elle n'avait rien d'une domestique, mais c'est à peine si on voyait qu'elle était noire, à l'exception, peut-être, de son nez. Elle avait l'air très jeune et quand elle souriait, ses yeux souriaient aussi, de sorte que tout son visage irradiait le bonheur.

Je m'étais contentée de la dévisager et de lui sourire. Puis je l'avais fait entrer, lui indiquant que j'allais prévenir ma mère. J'avais cherché quelque chose de profond à lui dire, mais, ne trouvant rien, j'avais couru du vestibule à la cuisine où ma mère prenait sa tasse de café de fin de matinée, tout en discutant avec Mme Caliban des courses de la semaine. Je lui avais annoncé qu'une jeune fille venait se présenter pour l'emploi de bonne. J'étais sur le point de dire qu'elle n'avait pas du tout l'air d'une domestique, puis m'étais arrêtée au beau milieu de ma phrase.

Maman avait remarqué mon trouble : « Qu'est-ce qui ne va pas, mon petit ?

— Rien. Mais elle… Enfin, tu verras. Viens. »

J'étais retournée dans le vestibule où Bethrah attendait patiemment. Quand maman arriva, je constatai qu'elle était assez surprise, elle aussi, mais elle se tira d'affaire beaucoup mieux que moi.

« Je suis Mme Willson. Retournons à la cuisine pour prendre une tasse de café et bavarder un peu. » Elle lui tendit la main. Bethrah retira ses gants blancs et les deux femmes se serrèrent la main.

« Je m'appelle Bethrah Scott, madame Willson. Je suis enchantée de faire votre connaissance. » Et elle sourit de nouveau. Quel merveilleux sourire elle avait !

« Bertha ?

— Non, madame, Beth-rah. » Puis elle épela son nom.

« Bethrah. D'accord. J'y suis à présent. Bon, venez, allons prendre ce café. »

Je les suivis à la cuisine où je continuai à examiner Bethrah. Comme je suis une incorrigible intrigante, il me venait toutes sortes de pensées très égoïstes. Pour commencer, j'avais l'intention de demander à Bethrah où elle avait acheté ses chaussures parce qu'il n'y en avait pas de semblables à New Marsails. Ça ne m'aurait pas échappé, j'allais y faire des courses environ une fois par semaine. Une pensée plus égoïste encore me traversa l'esprit. Il n'y a pas beaucoup de filles par ici, du moins des filles auxquelles je puisse parler, il n'y a rien que des filles de fermiers. La plupart de mes amies habitent à New Marsails. Mais cette jolie jeune fille, ici, ne devait guère avoir plus de trois ans de plus que moi et j'avais le sentiment qu'il me serait très agréable de la fréquenter. L'avantage que je voyais aussi à l'avoir pour amie, c'était qu'elle était noire : cela excluait toute possibilité de rivalité entre nous à propos des garçons. Or c'est presque toujours pour ce genre de choses que les amies, même les plus intimes, se fâchent.

Maman était assise à la table de la cuisine. Mme Caliban se tenait debout derrière elle et je m'aperçus que Bethrah lui plaisait beaucoup également. Bethrah était assise en face de ma mère, je m'installai donc près de la porte, sur un tabouret, de façon à voir, en même temps, son visage et ses chaussures.

« Eh bien, Beth… rah, dit ma mère, parlez-moi un peu de vous. Avez-vous une quelconque expérience ? » Elle essayait de jouer à la femme d'affaires alors qu'elle n'en a pas du tout l'étoffe. Une telle question m'aurait affolée. Vous savez ce que c'est, quand quelqu'un vous dit : « Parlez-moi de vous », vous ne savez pas par quel bout commencer, vous vous énervez et vos mains deviennent moites. Bethrah, elle, ne sembla pas s'émouvoir, elle pouvait faire face à n'importe quoi.

« Non, madame Willson, aucune. Mais je sais faire ce travail. Ma mère était domestique. Je l'ai observée et l'ai beaucoup aidée. »

Je crois que si une autre fille était venue et lui avait déclaré qu'elle n'avait aucune expérience, ma mère lui aurait répondu aussi sec qu'elle ne pouvait pas l'engager. Plus tard, maman me révéla qu'elle était décidée à engager Bethrah à l'instant même où elle l'avait vue, il ne lui restait plus qu'à trouver une bonne raison de le faire.

« Dites-moi une chose, mon petit : comment se fait-il qu'une fille telle que vous veuille travailler comme bonne ? Je devine que vous avez fait des études.

— Tout à fait, madame Willson, et c'est précisément pour cette raison-là que j'ai besoin de cet emploi. Je suis allée pendant deux ans à l'université et j'ai besoin de l'argent pour terminer mes études. Je vais être franche avec vous, madame Willson, je ne peux travailler que pendant deux ans. Après, je pense que j'aurai assez d'argent pour retourner à mes études. »

C'était très exactement ce que ma mère désirait. « Bon, eh bien, je crois que la place est pour vous. » La sincérité de Bethrah lui avait beaucoup plu. « Nous serions heureux de pouvoir vous aider à terminer vos études. Nous payons bien et, deux ans, c'est long. Le moment venu, nous trouverons bien une autre bonne, qu'en dites-vous ? »

Bethrah sourit. Je regardai Mme Caliban : elle rayonnait, fière de voir une jeune fille de couleur qui allait à l'université et qui était disposée à travailler comme domestique pour financer ses études.

« Vous pourrez même faire des économies. » Maman était vraiment très contente. « Vous pouvez habiter ici, avec nous, et toucher dans le même temps de bons gages.

— Oh, ce serait parfait, merci beaucoup. »

Elle fut donc engagée sur-le-champ et nous restâmes dans la cuisine, à bavarder (finalement, je ne sortis pas ce jour-là), très satisfaites les unes des autres.

Bethrah emménagea et commença à travailler. Et moi, je n'arrêtais pas de causer avec elle. À dire vrai, je ne sais pas ce que j'aurais fait sans elle – et je ne parle plus de chaussures, ou d'autres futilités du même genre. Elle m'a réellement appris beaucoup de choses sur la vie. Comme ce jour, par exemple, où j'étais allée à une soirée à New Marsails, avec Dewey, et où j'avais rencontré ce garçon, Paul. Nous avions dansé ensemble toute la nuit, et j'avais dit à Dewey que je souhaitais que ce soit Paul qui me ramène à la maison.

Naturellement, nous nous arrêtâmes en haut du Ridge, ce qui me convenait parfaitement. Je restai là, assise dans la voiture, à regarder les étoiles. Elles ressemblaient à des lucioles et, en clignant les yeux d'une certaine manière, je les voyais suspendues au bout d'un fil d'argent. C'était extrêmement romantique.

Paul se rapprocha de moi, bâilla et laissa tomber son bras sur mes épaules. Les garçons sont amusants : ils sont toujours en train de s'étirer ou de bâiller pour pouvoir vous passer un bras autour des épaules. Je m'appuyai contre lui et dis : « C'est une belle nuit, n'est-ce pas ? » Je pensais qu'il était timide et voulais le mettre dans l'ambiance.

Alors il me prit le menton et, relevant mon visage, m'embrassa. Je lui rendis son baiser. Cela dura un certain temps.

Soudain, je me sentis comme ceinturée par des mains. Il y en avait une posée sur ma poitrine. J'imagine que ça, cela pouvait encore aller. Il ne peut pas vous arriver grand-chose avec une main sur le sein, en tout cas pas à moi, on ne peut pas dire que je sois très sexy de ce côté-là. Ça me détend, tout au plus.

Puis je sentis une main sur mon genou. Je me dis que la main de Paul avait peut-être glissé. Comme je ne le connaissais pas très bien, après tout, je lui accordai le bénéfice du doute. Mais, bientôt, la main quitta mon genou pour se faufiler sous ma robe. Ne voulant pas gâcher l'ambiance, je me débrouillai pour m'écarter un peu de Paul et murmurai à son oreille : « Ne fais pas ça. » Après tout, il n'y a pas de mal à ce qu'un garçon en ait envie, cela prouve juste que vous êtes attirante. Je me contentai donc de murmurer : « Ne fais pas ça. »

Il ne m'entendit pas, ou peut-être fit-il semblant de ne pas m'entendre, son corps s'écarta comme s'il venait de recevoir une balle, mais sa main était toujours là, elle ; aussi, par acquit de conscience, je répétai « Ne fais pas ça », d'un ton plus ferme cette fois.

« Chuuuut, tais-toi, dit-il, ne gâche pas l'ambiance. »

Ne gâche pas l'ambiance ! Mince alors ! Soudain je sentis qu'il défaisait ma jarretelle. Maintenant que je savais qu'il m'avait entendue, je devais trouver autre chose. Je décidai de me fâcher. Me dégageant tout à coup et reculant sur la banquette, je dis : « Ce n'est pas très gentil ! »

Je n'étais pas réellement en colère, mais il faut parfois faire semblant de l'être pour remettre les garçons à leur place. Je lançai à Paul un regard furieux, mais il demeurait assis tranquillement, souriant, comme s'il n'arrivait pas à croire que je voulais sérieusement qu'il cessât son manège. Pour l'en convaincre, je dus me répéter : « Ce n'est pas très gentil, dis-je en feignant l'exaspération.

— Qu'est-ce qui n'est pas très gentil ? demanda-t-il en continuant de sourire.

— Tu le sais très bien. Ce que tu es en train de faire. Ce n'est pas très gentil. » Et comme je commençais à prendre peur pour de bon, j'ajoutai : « Écoute, si tu as envie d'avoir des ennuis, tu n'as qu'à le dire. Demain, je peux demander à mon père de te faire arrêter. Et il le fera, tu peux me croire ! » Plus tard, je me dis que c'était un moyen un peu sournois de se tirer d'affaire, mais, sur le moment, je n'en trouvai pas d'autre.

Il agrippa le volant des deux mains. « Bon sang ! Vous, les filles ! Vous voulez d'abord qu'on vous emmène faire un tour et ensuite vous vous mettez à hurler "Papa" dès qu'il se passe quelque chose.

— Ramène-moi immédiatement à la maison », dis-je. Il fit démarrer la voiture et me reconduisit chez moi. Et pour vous montrer à quel point le garçon était gentleman, sachez qu'il ne me raccompagna même pas jusqu'à la porte.

J'entrai en courant dans la maison et fermai les verrous. J'étais soulagée mais je me mis à pleurer et à trembler comme une feuille. Je devais avoir eu la frousse de ma vie car je restais là, appuyée contre la porte, à trembler et à pleurer.

J'entendis des pas dans la cuisine. Craignant que ce ne fût ma mère, je montai l'escalier en courant parce que tout le monde sait bien que les mères ne comprennent pas ce genre de choses.

Je me précipitai dans ma chambre, fermai la porte et demeurai debout au milieu de la pièce, essayant de reprendre mon souffle. Comme je ne pouvais ni m'arrêter de pleurer, ni rester tranquille, je me jetai sur le lit et j'enfouis ma tête dans l'oreiller pour étouffer le bruit de mes sanglots. Ma porte s'ouvrit et se referma. Je me retournai, cherchant quel mensonge j'allais pouvoir raconter à ma mère, mais c'était Bethrah, en robe de chambre. Elle parut réellement inquiète quand elle vit mon visage, elle s'approcha de moi, s'assit sur le lit et, passant son bras autour de mes épaules, me demanda ce qui s'était passé.

J'eus d'abord l'intention de lui mentir. Après tout, personne ne tient à raconter qu'il s'est fait coincer dans une voiture, sachant pertinemment que si l'on y était, c'est qu'on le voulait bien. Mais comme je ne trouvais aucun mensonge plausible, je lui dis la vérité. « Croyez-vous que ce soit très mal, Bethrah ? » Il me parut curieux de lui demander son avis, à elle, une Noire.

« Mais non, pourquoi ? » répondit-elle en me serrant contre elle. C'était comme si elle avait été ma grande sœur et je commençai à me sentir un peu mieux. « Ça m'est arrivé à moi aussi.

— Vraiment ? » Je la regardai et elle opina de la tête.

« Oui, pendant ma première année à l'université. J'étais sortie avec un joueur de basket-ball. Je ne pouvais sortir qu'avec des joueurs de basket, vu que je suis si grande. (C'est comme ça qu'elle était, comme ça qu'elle parlait de sa taille. Alors que la plupart des grandes filles se sentent gênées et marchent courbées, Bethrah se tenait toujours très droite, disant : "Comment un garçon pourrait remarquer que j'ai de la poitrine si je ne me tiens pas droite ?") J'étais donc sortie avec ce joueur de basket. Nous avons garé la voiture quelque part et je me suis dit qu'il devait être prestidigitateur tant ses mains se déplaçaient vite. Et vous savez ce que j'ai fait ?

— Non. Dites-le-moi. Rien de ce que j'ai fait n'a marché. Il s'est contenté de me rire au nez.

— Eh bien, voilà ce qui marche : j'ai serré le poing et je lui ai donné un bon coup en plein où vous savez… » Elle fit claquer sa langue. Puis elle se mit à rire, un peu gênée.

« Sans blague !

— Si, je vous assure. » Elle se pencha vers moi, en chuchotant : « Et il a poussé un de ces hurlements ! J'ai cru qu'il allait mourir sur place et que j'allais devoir le reconduire chez lui. Je ne savais pas conduire à cette époque, du coup je me serais sans doute tuée moi aussi. » Elle rit de nouveau. Je me mis à rire avec elle et me sentis beaucoup mieux.

« Mais j'aurais pu faire ça, moi aussi ? Supposez qu'il ait été le raconter ?

— Pensez-vous, c'est bien la dernière chose qu'il serait allé faire, il aurait eu bien trop honte. Et, en admettant qu'il l'ait fait, vous n'y auriez gagné que du prestige. Vous seriez devenue une sorte de défi vivant pour tous les garçons. » Elle se leva.

« Vous devriez prendre un bain : vous vous senti-rez beaucoup mieux après, dit-elle en marchant vers la porte.

— Vous ne direz rien à maman, n'est-ce pas ? » C'était cela qui m'inquiétait.

« Dire quoi ? fit Bethrah en souriant. Prenez votre bain. Je suis contente que vous vous soyez *tellement amusée* à cette soirée. »

Je ne saisis pas tout de suite ce qu'elle voulait dire : je n'étais pas très subtile à cette époque. Enfin, je compris : « Merci, Bethrah.

— Cela restera entre nous. Bonne nuit, mademoi-selle Dymphna. » Qu'elle me nommât ainsi semblait étrange après une si vive intimité.

« Bethrah, ne m'appelez pas comme ça. Appelez-moi Dee ou Dymphnie, comme tout le monde.

— Bien, mais seulement quand nous serons seules, votre mère pourrait ne pas aimer ça. »

Je lui dis que j'étais d'accord et elle sortit. Je pense qu'elle avait raison, quoique maman se montre parfaite à l'égard de cette histoire de races et s'entende aussi bien avec Mme Caliban que moi avec Bethrah (je doute, cependant, que Mme Caliban ait jamais appelé ma mère par son prénom).

Vous voyez donc à quel point Bethrah était gentille et intelligente. Elle était toujours de bon conseil. Cela, c'était avant qu'elle ne tombe amoureuse de Tucker.

Voici comment je le découvris. Un jour que j'étais allée à la cuisine pour y prendre un verre de jus d'orange, je la surpris qui regardait fixement dans le jardin, par la fenêtre de derrière. Une des deux voitures se trouvait devant le garage, avec une paire de jambes qui dépassaient de sous la carrosserie. Bethrah semblait fascinée par ce spectacle. Je n'en croyais pas mes yeux. Elle qui allait retourner à l'université, sans compter le reste ! Tucker, il est vrai, était capable de réparer n'importe quoi – il était très habile de ses mains – mais il m'était totalement impossible de les imaginer ensemble. Bethrah était très fine, non seulement vive, mais vraiment intelligente. Souvent elle et Dewey discutaient de choses que je pouvais à peine comprendre. Et puis, Tucker était encore plus petit que moi. Mais elle demeurait là à contempler ses jambes !

Quand elle se retourna, elle vit que je ne parvenais pas à croire qu'elle pût s'intéresser à lui. Elle prit un air grave : « Que pense-t-il de moi ? demanda-t-elle Lui est-il jamais arrivé de parler de moi ?

— Mon Dieu, je ne sais pas. Pourquoi, qu'y a-t-il ? » Vous voyez, je ne réussissais toujours pas à y croire. « Est-il désagréable avec vous ?

— Non, il n'est *rien du tout* avec moi. Je crois même qu'il ne m'a jamais regardée.

— Oh, vous savez, il ne dit jamais grand-chose à personne, déclarai-je pour la consoler.

— Dee, voudriez-vous me rendre un service ? Si jamais l'occasion s'en présentait et que vous trouviez le moyen de lui parler, pourriez-vous essayer de voir ce qu'il… pense… de moi ? » Très embarrassée, elle se mit à regarder ses mains. « Ça paraît idiot, n'est-ce pas, mais j'aimerais vraiment savoir.

— Entendu, Bethrah. Mais Tucker est tellement… » Je m'interrompis : on ne peut pas dire à une fille que le garçon qu'elle aime est insignifiant.

Par la suite, je me mis à observer la façon dont elle regardait Tucker quand celui-ci entrait dans la cuisine. Parfois il lui parlait de cette voix haut perchée qui était la sienne, mais il ne la regardait jamais. Il feignait toujours de faire autre chose, comme, par exemple, de se pencher sous l'évier pour voir s'il y avait des fuites.

Quant à elle, elle restait debout à côté de la cuisinière à le manger des yeux comme s'il était tout simplement merveilleux et son trouble était si grand qu'elle en bégayait : « Tucker, pourriez-vous aller vider la poubelle, s'il vous plaît ? » disait-elle, par exemple, et toujours sur un ton d'excuse.

Lui la regardait comme s'il était furieux contre elle, puis il prenait la poubelle, ou n'importe quoi d'autre, et s'en allait.

Une fois qu'il était parti, elle poussait un soupir de soulagement comme si sa présence dans la pièce avait créé une tension insupportable. Ce qui était effectivement le cas et je le comprenais fort bien. Elle me jetait un regard dont je saisissais le sens en dépit de mes quinze ans, et retournait à ses fourneaux.

Je ne sais plus exactement combien de temps après Tucker me conduisit chez le dentiste, à New Marsails. Quand il vint me chercher, je grimpai à côté de lui, au lieu de m'asseoir sur la banquette arrière. Pour l'inciter à engager la conversation, je me mis à geindre. Ma dent ne me faisait pas mal du tout – elle était si pourrie qu'elle était sur le point de tomber d'elle-même –, mais je gémis quand même. Tucker resta muet.

Tucker conduisait à la manière des coureurs automobiles, du moins tels qu'on se les imagine : couché sur le volant, le regard rivé sur la route, louchant, le dos arrondi. Il avait l'air ridicule tellement il était petit. On aurait dit un garçonnet.

Je poussai un autre gémissement, mais il ne réagit pas davantage. Peut-être le bruit du moteur l'empêchait-il de m'entendre. Finalement, je lui demandai de but en blanc : « Tucker, vous ne trouvez pas qu'elle est gentille, Bethrah ? »

Il ne broncha pas. On peut supposer que, quand un homme songe à épouser une jeune fille, il ne peut faire moins que de tressaillir quand on prononce devant lui le nom de sa bien-aimée. Lui resta de marbre.

Je voulais en avoir le cœur net. Je sais bien que cela ne me regardait pas, après tout Bethrah souhaitait simplement savoir s'il avait jamais pensé à elle. « Enfin, je veux dire, est-ce qu'elle vous est au moins sympathique ? »

Il semblait lui en coûter de l'admettre : « Oui, mademoiselle Dymphna. »

Ce fut tout ce que je pus en tirer, pas grand-chose somme toute. Non que je me sois attendue à de grands épanchements, mais là je ne pouvais même pas décider si elle lui plaisait *vraiment* ou s'il cherchait simplement à me faire tenir tranquille.

Mais il devait l'aimer, après tout, puisqu'ils se marièrent en septembre. Et presque immédiatement après, semble-t-il, Bethrah, enceinte, se mit à marcher d'un pas lourd dans la maison. Même après leur mariage, Tucker ne lui parlait pas beaucoup plus. Peut-être craignait-il de se montrer fleur bleue en public. Pourtant, ce doit être agréable que quelqu'un vous dise, devant tout le monde, qu'il vous aime. Mais lui, il n'en faisait rien ; il ne disait pas un mot.

Puis je retournai à l'école de Mlle Binford et c'est à ce moment-là, je crois, que les choses ont commencé d'aller vraiment mal entre mes parents. Ils ne se disputaient pas devant nous, je me demande d'ailleurs s'ils se sont jamais querellés. Non, c'était pire que ça.

Progressivement, et du plus loin que je me le rappelle, ils se dirent de moins en moins de choses jusqu'au moment – celui dont je vous parle – où ils ne se dirent plus rien du tout… sauf la nuit, peut-être, j'imagine, quand les gens mariés se sentent plus seuls encore, lorsqu'ils mesurent le peu qu'ils ont en commun et ce qu'ils ont perdu.

Je ne crois pas que leur problème ait surgi comme ça, un beau matin, de nulle part. Non, il avait toujours été là, seulement ils n'avaient pas eu le temps d'y penser, occupés qu'ils étaient à nous élever, Dewey et moi. Mais maintenant que nous étions presque des adultes, ils n'avaient plus assez à faire pour pouvoir cacher plus longtemps leur désaccord, et tout commença à se voir, à éclater au grand jour.

Je les entendais parfois, le soir, quand je me rendais à la salle de bains. Je les entendais discuter et m'approchais de leur porte pour écouter. Je sais que c'est très indiscret, mais quand vos parents ont des ennuis, vous ne pouvez pas passer comme ça, tranquillement, et aller mettre votre crème de nuit comme si de rien n'était.

D'abord j'entendais ma mère lui dire : « Mais qu'y a-t-il, David ? », d'une voix larmoyante. Peut-être même pleurait-elle déjà.

« Je ne sais pas. Rien. Rien, en tout cas, que tu puisses comprendre. » Il n'élevait jamais la voix.

« Mais autrefois, je pouvais te comprendre. Tu te souviens, David ? »

Puis il y avait un silence et je pouvais les entendre bouger dans leur lit. Ce n'était pas le bruit de gens qui s'étreignent : ils cherchaient simplement à trouver le sommeil. Et soudain, ma mère disait : « David ? Je t'aime. »

Et mon père ne disait rien.

Pour la première fois de ma vie, je crois, je me sentis très proche de ma mère. Je m'entends bien avec elle, aussi bien qu'une fille peut s'entendre avec sa mère, puisqu'il paraît que les filles s'entendent toujours mieux avec leur père, et les garçons avec leur mère. C'est en tout cas vrai pour notre famille, car papa n'a jamais pu s'entendre avec mon frère. Je l'observais quelquefois quand il regardait Dewey. Il le contemplait longuement, puis il secouait la tête et se détournait. Ce n'était pas comme si son fils le dégoûtait – c'est ce que croit Dewey – mais plutôt comme s'il voulait lui dire quelque chose et ne savait pas comment s'y prendre. Ça fait très scène de film TV, mais c'est la façon dont il le regardait. Je pense que, très souvent, mon père avait envie de dire des choses à Dewey, mais qu'en fin de compte, c'est à moi qu'il les disait. Avec papa, je m'entends à peu près aussi bien que n'importe qui, ce qui ne signifie pas grand-chose.

Après que mes parents eurent cessé de se parler, Dewey et mon père ne pouvaient plus échanger un mot sans se quereller. On aurait dit que Dewey se disputait à la place de ma mère. Papa disait quelque chose, n'importe quoi, et Dewey trouvait toujours le moyen de le contredire. Moi, je restais en dehors de leurs discussions. J'essayais de les arrêter en faisant quelque sottise ou en lançant une plaisanterie, mais ça ne marchait jamais, alors je faisais mine de quitter la pièce.

À cette époque-là, Bethrah fut la seule personne qui m'empêcha d'être sans cesse malheureuse. Elle me parlait et me réconfortait. Mais elle avait ses propres soucis – après tout, elle allait bientôt avoir un bébé – et ne pouvait se payer le luxe de se rendre malade avec mes problèmes.

Elle eut son bébé en août. Il était superbe, couleur café au lait très pâle, avec des yeux marron clair. J'adorais m'en occuper. Je m'amusais comme une petite folle avec lui, je le tenais dans mes bras et, fermant les yeux, je faisais semblant de lui donner le sein. J'allaiterai certainement mes enfants quand j'en aurai. Bethrah répondait à toutes les questions que je lui posais à ce sujet, il lui arrivait aussi de raconter des choses étranges, comme la fois où elle était allée à une soirée entre filles et m'avait demandé en rentrant : « À quelle heure mon bébé a-t-il mangé ?

— Il a commencé à pleurer à 7 heures et je lui ai donné son biberon, l'informai-je.

— C'est bien ce que je pensais. » Elle sourit, puis pouffa de rire. « Vers 7 heures, j'ai senti le lait s'égoutter de mes seins et je me suis mise à avoir mal. Oh, là, là ! J'avais mal comme si on m'avait donné de grands coups de poing dans la poitrine. Alors j'ai su que mon petit garçon avait faim. »

Imaginez un peu ! Elle se trouvait à une trentaine de kilomètres de son bébé et elle savait qu'il avait faim ! Ce doit être merveilleux d'être aussi étroitement lié à quelqu'un.

Avec ces histoires d'allaitement, j'apprenais ce qui se passait entre Tucker et Bethrah. Ça peut paraître absurde, c'est pourtant la réalité. Bethrah disait toujours qu'une mère qui allaitait son enfant devait demeurer parfaitement détendue, sans quoi son lait tarirait et il faudrait nourrir le bébé au biberon. Elle s'était donc juré que lorsqu'elle aurait un bébé, elle ferait en sorte de rester détendue.

Cependant, en septembre, après que Dewey fut parti à l'université et que Tucker eut acheté la ferme, son lait tarit quand même. Elle était en parfaite santé, mais devint aussi aride qu'un désert. Je me rappelle très bien la nuit où elle m'annonça cette nouvelle. Je m'en souviens parce que c'est à partir de ce moment-là que j'ai eu l'impression de devenir adulte. Je sais : on ne mûrit pas comme ça, du jour au lendemain. Ce que je veux dire, c'est que je me suis mise à réfléchir à certaines choses comme une adulte.

J'étais descendue à la cuisine pour y boire un jus d'orange (dont je raffole) avant de commencer mes devoirs. J'étais assise là dans le noir, sirotant ma boisson, à côté de la fenêtre par laquelle j'apercevais les étoiles. C'était comme si je regardais un tableau parce que le mur encadrait un carré d'étoiles.

La porte s'ouvrit soudain et Bethrah entra. Tout était si tranquille, si agréable, que je ne dis rien. Je crois qu'elle ne s'était pas aperçue de ma présence, sinon elle ne se serait sans doute pas mise à pleurer. Tout à coup, je l'entendis sangloter à l'autre bout de la pièce, dans un coin obscur, près du fourneau. Puis elle dit : « Je ne te comprends pas, Tucker. J'essaie, j'essaie, j'essaie, mais je n'y arrive pas. » Ce fut tout, mais elle le répéta plusieurs fois.

Je ne savais pas quoi faire. Je ne voulais pas lui manifester ma présence si elle était venue à la cuisine pour trouver refuge. Seulement, si je restais silencieuse et qu'elle finissait par m'apercevoir, elle penserait que je l'espionnais.

Mais elle dit : « Mademoiselle Dymphna ?

— Bethrah ? Qu'est-ce qu'il… ?

— Oh, Dee... » J'entendis des pas, puis elle m'agrippa et se mit à pleurer sur mon épaule. J'étais vraiment surprise, je l'avais toujours connue si forte, sachant exactement ce qu'elle devait faire quand quelque chose n'allait pas, mais ça, c'était tout nouveau. Je la serrai dans mes bras et lui tapotai le dos. Au bout d'un moment elle cessa de pleurer et se redressa, toute tremblante. Je ne voyais que son visage. « Mon lait tarit », dit-elle, puis elle recommença à sangloter, et je la serrai de nouveau contre moi jusqu'à ce qu'elle se soit calmée ; elle releva la tête et se mit à me confier ses malheurs.

Comme elle pleurait et tremblait, ses propos paraissaient assez confus, mais voici, en substance, ce qu'elle me raconta. Tucker ne lui disait jamais rien. Il faisait toutes sortes de choses déroutantes, sans jamais en discuter avec elle ni lui donner la moindre explication. Il avait acheté cette ferme à mon père, mais selon Bethrah ce n'était pas uniquement dans l'intention de devenir fermier. Il avait autre chose derrière la tête, seulement, elle ignorait quoi. Elle doutait même qu'il le sache *lui-même*. Il ne réfléchissait jamais, il se contentait d'agir. Et tout cela avait mis Bethrah dans un tel état d'agitation et d'inquiétude qu'elle avait cessé d'avoir du lait.

Quand elle eut fini de parler, elle était beaucoup plus calme. Elle se leva pour prendre un cendrier et essaya d'allumer une cigarette, je voyais la flamme trembloter et elle dut y renoncer. En pestant, elle remit la cigarette dans le paquet. « Je n'ai vraiment pas mérité que l'on me traite ainsi, Dymphna. » Puis elle s'emporta : « Et allez pas croire que c'est la première fois que ça arrive ! En tout cas, c'est bien la dernière. »

Elle me parla aussi d'une dispute qu'ils avaient eue, peu de temps après leur mariage, lorsqu'elle avait emmené Tucker chez des amis qu'elle avait connus à l'université. Quand elle mentionna cette soirée, je me souvins parfaitement de cette nuit-là, parce que je les avais entendus rentrer. J'avais entendu la voiture rouler sur le gravier de la cour et, une fois le moteur coupé, la voix de Bethrah : « Comment as-tu pu me faire une chose pareille ? Comment as-tu pu me faire honte à ce point ? »

Je ne pense pas qu'il lui répondit, du moins je n'entendis pas sa voix. Il n'y eut que le bruit de glace pilée de leurs pas sur le gravier.

Puis Bethrah avait repris : « Tout ce que je souhaitais, c'était un dollar. Tu aurais bien pu me le donner.

— Je ne voulais pas.

— Je m'en suis rendu compte, figure-toi ! Mais, même si tu n'étais pas d'accord avec ses idées, ça ne t'empêchait pas de me donner cet argent puisque je te le demandais.

— C'est pas une raison. »

Même moi, sa réponse m'avait exaspérée. À mon avis, un mari devrait faire plaisir à sa femme quand elle désire vraiment quelque chose.

Bethrah me raconta donc ce qui s'était passé. « Quelle erreur j'ai commise ce soir-là ! Vous ne pouvez pas savoir ! Je n'aurais jamais dû l'emmener. Savez-vous ce qu'il a fait ? J'ai failli perdre tous les amis que j'ai... ou que j'avais. » Elle se leva et se mit à marcher de long en large.

D'après ce que je compris, des amis à elle les avaient invités à une soirée. « Tucker ne voulait pas y aller mais j'ai insisté. Comme je lui avais forcé la main, il pouvait se permettre de me faire *ça*. Dymphna, je sais qu'il n'a aucune éducation, mais, franchement, je suis fière de lui. Je voulais juste qu'ils le rencontrent. »

Pendant qu'elle parlait, je voyais toute la scène se dérouler devant mes yeux. Elle n'avait même pas besoin de me décrire l'incident, il me suffisait d'en connaître le motif. J'avais vécu assez longtemps à proximité de Tucker pour savoir exactement ce qu'il dirait, comment il le dirait, et quelle serait son expression à ce moment-là. Sur le coup, cette constatation m'étonna : jusque-là, je n'avais jamais eu conscience de le connaître aussi bien. Je pensais même que, contrairement à Dewey, je ne lui avais jamais accordé beaucoup d'attention.

Mais je savais ; je pouvais les imaginer, tous assis dans la pièce, en train de discuter de ce genre de sujets dont parlent les étudiants : des événements mondiaux et de leurs anciens professeurs. Bethrah prétend que les étudiants noirs finissent toujours, tôt ou tard, par aborder le problème racial, et c'est ce qui arriva ce soir-là. Un des membres du groupe déclara qu'il était responsable de la section locale de la Société nationale des affaires noires et qu'il profiterait bien de l'occasion pour obtenir quelques adhésions.

Bethrah lui dit qu'elle n'avait pas renouvelé sa carte. Elle lui donnerait un dollar, pouvait-il lui en envoyer une autre ? Elle regarda alors Tucker qui n'avait pas desserré les dents depuis qu'elle l'avait présenté à ses amis. Tandis qu'elle me racontait ça, je le voyais nettement, assis bien droit sur sa chaise, les mains croisées sur ses genoux, les yeux masqués par le reflet des lumières dans ses lunettes, aussi petit et aussi laid qu'il lui était possible de l'être. Bethrah lui dit : « Tucker, donne-lui un dollar pour moi, s'il te plaît. »

Tucker ne bougea pas d'un pouce ; l'air contrarié, il répondit : « Non. »

J'imaginai les autres, tous les vieux amis de Bethrah, stupéfaits, tournant lentement la tête vers Tucker, tout en essayant de cacher leur surprise, puis zieutant du côté de Bethrah en se disant : *La pauvre ! Elle a vraiment misé sur le mauvais cheval.*

Quand elle me raconta cela, je rougis pour elle, aussi violemment que si j'avais été à sa place.

Elle insista : « S'il te plaît, mon chéri, donne-lui un dollar. La Société a besoin de notre aide et je crois en son action. Je te rendrai l'argent dès que nous serons à la maison. » Elle trouvait normal qu'il s'inquiétât pour l'argent. Ses amis pouvaient tout à fait le comprendre eux aussi, est-ce qu'ils ne devaient pas économiser chaque sou pour pouvoir joindre les deux bouts et payer leurs études ?

Mais la question n'était pas là ! Car Tucker mit la main à sa poche, en tira tout l'argent qu'il avait – une vingtaine de dollars – et le lui tendit, sous le regard de tous ses amis, aussi gênés pour eux-mêmes que pour elle. « Je ne veux pas que tu me le rendes, lui assena-t-il. Prends ça, c'est tout ce que j'ai, mais je te défends de lui donner un centime pour ce morceau de carton. »

Et c'était cela, en fait, qui l'avait tant blessée. Elle rapprocha son visage du mien, les yeux pleins de colère : « Passe encore qu'il soit mesquin et grippe-sou. Mais la Société, Dee, nous y croyons tous, mes amis et moi. Nous pensons qu'elle a une mission importante et qu'elle la remplit bien. Et lui, il n'a rien trouvé de mieux que de ramener tout ce travail à…

un morceau de carton. Je ne sais pas si vous pouvez comprendre ce que je ressens. » Elle me regarda droit dans les yeux.

Je comprenais très bien. Le problème racial ne m'a jamais beaucoup préoccupée et, à cette époque-là, encore moins. Pourtant je sais que, l'année prochaine, j'irai à l'université, dans le Nord, comme Dewey, et que j'y rencontrerai des gens de couleur. Je m'en réjouis même à l'avance parce que Dewey dit que cette expérience est déjà, en soi, toute une éducation. Mais ce n'était pas ce que Bethrah avait voulu dire. À sa grande surprise et à son grand chagrin, elle avait découvert que Tucker ne croyait *absolument pas* en une chose en laquelle elle croyait de toutes ses forces.

Puis, poursuivit-elle, l'ami qui avait demandé le dollar répondit à Tucker que la carte représentait bien plus qu'un simple morceau de carton, la Société luttait pour les droits de Tucker et de tous les gens de couleur.

C'est là que Tucker commença à dire des bêtises. Vissé sur sa chaise, il regardait fixement son interlocuteur, peut-être même souriait-il légèrement, puis il cessa de sourire et déclara : « Les gens de la Société ne luttent pas pour mes droits. Personne ne lutte pour mes droits, d'ailleurs je ne le leur permettrais pas. »

L'homme de la Société lui rétorqua que, avec ou sans sa permission, ils le faisaient quand même et que les décisions qu'ils remportaient en Cour de justice permettraient à ses enfants d'aller à l'école et de recevoir une bonne éducation.

« Et alors ? répondit Tucker. Et alors ? » fit-il de sa voix aiguë, sifflante comme celle d'un vieillard.

Bethrah regardait tout autour de la pièce, s'excusant des yeux. Quelques invités se détournèrent, non pas de colère, mais de honte, et ses meilleurs amis la prirent en pitié, et ça, ç'avait été pire que tout.

L'homme de la Société poursuivit : « Tu ne veux pas que tes enfants reçoivent une bonne éducation ?

— Ça m'est égal.

— En tout cas, que ça te plaise ou non, la Société porte tes combats devant la justice et tu devrais l'aider.

— Le combat que mène la Société ne me concerne pas. Toutes mes batailles, je les livre moi-même.

— Tu ne peux pas lutter seul contre ça ! Qu'entends-tu par "mes batailles" ?

— Mes propres batailles... à moi. Ou bien je les gagne, ou bien je les perds, et c'est pas un morceau de carton qui ira changer le résultat. » Puis Tucker se leva et quitta la pièce. Bethrah se leva à son tour, et présenta ses excuses à tout le monde. Elle était au bord des larmes, mais se retenait car elle était si furieuse contre Tucker qu'elle ne voulait pas lui donner cette satisfaction.

Elle avait envie d'une cigarette et cette fois-ci elle réussit à l'allumer. « Je crois qu'il est cinglé. L'éducation est la chose la plus importante au monde, Dymphna, surtout pour les Noirs. Et s'il croit pouvoir garder mon enfant dans la même ignorance que la sienne, il se trompe lourdement ! Mes amis ont dû penser qu'il n'était qu'un affreux Oncle Tom. Et qu'ont-ils bien pu penser de moi qui l'ai épousé ? » Elle paraissait bien triste. « Pourquoi ne partage-t-il jamais rien ? C'est tout ce que je lui demande. Est-ce trop ?

— Non, Bethrah. » J'eus tort de lui répondre cela, parce que ce dont elle avait besoin justement c'était que quelqu'un lui donne raison.

Elle me regarda gravement : « Je n'en peux plus. »

Je ne sais plus si elle pleura encore après ça. Je ne le crois pas car à peine quinze minutes plus tard elle avait emballé quelques affaires, les siennes et celles du bébé, et descendait la colline pour prendre l'autobus qui la conduirait à New Marsails, chez sa mère. Elle n'aurait pas eu le temps de pleurer.

Une semaine plus tard, elle était de retour. Elle manqua beaucoup à tout le monde, même à Tucker. Il n'en souffla mot, naturellement, surtout pas à moi, mais ça se voyait. Il paraissait beaucoup moins vif que d'habitude, errait comme une âme en peine autour de la maison et semblait évoluer dans un épais brouillard. *C'est bien fait pour lui ; j'espère qu'elle ne reviendra jamais*, me disais-je, uniquement parce que je voulais que Tucker soit puni. Car pour ma part, elle me manquait terriblement.

Puis un beau matin, en entrant dans la cuisine, je la trouvai là, en train de préparer le repas. Je n'arrivais pas à comprendre pourquoi elle était revenue et ma perplexité devait se lire sur mon visage car elle me regarda longuement, l'air grave : « J'ai *compris*, Dee. C'est lui qui avait raison. Et quand j'ai découvert que j'avais tort et pourquoi j'avais tort, je lui ai téléphoné pour lui demander de venir me chercher, et il est venu. »

Je continuai de la regarder comme si je ne comprenais pas, ce qui était le cas, d'ailleurs. Mais tout ce qu'elle trouva à dire fut : « C'est si nouveau pour moi, et si bon, que je voudrais garder ça pour moi, du moins pour l'instant. Je vous raconterai tout un de ces jours. C'est mieux de toute façon que vous le découvriez par vous-même. Essayez donc. » Et elle sourit. Son sourire était un peu différent de d'habitude, c'était comme si elle connaissait un merveilleux secret, comme si elle était non seulement heureuse, mais aussi profondément satisfaite.

Elle fut enceinte de nouveau. Je pense que sa grossesse avait dû débuter en décembre car elle commençait déjà à prendre du poids quand, en avril, elle entra dans la cuisine et annonça : « Madame Willson, Tucker et moi, nous devons partir. Nous le regrettons beaucoup, mais nous ne pouvons faire autrement. »

Sur le coup, maman était au bord des larmes. « Mais, Beth…

— Je suis désolée, madame Willson, mais Tucker veut s'en aller. Il veut aller vivre à la ferme. »

Les cils de maman étaient déjà humides. « Mais, Bethrah, vous êtes enceinte ! Il vaudrait mieux pour vous que vous restiez en ville, vous ne croyez pas ? »

J'étais plantée au milieu de la cuisine, bouche bée.

« Nous devons partir. C'est ce que veut Tucker et je dois partir avec lui. »

Pivotant sur mes talons, je courus me réfugier dans ma chambre où je pleurai pendant des heures. Je n'en avais aucun droit, j'imagine, mais j'avais le sentiment d'avoir été trahie, parce qu'à partir de maintenant je me retrouverais en tête à tête avec mes parents, à la maison. L'idée m'effleura même de déménager, mais le seul endroit où je pouvais aller, c'était chez ma grand-mère, la mère de ma mère. Or elle appartenait à une autre époque. Pas une seule idée moderne dans la tête. Elle me demanderait d'être rentrée à 9 heures le samedi soir. Je renonçai donc à mon projet.

La nuit qui précéda le départ de Bethrah, j'étais assise dans ma chambre, de fort mauvaise humeur.

Il était tard. Je me trouvais terriblement à plaindre et ne parvenais pas à dormir. J'entendis frapper à ma porte et dis « Entrez ! » d'un ton peu amène. C'était Bethrah. Je crois que je le savais avant de l'avoir vue.

« Est-ce que je peux vous parler une minute ? demanda-t-elle, l'air de s'excuser. Je voudrais vous dire quelque chose.

— Bien sûr », répondis-je, pas très aimable.

Elle s'assit sur mon lit, à l'autre bout, et scruta le plancher entre ses jambes. « Je comprends ce que vous ressentez au sujet de mon départ. Je suis navrée, mais il faut que je parte, j'en suis sûre. » Elle me regarda. Je détournai légèrement la tête, peut-être de crainte de me mettre à pleurer, je ne sais pas.

« Vous souvenez-vous du soir où j'ai quitté Tucker et où nous avons bavardé dans la cuisine ? » Je ne répondis pas, mais elle savait que je m'en souvenais.

« Voyez-vous, à ce moment-là, je n'étais qu'une oie blanche. Je n'allais plus à l'université, mais je pensais comme si. Il y avait quelque chose en Tucker que je n'arrivais pas à comprendre et cela me tourmentait parce que, pour moi, c'était comme échouer à un examen.

» Je ne sais pas, mais j'ai l'impression que ceux d'entre nous qui ont fait des études, Dewey, moi-même, pas tellement votre mère, mais certainement votre père, nous avons peut-être perdu quelque chose que Tucker possède encore. Il se peut que nous ayons perdu confiance en nous. Quand nous devons faire quelque chose, nous commençons par y *réfléchir* ; nous pensons à tous les gens qui prétendent que certaines choses ne se font pas. Et, quand nous avons bien réfléchi, nous finissons par ne rien faire du tout.

Tucker, lui, sait exactement ce qu'il doit faire, sans y réfléchir. Il le sait, c'est tout. Maintenant il veut s'en aller, alors je pars avec lui. Je ne lui dirai pas qu'il quitte un travail sûr et des gens qui lui sont sincèrement attachés. Je pars, c'est tout, pas seulement par amour pour lui, mais aussi par amour pour moi. Je me dis que si, pour quelque temps, je fais tout ce qu'il me demande sans y réfléchir, que je le suis, lui, et ce quelque chose en lui, un jour, peut-être, je me mettrai à suivre quelque chose en moi dont je n'ai pas encore pris conscience. Tucker m'apprendra à écouter cette voix intérieure.

» Je tenais à vous expliquer pourquoi je m'en vais ; cela vous aidera peut-être à mieux vivre ici. Si vous comprenez les raisons de mon départ, cela vous permettra peut-être de trouver en vous-même la force de continuer, quelle que soit la décision que prendront vos parents. Le réconfort et le courage que vous puiserez en vous-même seront beaucoup plus efficaces que toutes les consolations que je pourrais vous prodiguer. » Elle se leva et se dirigea vers la porte. Je n'avais toujours pas osé la regarder.

Je bondis sur mes pieds au moment où elle posait sa main sur la poignée et criai son nom d'une voix sourde, je courus vers elle et l'étreignis en sanglotant. Elle aussi se mit à pleurer. Après avoir desserré notre étreinte, nous nous regardâmes longuement.

« Vous viendrez me voir très souvent, n'est-ce pas ? » demanda-t-elle en souriant. Je lui promis que oui.

Elle est partie pour de bon désormais et je ne sais même pas où elle est. Il ne me reste qu'à espérer qu'elle m'écrira.

Voilà tout ce que je sais sur ce qui s'est passé, c'est-à-dire pas grand-chose. Quant à mes parents, je ne les ai jamais vus s'entendre aussi bien qu'aujourd'hui. Quelque chose a dû arriver, hier, mais j'ignore quoi. De toute manière, j'essaie de ne pas me tracasser pour ça. Je ne pense pas être dure, simplement je crois que c'est leur problème et que je n'ai pas à m'en mêler. Ou bien ils le résoudront et resteront ensemble, ou bien ils n'y parviendront pas et se sépareront. Toute la question est là, du moins c'est ce que disait Bethrah, je crois, même si c'est difficile à accepter. Il est affreux de penser que ce que vous pouvez faire de mieux pour les gens que vous aimez, c'est de les laisser tranquilles.

DEWEY WILLSON III

Nous étions debout sur le Ridge, regardant en bas, dans le ravin appelé Harmon's Draw. Le général se tenait à quelques pas de nous. Il était à peine assez vieux pour être mon père et portait des pantalons gris à baguette jaune ; ses manches de chemise étaient relevées au-dessus du coude. Ses cheveux étaient blancs et longs.

Nous observions les Yankees qui avançaient sous un dais de poussière. Descendant la grand-route pavée, ils passèrent à côté de la statue du général et s'engagèrent dans la rue principale qui traverse Sutton. Ils dépassèrent le magasin de M. Thomason et se mirent à gravir la colline sur laquelle nous nous trouvions. Des chevaux ruisselants de sueur tiraient des canons ; les hommes marchaient en rangs et, malgré la distance qui nous séparait, je parvenais à distinguer leurs visages sous les visières bleues. Le général les observait, très calme. « Ne tirez pas avant d'être certains de ne pas les manquer », répétait-il.

Les Yankees nous aperçurent et chargèrent. Ils escaladèrent la colline en hurlant. Lorsque nous tirâmes, ils se brisèrent en mille morceaux, ils étaient faits de glace bleue, et les morceaux se mirent à fondre, à virer du bleu au rouge et à ruisseler en d'innombrables rigoles vers le bas de la colline.

Le sang se concentra dans les ravines du terrain, formant des mares qui bientôt se recouvrirent d'une croûte, durcirent, et laissèrent surgir sous mes yeux des silhouettes d'hommes en uniforme, armés jusqu'aux dents, qui, s'arrachant du sol, se remirent à escalader la colline au pas de charge.

Autour de moi, tandis que je tirais sur les Yankees, nos hommes fondaient eux aussi, d'un seul coup, formant des mares grises dans lesquelles flottaient de la charpie et des touffes de cheveux, et qui dégageaient une odeur de pourriture, de maladie et de mort. Bientôt nos rangs furent décimés au point qu'il semblait impossible de résister plus longtemps. Alors le général se tourna vers moi et, arrachant brutalement sa tête de dessus ses épaules – ses veines et ses os craquèrent et gémirent comme une poignée d'herbes que l'on déracine –, il me la lança. Son tronc me faisait face. Je berçais la tête sanglante dans mes bras, comme un bébé, tandis qu'elle ne cessait de hurler : « Cours ! Sauve-la ! Marque un but, vieux ! » Et, comme toujours, je sentais monter en moi une envie de vomir ; ma chemise imprégnée de sang collait à ma peau ; je savais que je ne pourrais pas bouger, et je me rendais compte, avant même d'essayer de faire un pas, que j'étais paralysé de la taille aux pieds.

Ce fut la première chose qui me vint à l'esprit, quand les gamins partirent. Ce sacré cauchemar ! Cela faisait bien deux ans que je ne l'avais pas fait, au point que je l'avais presque oublié. À une époque, quand j'étais plus jeune et que j'avais peur de mon père, je le faisais tout le temps. Il était provoqué, je le savais, par un sentiment de culpabilité. Je récoltais une mauvaise note à un examen et – *boum* – le cauchemar ; j'oubliais de faire quelque chose que mon père m'avait demandé – *boum* – le cauchemar. Mais durant ma dernière année de lycée, je me mis à détester réellement mon père – à peu près au moment où il cessa d'adresser la parole à maman et où, froid et distant, il se conduisait en vrai salaud – et la crainte qu'il m'inspirait disparut.

Quoi qu'il en soit, c'est à ce rêve que je songeai – encore que moins de temps qu'il ne m'en a fallu pour le raconter. Debout au milieu de la propriété dévastée, et apprenant de la bouche des enfants comment tout cela était arrivé, j'éprouvai cette même sensation de nausée ; et c'est cela, j'imagine, qui me fit penser au cauchemar. J'avais peur parce que je ne savais ni ne comprenais très bien ce qui se passait, et quand j'ai peur, je suis malade. À l'université, j'ai un ami qui est docteur ; il dit que, chez moi, les émotions se portent sur l'estomac. Il y a des gens auxquels ça donne la migraine, d'autres, comme moi, à qui ça pèse sur l'estomac.

Je ne pensai pas qu'à ce rêve. Au bout d'un moment, je me mis à réfléchir plus sérieusement, essayant de découvrir quelque motif, quelque raison aux agissements de Tucker, quelque chose, par exemple, qui lui serait arrivé dans le passé, qu'il aurait longtemps ruminé et qui aurait fini par le rendre fou. Tout ce que je trouvai, ce fut la mort de John, l'été dernier.

Mais cela ne pouvait suffire. On ne réduit pas un homme à la date de sa mort ni à la façon dont il meurt : il ne faut pas oublier qu'il a vécu toute une vie avant, si insignifiante et terne fût-elle. Je suis trop jeune pour en savoir assez sur la vie de John, par moi-même. Je ne l'ai jamais connu que vieux. Mais quand j'étais enfant, il m'arrivait d'avoir entre les mains des piles d'albums photographiques dans lesquels les femmes de la famille Willson avaient conservé religieusement, depuis des temps immémoriaux, pourrait-on dire, toutes les photographies prises quelque dimanche après-midi, des griffonnages d'enfants, des livrets scolaires, etc. Il y avait aussi des photos des Caliban et c'est à travers ces albums que j'appris à connaître John. Au début, j'en feuilletais surtout les pages pour le seul plaisir de regarder les vêtements bizarres d'autrefois, les amusantes voitures noires et carrées et, plus anciens encore, les buggies à chevaux que John avait conduits. La première photo de John le montre à quatorze ans, debout devant un buggy flambant neuf. Il est vêtu d'une chemise blanche amidonnée, légèrement bouffante sur le devant, parce que John bombe le torse. À le voir ainsi, on pourrait croire que le buggy lui appartient, mais il n'en est rien, il appartient au général. Haut perché sur le siège, John dirigeait le cheval sans jamais faire claquer son fouet, les rênes lâches. Il avait commencé depuis peu à conduire pour le général, parce que son père, Caliban Premier, trop vieux désormais pour travailler et presque aveugle, se reposait en fumant sa pipe, devant sa case, sur la plantation des Willson. John, presque un enfant encore, passait pour un homme lorsqu'il conduisait, soignait les chevaux et réparait les buggies. Sur sa chemise, on voit briller l'épingle en diamant que le général venait de lui offrir pour son anniversaire et qu'il portait le jour de sa mort.

Puis on passe à d'autres photos où on le voit avec d'autres buggies, puis des voitures, et enfin, sur la dernière image, devant une Packard à l'avant carré muni d'une énorme calandre étincelante. À côté de lui se tient un garçonnet qui porte déjà des lunettes et dont la tête paraît trop grande pour son corps fluet. Derrière les verres, on distingue de grands yeux bruns très durs, trop expressifs pour son âge. C'est Tucker. Puis Tucker tout seul devant des voitures, car John est devenu trop vieux pour les conduire ou se glisser dessous. Il se contente de donner des instructions au garçon : ce qu'il faut resserrer, desserrer ou ajuster. Tout ce que John est encore capable de faire, c'est de s'occuper des fleurs, dans le jardin de la maison des Swells, dont il est aussi fier quand elles fleurissent que s'il s'agissait des siennes.

Puis vient l'époque où je l'ai connu.

Tous les samedis, John mettait son plus beau costume, une cravate sur laquelle il fixait l'épingle du général et un chapeau gris perle. Puis il prenait le bus devant le magasin de Thomason et allait jusqu'au dépôt municipal de New Marsails. De là, il se rendait dans le Quartier Nord pour y bavarder, dans quelque bar obscur et accueillant, avec de vieux Noirs qui, comme lui, étaient trop âgés pour travailler.

Puis, un samedi du mois de juin de l'année dernière, il y avait eu ce coup de téléphone : « J'ai un nègre, ici, au dépôt. Un vieux. Raide mort. Qu'est-ce que je dois en faire ?

— Attendez, répondis-je, on vient tout de suite. »

Tucker, Mme Caliban, Bethrah et moi, nous sautâmes dans la voiture. Tucker conduisait ; Bethrah était assise à côté de lui, la ligne de ses épaules dépassant largement du haut du dossier, sa robe de femme enceinte tendue des épaules aux genoux comme un toboggan. Mme Caliban et moi étions assis à l'arrière. Mme Caliban était petite et très noire. À cinquante-trois ans, elle n'avait pas encore un seul cheveu gris ni pris une ride. Elle me rappelait cette poupée noire, toute lisse, en porcelaine, que Dymphna avait autrefois. Il me parut étrange d'être en voiture avec autant de Noirs, bien qu'ils fussent mes amis.

Personne ne parlait, personne ne pleurait. Nous attendions de voir le corps de John pour y croire, espérant un malentendu – que la police se soit trompée de numéro de téléphone et qu'au dépôt nous nous trouverions en présence du cadavre d'un parfait inconnu.

En arrivant à New Marsails, nous nous rendîmes au poste de police du dépôt. Assis à côté d'un ventilateur, le chauffeur de l'autobus nous y attendait, une canette de bière à la main. Il était gros, presque chauve, et les mouches semblaient s'obstiner à tourner autour de son crâne dégarni.

« Nous sommes venus chercher le corps de John Caliban.

— Ah, bien ! » Il se leva péniblement et reposa soigneusement sa canette au milieu du cercle humide qu'elle avait dessiné sur la table. Il sortit de la pièce et nous le suivîmes.

« Je connaissais bien le vieux John. » Il s'adressait à moi. « Il est monté à l'arrêt, devant chez Thomason, comme tous les samedis. Puis j'ai plus fait attention à lui avant qu'on arrive au dépôt et que tout le monde descende, j'ai jeté un coup d'œil dans le rétroviseur avant de fermer la portière. Il était là, endormi, du moins à ce que je croyais. Il avait la tête appuyée sur la barre. Je me suis approché de lui et je l'ai secoué par les épaules, mais il était tout froid. Alors j'ai compris. Je me suis dit : "Je le réveillerai jamais, ce vieux nèg…" » Il s'interrompit et regarda Mme Caliban, qui n'avait rien entendu. « … ce vieil homme, même si je restais à le secouer pendant des siècles. Il est mort. » Nous arrivions à l'autobus. Vidé de ses passagers, il avait quelque chose de fantomatique.

« Après ça, j'y ai plus touché ; on l'a pas bougé. Je suis allé trouver la police, et ils ont fouillé ses vêtements et trouvé votre numéro. C'est tout. Nous y voilà. Je vais faire le tour pour vous ouvrir la portière. » Il alla de l'autre côté du bus et passa le bras à travers la fenêtre. La porte s'ouvrit en gémissant.

Nous le trouvâmes tel qu'on l'avait laissé, tel qu'il était mort, les yeux fermés à la vie.

En montant les étroites marches recouvertes de caoutchouc, nous aperçûmes le chapeau gris perle posé sur ses genoux et la tache ronde de ses cheveux blancs plaquée contre la barre chromée au centre du bus. Suspendu à la barre, il y avait un écriteau blanc portant une inscription en gros caractères noirs. Si John avait eu les yeux ouverts, ou plutôt, s'il avait été bien vivant et juste en train de se reposer, c'eût été la seule chose qu'il eût pu voir.

Oui, c'était bien John, mais même devant cette évidence, personne ne pleura. Nous étions trop occupés à signer des papiers et à nous démener pour faire venir du Quartier Nord un entrepreneur des pompes funèbres, un Noir qui avait connu John. Quand il arriva, Mme Caliban lui dit : « Je veux que ça soit vous qui le fassiez. Comme ça il restera pareil à ce qu'il était de son vivant et sera pas bourré de plein de coton. » Puis nous rentrâmes à Sutton.

Ce soir-là, j'allai m'asseoir à la cuisine et regardai Mme Caliban préparer le dîner. J'avais fini par prendre conscience que John était vraiment parti pour toujours, car je ne l'avais pas entendu chantonner dans le jardin, sous mes fenêtres, comme il l'avait fait presque tous les jours de ma vie. Je me rappelai alors l'époque lointaine où j'étais petit, plus petit encore que Tucker (il s'arrêta de grandir à quatorze ans et je le dépassai en l'espace d'un an), et où John, nous prenant chacun sur un de ses genoux maigres, nous chantait des chansons et riait. À présent, je ne me le rappelle plus que chantant et riant.

Et là, assis dans la cuisine, je fondis en larmes, tout honteux parce que j'étais presque un adulte – ou du moins parce que je croyais l'être. Mme Caliban abandonna ses fourneaux et tenta de me calmer, de me consoler, en vain. Elle finit par s'asseoir en face de moi. Elle prit ma main entre les siennes et nous restâmes ainsi un moment, à pleurer tous deux en silence.

Les funérailles eurent lieu deux jours plus tard dans le Quartier Nord. L'église était neuve. Comme elle avait été ouverte au culte avant d'être réellement achevée, les murs à l'intérieur n'étaient guère plus que des blocs d'aggloméré recouverts de peinture grise. Une petite plaque apposée à côté de l'entrée indiquait que la croix avait été offerte par une femme en souvenir de sa sœur. C'était une croix bleu pâle avec du cuivre aux extrémités.

Peu de gens y assistèrent. Pour la première fois, je pris conscience que les Caliban n'étaient pas très aimés des leurs ; leur dévouement pour nous et notre attachement pour eux les avaient éloignés des autres Noirs, rares étaient ceux à se déclarer leurs amis. Ma mère et moi y allâmes, mon père et ma sœur restèrent à la maison. Je doute fort que Dymphna se rende jamais à l'enterrement de quiconque ; quant à mon père, sa présence aurait paru déplacée. Bethrah, Tucker et Mme Caliban étaient assis sur le premier banc, à proximité du cercueil.

Le service fut simple et silencieux. Puis vint le moment où l'un des amis de John se leva pour dire quelques mots. C'était un Noir de haute stature, chauve, dont la peau grêlée semblait flotter autour de sa forte ossature. Il se tourna vers l'assistance et commença son discours.

« Chers amis, nous sommes ici aujourd'hui pour rendre un dernier hommage à notre vieil ami John Caliban. Dans la vie d'un homme, c'est pas les faits qui comptent le plus, mais il paraît que c'est bien d'en parler. Voyons donc ce que John a fait pendant sa vie. Il a jamais monté son business ; il a travaillé toute son existence pour une seule famille, et je sais, à la manière dont il en parlait, qu'il les aimait beaucoup. Il avait jamais l'impression de travailler pour eux, mais plutôt de faire un travail qu'il aurait fait de toute façon, même s'ils l'avaient pas payé. Je crois qu'il aimerait que je dise ça pour lui, parce qu'il est parti trop vite pour le leur dire lui-même. »

Quelques personnes se retournèrent pour nous regarder et je me sentis horriblement gêné.

« Voilà. Nous ne pouvons pas parler des grandes choses qu'il a faites, parce qu'il a jamais rien fait de grand. Mais il a toujours fait le *bien*. Nous nous souviendrons tous de John parce que quand il est entré dans nos vies, il était toujours souriant et content, et rien que de le regarder nous faisait du bien. C'était un homme simple qui n'a jamais rien fait d'extraordinaire, mais, quand il était là, on se sentait heureux.

» Il y a une chose, peut-être, qu'on *pourrait* dire de lui, et je pense qu'il apprécierait : c'est qu'il n'y avait personne qui s'y connaissait aussi bien en chevaux. Mais ça n'ajoute pas grand-chose ; je crois que les choses les plus simples sont les meilleures à dire. John Caliban était de ces hommes qui se sacrifient toujours pour les autres. C'était un homme bon, un honnête travailleur, une âme noble. »

Le Noir fit une pause et quelqu'un, loin devant dans l'église, se leva. Je crus que c'était pour appuyer les paroles de l'orateur par un « amen », au lieu de quoi j'entendis une voix d'homme aiguë s'écrier d'un ton incrédule : « Se sacrifier ? Est-ce que c'est tout ? Est-ce que c'est vraiment tout ? Au diable le sacrifice ! » Je ne localisai pas tout de suite l'endroit précis où cet homme venait de se dresser, jusqu'à ce que j'aperçoive la mince silhouette vêtue de noir, les lunettes à monture d'acier et les cheveux coupés ras sur la grosse tête. C'était Tucker. Je le vis lever le bras, puis l'abaisser dans un geste de dégoût, comme s'il voulait effacer les mots qui venaient d'être prononcés.

Un grand silence se fit dans l'église quand Tucker, s'extrayant de son banc, se fraya un chemin jusqu'à l'allée centrale. Bethrah se leva à son tour : « Tucker ? »

Tucker se dirigeait vers la sortie, les lèvres pincées, le regard dur et vide. Tout en marmonnant des excuses, Bethrah le suivit, penchée vers l'arrière pour contrebalancer le poids de son ventre, une expression de stupéfaction sur le visage. Quand ils furent sortis, un murmure général s'éleva dans l'église, puis mourut au bout de deux ou trois secondes.

Décontenancé, le Noir termina son allocution en butant sur les mots. Puis nous quittâmes l'église, et nous nous entassâmes dans les voitures pour nous rendre au cimetière. À travers le pare-brise de la voiture dans laquelle ma mère et moi avions pris place, je pouvais distinguer Tucker et Bethrah dans celle qui nous précédait ; ils n'échangèrent pas une parole de tout le trajet.

Nous emmenâmes donc John au cimetière et, lorsqu'il fut descendu en terre, chacun de nous jeta une rose, fixée par un fil de fer à un bâtonnet vert, sur son cercueil. L'entrepreneur des pompes funèbres prononça quelques paroles aimables qui n'avaient pas l'air sincères, puis nous rentrâmes à Sutton.

Je n'avais pas encore présenté mes condoléances à Tucker, aussi partis-je à sa recherche un peu plus tard, dans l'après-midi. Je le trouvai assis sur une vieille caisse, dans le garage où il avait passé tant d'heures avec son grand-père. J'entrai et lui dis que j'étais désolé pour le décès de John. Il ne m'accorda pas même un regard. Ses yeux étaient secs, pareils à deux petites pierres brûlantes. « Moi aussi », finit-il par lâcher.

J'étais sur le point de sortir quand je l'entendis grommeler : « Plus jamais. C'est bien la dernière fois.

— Pardon ?

— Rien, Dewey. Je pensais à haute voix, c'est tout. »

Deux mois plus tard, il achetait la ferme, un bout de terre à l'extrémité sud-ouest de l'ancienne plantation de Dewitt Willson, sur laquelle les ancêtres de Tucker avaient travaillé en tant qu'esclaves, puis employés, jusqu'au jour où mon grand-père Demetrius avait morcelé la plantation en petites métairies et acheté la maison des Swells, à Sutton, pour y installer sa famille et celle des Caliban. Je continue d'ailleurs à me demander comment Tucker a réussi à persuader mon père de la lui vendre.

C'était à cela, aussi, que je pensais, après le départ des enfants. Je trouvais que cette histoire ne suffisait pas à expliquer ce que Tucker avait fait. Un vieil homme était mort – et je l'aimais beaucoup, moi aussi – et la dernière chose qu'il avait vue était cet écriteau *Personnes de couleur* dans un autobus ségré-gationniste. Ce n'était guère plus qu'ironique et Tucker devait avoir d'autres motifs. Mais je n'eus pas le loisir d'approfondir la question. J'entendis soudain un bruit de moteur sur la colline et je vis arriver une luxueuse limousine noire, dernier modèle. Le Noir au teint clair qui la conduisait se tenait aussi raide sur son siège qu'un soldat à la revue. La voiture ralentit et se rangea sur le bas-côté de la route. À travers la vitre verte, je distinguai un Noir vêtu avec élégance, assis à l'arrière. Le chauffeur se précipita pour ouvrir la portière et le Noir, une croix dorée pendant sur sa veste au bout d'une chaîne en or, descendit. Il portait des lunettes de soleil bleues.

« Que Dieu vous bénisse, monsieur Willson. Je pensais que peut-être vous viendriez ici. » Son complet gris foncé était fermé par trois boutons et ses chaussures noires étaient impeccablement cirées. Il sourit. « Soyez le bienvenu, monsieur Willson. » Il parlait presque comme un Anglais et sa voix avait une qualité qui avait quelque chose de familier.

Il mit la main à la poche de son veston et en retira un étui à cigarettes ainsi qu'un paquet de cigarettes turques. « Fumez-vous, monsieur Willson ? Sinon, me permettez-vous de me livrer moi-même à un de ces vices mineurs ?

— Non, je ne fume pas, mais je vous en prie », bredouillai-je.

Le chauffeur alluma la cigarette et le Noir en aspira une grande bouffée. « Vous pourriez rester dans la voiture, Clement, dit-il au chauffeur. Je suis certain que M. Willson aura l'obligeance de me servir de guide. »

J'étais frappé de mutisme. Il se mit à rire. « Voyons, voyons, remettez-vous, monsieur Willson.

— Qui êtes-vous, enfin ? parvins-je à articuler d'une toute petite voix. Comment se fait-il que vous me connaissiez ? »

Il me répondit sans la moindre hésitation. « Je m'intéresse toujours aux faits et gestes des jeunes gens qui me paraissent pleins de promesses. Une vieille habitude. Pour ce qui est de mon identité, pourquoi ne m'appelleriez-vous pas Oncle Tom ? » Il rit. « Au moins est-ce là un nom que l'on connaît et que l'on respecte dans certains milieux. Mais je vois que cela vous déplaît. Dans ces conditions, je pense que Bradshaw vous conviendra mieux. Le révérend Bennett T. Bradshaw. Mais dites-moi, monsieur Willson, vous connaissez, ou devrais-je dire connaissiez, fort bien Tucker Caliban, à ce qu'il semble. Je vous serais très obligé si vous pouviez m'aider à comprendre ce personnage assez peu orthodoxe.

— Que savez-vous de lui ? »

Cela devenait de plus en plus déconcertant.

« Je n'aurai pas l'audace d'avancer la moindre réponse avec une certitude absolue. Voyez-vous, je ne suis pas un spécialiste de la mentalité du Sud, qu'elle soit blanche ou noire. Certes, les mêmes conflits raciaux existent dans le Nord, mais sous une forme beaucoup moins ouverte, beaucoup moins primitive, et sans ce caractère barbare, extrêmement rafraîchissant, que l'on trouve ici. C'est pourquoi je vous ai posé cette question. Vous pourriez me servir d'interprète, en quelque sorte, puisque vous êtes du coin et que vous avez étudié dans le Nord. Ma question vous paraît-elle trop vague ? N'avez-vous pas l'impression d'être sur les lieux d'un événement marquant ? » Il fit un geste ample de la main. « N'y a-t-il pas, ici, quelque chose qui remue en vous un sentiment épique, quelque chose qui évoquerait la Bible ou l'*Iliade* ? »

J'opinai de la tête. Je n'aimais pas le sentiment qu'il me donnait d'être en position d'infériorité, il était si bien renseigné sur moi !

« Puisqu'il semble impossible de vous arracher la moindre réponse, nous pourrions du moins faire ensemble le tour de la ferme. Cela vous inspirera peut-être un de ces brillants exposés dont votre université s'est fait la spécialité. »

Nous fîmes le tour de la ferme, nous arrêtant devant le tas de ferraille qui avait été jadis l'horloge de Dewitt Willson et, de nouveau, devant l'amoncellement de cendres où s'était élevée la maison. Puis nous revînmes à sa voiture. « Qu'en pensez-vous alors, monsieur Willson ?

— Je ne sais pas. Et *vous*, qu'en pensez-vous ? » Je me sentais parfaitement stupide.

« Oh, monsieur Willson, vous me décevez, gronda-t-il. N'étiez-vous pas au dépôt cet après-midi ? Qu'y avez-vous vu ? »

Je ne me souvenais de rien, si ce n'est que mes parents se tenaient par la main. Je restai silencieux.

Il fronça les sourcils, peut-être le décevais-je réellement. À dire vrai, je me décevais moi-même. « Des Noirs, monsieur Willson, des Noirs. Des gens de couleur. Des bamboulas. Des macaques. Des *négros*. Plus de Noirs au dépôt municipal de New Marsails qu'on n'en a jamais vu et qu'on n'en verra jamais. »

J'étais incapable de m'en souvenir. « Bon, et alors ? » fis-je.

Il pointa son index vers le sol. « C'est ici que tout a commencé, monsieur Willson. C'est votre ami Tucker Caliban qui a donné le signal. Il faut lui reconnaître ça. Quant à moi, j'avoue que je n'aurais jamais cru qu'un tel mouvement puisse démarrer ainsi, de l'intérieur, de la base, par combustion spontanée, si j'ose dire. »

J'étais incroyablement obtus. « Quel mouvement ?

— Tous les Noirs partent, s'en vont d'ici, monsieur Willson. »

Je ne répondis rien, mais mon visage dut exprimer l'incrédulité.

« Venez avec moi. Allons voir ce qui se passe », dit-il en m'ouvrant la portière.

Je n'étais pas bien sûr d'avoir envie d'aller où que ce fût avec lui, mais je savais néanmoins que j'irais.

« Et ma bicyclette ? demandai-je bêtement.

— On peut la mettre dans le coffre. »

Le coffre était assez grand, en effet, pour loger une bicyclette, et peut-être même deux. Le chauffeur m'aida à l'attacher avec une corde de manière qu'elle ne bougeât pas et n'abîmât pas la carrosserie. Puis je montai à côté du révérend Bradshaw et nous partîmes en direction de New Marsails.

« Tenez, racontez-moi la manière qu'avait Tucker de faire des pieds de nez au monde ? demanda Bradshaw en se calant sur son siège et en se tournant vers moi.

— Quel genre de choses ? » J'avais moi-même passé en revue tout ce que je savais, mais peut-être pourrait-il m'aider à éclaircir certains points.

« Je ne sais pas. S'il avait une conduite étrange à la maison, s'il avait des attitudes ou une façon de marcher particulières. N'importe quoi.

— Il m'a écrit une lettre que je ne comprends absolument pas. » Je la sortis de ma poche et la lui lus. Puis je lui racontai les souvenirs que j'avais de mon dixième anniversaire. Et peut-être parce que je savais qu'il m'écoutait avec attention et intérêt, je ne me bornai pas à lui faire le récit de cette journée, mais me lançai dans des commentaires : « Voyez-vous, quand Tucker écrit : "Mais tu aurais appris de toute façon parce que tu y tenais très fort", eh bien je ne suis pas si sûr qu'il ait raison, je ne sais pas si j'aurais pu apprendre sans lui, mais peut-être essayait-il de me dire par là que je pouvais faire n'importe quoi à condition d'en avoir vraiment la volonté. Cela ne signifie pas grand-chose, n'est-ce pas ? Tout le monde dit ça. Je crois que c'est un peu simpliste. »

Le révérend Bradshaw paraissait très excité. « Non, je ne suis pas de votre avis. N'oubliez pas de qui il s'agit, monsieur Willson. Nous ne parlons pas d'une personne sophistiquée qui s'inspire de Platon, mais d'un Noir ignorant du Sud. Nous ne discutons pas d'idées neuves et complexes, de ces éclairs de génie qui viennent à quelques rares hommes. Nous parlons de vieilles idées, simples et fondamentales, que nous avons peut-être oubliées ou négligées. Mais Tucker, lui, ne peut pas ne pas en tenir compte, puisqu'il vient tout juste de les découvrir. Votre analyse me plaît, monsieur Willson. Vous souvenez-vous d'autre chose ? Déjà il me semble le voir, ce Tucker, rageant contre d'innombrables injustices et humiliations secrètes, de la colère plein le cœur, les yeux injectés du sang de la vengeance.

— Non, c'est faux. Vous vous trompez. Il n'y avait pas de colère en Tucker. Il acceptait toute chose presque comme s'il avait su qu'elle allait arriver et qu'il ne pourrait rien faire pour la prévenir.

— Bon, si vous le dites. Continuez. »

Je me mis à penser à l'été précédent, essayant de choisir parmi mes souvenirs ceux qui me paraissaient importants. Je ne dis rien pendant quelques instants. Nous traversions Sutton. La véranda de M. Thomason était déserte, probablement parce que c'était l'heure du dîner, ou bien à cause de ce mouvement dont le révérend Bradshaw avait parlé.

« On dirait que quelque chose les a enfin décidés à bouger, ces fainéants.

— Quoi de plus normal ? Tucker Caliban nous a bien fait parcourir la campagne en tous sens pour essayer de découvrir ce qu'il avait dans le ventre. » Il secoua la tête. « C'est remarquable, un vrai miracle ! »

Nous gravîmes le Ridge et, de l'autre côté, dans la lumière orange du soleil déclinant, très loin au pied de la colline, au-delà de la rivière, nous aperçûmes la ville ; à cette distance, elle semblait aussi paisible et calme qu'elle l'avait toujours été.

J'en avais terminé de mon analyse de l'été passé et lui racontai ce que j'en avais retenu, concluant sur la surprise qui avait été la mienne que mon père ait consenti à vendre le terrain et la ferme à Tucker.

Cela le fit sourire.

« Les hommes agissent parfois de manière étrange, monsieur Willson, et, particulièrement, ceux de notre génération – celle de votre père et la mienne. N'oubliez pas que nous avons grandi à une époque où les gens étaient sincèrement idéalistes, où la révolte contre l'ordre social établi nous poussait à rompre avec notre passé, nous amenait à rejeter un mode de vie que nos ancêtres et nos parents avaient créé pour nous. »

Je me mis à rire.

« Mon père ? Mon père ! Si vous le connaissiez, vous n'en diriez pas autant.

— Je le connais », assena-t-il sèchement.

Surpris, je me tournai vers lui : « Vous le connaissez ? »

Cette fois, il me sourit : « N'ayez crainte, monsieur Willson, je le connais comme je les connais tous. Comme tous ces garçons qui sont maintenant des hommes, tous ceux d'entre nous qui ont grandi pendant la Dépression ; nous nous sommes fait les dents avec la guerre civile espagnole et avons flirté avec Dame Communisme. Certains d'entre nous sont allés jusqu'à l'épouser. D'autres l'ont épousée, puis ont divorcé et, après cela, n'ont jamais pu retomber réellement amoureux. » Son regard devint vague, se perdit dans le lointain, comme s'il était en train de revivre ces souvenirs.

« Certainement pas mon père ! » dis-je, l'interrompant dans sa rêverie.

Il se tourna vers moi : « Les hommes, je le répète, font des choses étranges quand ils grandissent en des temps étranges.

— Mais certainement pas mon père », répétai-je, plus doucement cette fois. Puis j'éclatai de rire car je me faisais l'impression d'être un écho.

Le révérend Bradshaw ne rit pas, lui. « En vieillissant, vous découvrirez que votre père a plus d'un côté étrange », dit-il en m'adressant un sourire qui me sembla plein de malice.

Nous approchions de New Marsails le long de champs déserts, envahis de crépuscule, où perçaient déjà les rangées de pousses vertes du maïs et du coton. Puis, après avoir traversé le pont noir, nous atteignîmes le Quartier Nord. Les rues étaient jonchées des vestiges d'une vie usée, jetée au rebut : vieux vêtements, matelas, jouets cassés, cadres vides, meubles délabrés. Il y avait là tout ce que les Noirs n'avaient pu emporter dans leurs bagages ou sur leur dos. Et il y avait peu de monde, seuls quelques retardataires, encombrés de ballots couverts de papier brun noués avec de la corde ou de la ficelle. Un vieillard, appuyé sur sa canne, qui se traînait sans doute en direction du dépôt, coiffé d'un sombrero mexicain et arborant une barbe blanche en bataille. Une femme, dans une chaise roulante, qui filait seule le long du caniveau, une petite valise posée sur ses genoux ; sa peau gris pâle, qui avait dû être autrefois très foncée, semblait indiquer qu'elle n'avait pas vu le soleil depuis de longues années.

Nous roulâmes vers le dépôt, mais, à trois pâtés de maisons de là, il nous fut impossible de continuer, la route était bloquée par des policiers de l'État en chapeau de cow-boy et bandes molletières bleu acier, et par des policiers de New Marsails en uniforme bleu clair. Derrière le barrage, pressés les uns contre les autres et se poussant vers le dépôt, il y avait les Noirs. Des Noirs par milliers et de toutes les sortes, des clairs, des foncés, des petits, des grands, des maigres et des gros. Certains chantaient des cantiques ou des *spirituals*, mais la plupart se taisaient, avançant pas à pas, l'air grave et triomphant, mûs par la certitude que personne ne pouvait les arrêter. Ils progressaient lentement, en regardant droit devant eux, les yeux légèrement levés vers le bâtiment du dépôt dont ils n'apercevaient que le sommet blanc du dôme de pierre.

Bradshaw se pencha vers le microphone placé à sa gauche : « Clement, nous descendons. Attendez-nous ici.

— Oui, monsieur. » À travers le fil, la voix de Clement avait un timbre métallique. « Je vais reculer et me garer, monsieur.

— Suivez-moi, monsieur Willson, et avec l'aide de Dieu nous obtiendrons quelques réponses à nos questions. »

J'acquiesçai d'un signe de tête. Nous sortîmes de la limousine, contournâmes le barrage et nous trouvâmes presque aussitôt au milieu de la foule. Nous progressions aux côtés d'une famille de sept personnes : deux adultes et cinq enfants, dont les âges s'échelonnaient d'une dizaine d'années à quelques mois, pour le bébé que la femme portait dans ses bras. Le père avait déjà préparé l'argent pour les tickets de train, quelques coupures qu'il serrait dans son poing fermé. Il était grand, aussi mince et robuste qu'un pieu de clôture patiné par le temps. Il avait les cheveux plats. Sa femme, au teint foncé, était à peu près de ma taille. Les enfants marchaient sur les talons de leurs parents, ils avaient sommeil et avançaient comme de petits zombis. « Elwood, je suis fatiguée. Je suis fatiguée. » La fillette, qui ne devait pas savoir marcher depuis longtemps, se tourna vers son frère, un peu plus âgé qu'elle.

« Maman dit que nous sommes bientôt arrivés. Reste tranquille.

— Mais je suis fatiguée. »

Le révérend Bradshaw allongea le bras et posa sa main sur l'épaule du père. « Que Dieu vous bénisse, mon frère. Je suis le révérend Bennett Bradshaw des Jésuites noirs. Pourrais-je vous poser quelques questions ? »

Je fus assez surpris, c'était donc cela qui l'intéressait dans cette affaire…

« Elwood, je suis fatiguée.

— Tais-toi, Lucille, sinon je vais te coller une bonne claque. » L'homme baissa les yeux vers le révérend Bradshaw. « Oui, allez-y.

— Elwood, je suis fatiguée. »

Le père se tourna vers sa femme : « Tu vas pas la faire taire ? Allez-y, révérend… C'est quoi déjà votre nom ?

— Bradshaw. Je voulais simplement vous demander où vous alliez.

— On va aller à Boston, je pense. On a de la famille à Roxbury.

— Je continue à penser que c'est de la folie de faire nos bagages et de partir dans le Nord. Qu'est-ce qu'on va faire une fois qu'on y sera ? » La femme se penchait vers eux, s'adressant à la fois à Bradshaw et à son mari.

« Veux-tu te taire, je t'ai déjà dit qu'on partait parce que c'est ce qu'y a de mieux à faire. » L'homme lança un regard mauvais à sa femme.

« C'est justement ce que je me demande. Qu'est-ce qui te fait penser que c'est ce qu'y a de mieux à faire ? D'où est-ce que tu sors ça ? »

Tandis que l'homme cherchait sa réponse, nous avançâmes de quelques pas. De temps à autre, j'apercevais de petits groupes de Blancs, les mains dans les poches, qui stationnaient en bordure de la foule. Ils n'avaient pas l'air d'être de la ville et venaient plutôt de quelque coin de la campagne. Ils paraissaient totalement ahuris, sachant, j'imagine, qu'ils ne pouvaient rien faire pour empêcher les Noirs de partir. Ils avaient sûrement craint de tenter quoi que ce soit, conscients que tout ce qu'ils pourraient entreprendre risquerait de tourner à la violence avec cette foule silencieuse de Noirs qui ne cessait d'affluer.

Finalement, l'homme avec lequel nous avions engagé la conversation se remit à parler : « Eh bien, je crois que je ne sais pas d'où je sors ça. Hier, en rentrant du travail – je balaie le marché de New Marsails, vous voyez –, j'ai rencontré un de mes cousins. "Comment va, Hilton ? j'ai dit.

— Comment va, Elton ? Quand est-ce que tu pars ?

— Partir où ?

— Quoi, t'es pas au courant ?

— Au courant de quoi ?

— Mon vieux, tu sais pas ce qui se passe ? On s'en va tous, nous les Noirs. Dans tout l'État, on se lève et on part."

» Évidemment, j'ai cru qu'il plaisantait, du coup je le regarde un petit moment, et je m'aperçois qu'il blague pas, qu'il est aussi sérieux qu'un homme à poil dans une barrique remplie de lames de rasoir. Alors je lui ai fait : "Dis, Hilton, qu'est-ce que c'est cette histoire ?

— Ben, ça a commencé jeudi ou vendredi, je suis pas sûr, mais il paraît que tous les Noirs de Sutton se sont mis dans la tête qu'ils en avaient assez. Ça vaut pas le coup de lutter parce que les choses elles s'amélioreront jamais pour nous, par ici. Même les gens de couleur du Mississippi s'en tirent mieux que nous, et ça, c'est pas peu dire. Si notre État s'était pris une bonne dérouillée pendant la guerre civile, nous, les gens de couleur, on s'en porterait mieux. Mais notre État c'est le seul de la Confédération que les Yankees ont pas dérouillé." Du moins c'est ce que Hilton m'a dit que ce Noir qui habite sur la route de Sutton avait dit.

» Je tiens de Hilton que c'est ce gars de Sutton qui aurait expliqué tout ça aux Noirs, sur l'histoire, et le reste. Qu'il aurait dit aussi que le seul moyen pour les gens de couleur de vivre mieux, c'était de s'en aller, de tourner le dos à tout ce qu'on connaît et de recommencer de zéro.

— C'est ainsi que naissent les légendes, monsieur Willson », déclara le révérend Bradshaw.

Je voyais ce qu'il voulait dire.

« Ben voilà, après que j'ai parlé avec Hilton, j'ai couru chez moi et j'ai dit à ma femme de tout emballer, que c'était pas la peine de protester, parce qu'on partait demain, bref aujourd'hui. » Il se tourna vers son épouse, oubliant complètement notre présence. « Tu comprends pas, chérie ? Il faut qu'on s'en aille. C'est le seul moyen, si…

— Je crois que nous en avons assez vu, monsieur Willson. » Le révérend Bradshaw me prit par le bras et nous fendîmes la foule en diagonale jusqu'au trottoir. En nous dirigeant vers la voiture, nous croisâmes un groupe de Blancs. Je les entendis qui parlaient de moi à voix basse : « Ce blond, là, c'est un mulâtre. Sinon, pourquoi est-ce qu'il serait avec un nègre ? C'est pas un Blanc. Sûrement un Noir. Je dois dire que j'ai failli m'y laisser prendre. » Je rougis jusqu'aux oreilles, puis, si étrange que cela puisse paraître, je me sentis plutôt fier.

Tandis que nous remontions vers le barrage de police à travers lequel un flot de Noirs continuait de passer, le révérend Bradshaw déclara : « Monsieur Willson, tout cela est incroyable, mais vrai. » Il n'arrêtait pas de secouer la tête. « Je n'aurais jamais… » Il n'acheva pas sa phrase. Nous atteignîmes la voiture, y montâmes et Bradshaw actionna le micro : « Clement, ramenez-nous à Sutton. »

Le chauffeur mit le moteur en marche et, roulant lentement jusqu'à une ruelle transversale, s'y engagea, en manœuvrant prudemment entre les poubelles et les détritus de toutes sortes. Nous empruntâmes de petites rues jusqu'à ce que la foule finisse par se clairsemer. À ce moment-là, nous avions déjà atteint le Quartier

Nord et étions sur le point d'obliquer vers la grand-route et le pont noir.

Quand nous passâmes de nouveau devant les immeubles aux façades lisses et aux toits de bardeaux, avec leurs appartements à deux fenêtres qui, sous la lumière des phares, émergèrent un instant de l'ombre, je m'enfonçai dans mon siège avec un sentiment de bien-être.

« Révérend Bradshaw, vous vous rendez compte combien tout cela est stupéfiant ? Tucker Caliban ! lui qui m'a appris à monter à bicyclette ! Et ma sœur, elle va faire une de ces têtes ! Quand Bethrah a annoncé qu'elle allait se marier avec Tucker, ma sœur n'en revenait pas, elle pensait que Bethrah était beaucoup trop bien pour lui. Quel coup ! »

Hilare, je jetai un coup d'œil au révérend Bradshaw qui, à ma grande surprise, avait l'air morose, la tête inclinée sur la poitrine. « Vous ne trouvez pas ?

— Si, monsieur Willson, quel coup, en effet. C'est merveilleux. » Il n'avait pas l'air d'en penser un traître mot. « Vous n'avez pas encore assez vécu, monsieur Willson, pour savoir ce que c'est que de vouer sa vie au service d'une cause, puis de s'apercevoir que quelqu'un d'autre a réussi là où vous avez échoué.

— À quoi bon importe qui a réussi ? C'était ce qu'il fallait faire, cela devait arriver de toute façon, les Noirs d'ici n'avaient pas même besoin d'un Tucker pour leur donner l'exemple. Ils auraient pu tout aussi bien se lever un beau matin et partir d'eux-mêmes. Alors, quelle différence cela fait ? »

Nous gravissions la côte de Harmon's Draw.

« Je vais vous dire où est la différence », répondit Bradshaw en se redressant lentement sur son siège, l'air fatigué. Je fus surpris par la tristesse et l'amertume qui perçaient dans sa voix. « Vous parlez des Tucker qui n'ont pas besoin de vous, n'ont pas besoin de chefs. Avez-vous jamais songé qu'une personne comme moi, un soi-disant guide spirituel, a besoin, elle, de Tucker pour justifier son existence ? Très bientôt, monsieur Willson, les gens se rendront compte qu'ils n'ont plus aucun besoin de moi, ni de personnes de mon genre. En ce qui me concerne, ce jour-là est sans doute arrivé. Vos Tucker se lèveront et diront : "Je peux faire ce que je veux, sans attendre que quelqu'un vienne me *donner* la liberté, il suffit que je la prenne. Je n'ai pas besoin de Monsieur le chef, de Monsieur le patron, de Monsieur le président, de Monsieur le curé ou de Monsieur le pasteur, ou du révérend Bradshaw. Je n'ai besoin de personne. Je peux faire ce qui me plaît pour moi-même et par moi-même." »

J'étais encore beaucoup trop sous le coup de ce que j'avais vu et entendu pour comprendre que rien ne pourrait le convaincre.

« C'est pourtant ce que vous avez toujours souhaité, ce à quoi vous, les leaders noirs, avez toujours œuvré ! Ce sont vos ouailles et elles se libèrent.

— Oui, mais elles m'ont rendu obsolète. Que diriez-vous si vous vous aperceviez, un beau matin, que vous êtes obsolète ? Ce n'est pas particulièrement réconfortant, ni joli. Pas joli du tout. »

Je l'observai, pantois, et entrevis à la lueur des phares qu'il y avait de la tristesse dans ses yeux et qu'il serrait les poings.

En me détournant, je m'aperçus que nous descendions vers Sutton. Bientôt les phares éclairèrent les devantures des magasins et je vis la bande de lumière jaune que l'ampoule de l'épicerie Thomason projetait sur la chaussée.

Quand, quelques instants plus tard, je me tournai de nouveau vers le révérend Bradshaw, il était plus triste que jamais et ses yeux vitreux étaient perdus dans le vague.

CAMILLE WILLSON

La nuit dernière, c'était presque comme il y a vingt ans. Naturellement, nous n'avions pas, comme autrefois, ce sentiment puissant et merveilleux, mais nous avons parlé, chose qui ne nous était pas arrivée depuis longtemps. Et aujourd'hui, sur le quai de la gare, tandis que nous marchions à la rencontre de Dewey, j'ai senti sa main se poser sur mon coude, puis glisser le long de mon bras jusqu'à ma main qu'il prit dans la sienne. Il était presque redevenu le David que j'aimais tant ; il n'avait pas rajeuni, bien sûr – jamais nous ne rattraperons les années perdues –, mais il était de nouveau ce David que j'avais épousé à vingt ans, ce David-là en plus vieux. Ce que je ressentis à cet instant était proche de ce que j'éprouvais alors, quand nous venions de nous marier et que je pouvais à peine attendre d'aller au lit avec lui. Dès qu'il s'approchait de moi, je ne pouvais m'empêcher de l'enlacer et de me serrer très fort contre lui ; ou bien je me frottais à lui du bout des seins et, quand j'étais sûre qu'il les sentait sur sa poitrine, je m'écartais comme si de rien n'était, comme si je ne savais pas ce que je faisais. Je suppose que tout cela était assez ridicule, mais je l'aimais tellement que je n'étais jamais rassasiée de l'avoir auprès de moi.

Parfois, même au beau milieu de l'après-midi, je m'enhardissais jusqu'à lui écrire un mot :

Cher David,
Tu as dix minutes pour terminer ce que tu es
en train de faire.
Parce que je viens te chercher. Je t'aime.
Camille.

Je me rendais dans la pièce où il était en train de lire le journal ou d'écrire, et je disais : « Quelqu'un vient d'apporter un mot pour toi.

— Ah oui ?

— Oui, monsieur. Et je dois préciser qu'elle était *très* jolie. »

Puis je tournais les talons et m'en allais. Je l'entendais alors rire et me lancer : « Mais qu'est-ce que je vais faire de toi ? »

Et je lui disais : « Tu connais la réponse à ça. Viens dans dix minutes. » Puis j'allais mettre la table et le repas à mijoter pour ne plus avoir à m'en inquiéter. Et me précipitais dans notre chambre, me déshabillais, m'aspergeais de parfum… Une fois fait, les dix minutes étaient écoulées et il entrait en déboutonnant sa chemise et en déclarant : « Alors, où est cette jeune fille qui m'a envoyé ce mot ? »

Et moi j'étais au lit, les couvertures tirées jusqu'au menton, et je répondais d'une toute petite voix : « Ici, David. »

Alors il me rejoignait et s'asseyait sur le bord du lit, me regardant si tendrement que parfois je me mettais à pleurer comme une petite fille. Il était si bon avec moi, il me faisait asseoir, me prenait dans ses bras et m'embrassait avec tant de douceur que je pensais fondre. Il était si tendre, si tendre ! Et il disait : « Camille, je t'aime.

— Mon Dieu, David, je t'aime tellement ! » répondais-je.

Puis il se déshabillait et nous nous aimions pendant des heures.

Mais je ne voudrais pas que vous pensiez que c'était seulement cela qui était merveilleux. Si les choses se passaient ainsi, ce n'était pas uniquement parce que nous étions de jeunes mariés, il nous arrivait parfois de nous comporter comme un vieux couple, uni depuis cinquante ans. Je crois que c'était surtout parce que nous nous comprenions très bien – du moins David me comprenait-il, pour ma part je me contentais d'avoir confiance en lui et je n'avais pas vraiment besoin de le comprendre.

En tout cas, ainsi en allait-il au début de notre mariage. À cette époque, nous vivions à New Marsails et David travaillait pour l'A-T, le *New Marsails Evening Almanac-Telegraph*.

J'avais rencontré David à une soirée, dans le Quartier Nord. Mon père m'avait envoyée faire mes études à Atlanta, où j'étais censée apprendre à devenir une dame et où l'on pensait que je rencontrerais un jeune homme du Sud, gentil et convenable. Mais j'avais réussi à survivre à tout cela et revins, sans mari, à New Marsails.

À mon retour, je découvris que certaines de mes amies s'étaient mises à fréquenter un groupe de bohèmes, étudiants des beaux-arts ou écrivains, qui passaient leur temps à discuter du marxisme, assis à même le plancher. Elles m'emmenèrent à l'une de leurs soirées, où je mourais d'envie d'aller, persuadée que cela me consolerait de mon exil à Atlanta. C'est là que je fis sa connaissance.

Nous nous mîmes à sortir souvent ensemble. Il ne s'agissait pas exactement de « sorties », comme dirait maman, parce que ce n'était pas de vrais rendez-vous, j'accompagnais David quand il faisait un reportage. L'endroit m'importait peu, tant que j'étais avec lui.

Parfois, nous convenions de nous voir, puis il me téléphonait : « Camille, je ne peux pas venir te chercher et tu ne peux pas venir me rejoindre. Je ne peux pas te voir ce soir, j'ai quelque chose d'urgent à terminer. » Naturellement, je me demandais ce qu'il avait de si important à faire et pourquoi il s'était montré si intraitable. Je savais qu'il m'aimait et que je ne me racontais pas d'histoires à ce sujet. David savait lui aussi que je l'aimais. Pourtant, en ces occasions, il devenait étrangement distant, évasif et cassant. Il ne voulait pas même que je vienne pour être auprès de lui.

On devine sans mal ce que je m'imaginais : il y avait une autre fille. Cela m'attristait au plus haut point et je me persuadais, tout en sachant au fond de moi que ce n'était pas vrai, qu'il se moquait de moi. Mais la réalité était tout autre et je commençai à l'entrevoir quand je fis la connaissance de son père.

Un dimanche, David vint me chercher pour faire une promenade en voiture. Nous prîmes la route vers le nord, en direction de Sutton. David était particulièrement silencieux, il avait l'air absorbé dans ses pensées. Quand nous atteignîmes la grand-place de Sutton, il tourna à gauche au lieu de continuer tout droit et, avant d'avoir eu le temps de songer à m'inquiéter, je me trouvai en présence de son père, Demetrius, un homme maigre, au regard dur et aux cheveux blancs. David sortit chercher des rafraîchissements. M. Willson me regarda pendant un long moment.

« Vous l'aimez, n'est-ce pas ? demanda-t-il.

— Oui, monsieur.

— Lui aussi vous aime. Il est probable qu'il veuille vous épouser très vite. Vous voulez vous marier avec lui ?

— Oui, monsieur Willson.

— En ce qui me concerne, je suis d'accord. Mais je dois vous avertir de ce qui vous attend. Vous ne pourrez jamais le quitter. Un de ces jours, il aura besoin de vous, et cela, bien plus que vous ne le croyez. Il a entrepris quelque chose qui est au-dessus de ses forces. Il ne sait pas que je suis au courant de ses activités, mais je le suis. »

Puis David revint dans la pièce et M. Willson se tut. De toute façon, je ne pense pas qu'il en aurait dit davantage.

J'ignore si cette conversation m'aida à mieux supporter les nuits où David se conduisait de manière si étrange. Je ne crois pas, du reste, que ce qu'on aurait pu me dire à son sujet aurait changé quoi que ce soit à mes sentiments. J'étais tellement amoureuse de David que si quelqu'un m'en avait dit du mal, je ne l'aurais pas cru, et si quelqu'un m'en avait dit du bien, j'aurais trouvé cela tout à fait normal.

Toujours est-il que David me demanda bientôt en mariage. Je l'épousai et nous fûmes très heureux. Nous vivions à New Marsails, allions aux soirées données dans le Quartier Nord, et je continuais à accompagner

David au cours de ses reportages. Quand nous rentrions à la maison, nous nous donnions l'un à l'autre, riions beaucoup et nous réjouissions d'être ensemble. Pourtant demeuraient entre nous ces nuits où il ne désirait pas ma présence et où il m'expédiait au cinéma – quoique cela me tourmentât beaucoup moins qu'avant notre mariage. D'ailleurs, si j'avais été inquiète, je n'en aurais rien dit, de peur de l'ennuyer. Parfois il me disait : « Camille, je te remercie de ne pas me demander ce que je fais. Moins tu en sauras, mieux ça vaudra. »

Puis je fus enceinte de Dewey, David fut mis à la porte de son journal et tout fut révélé au grand jour.

En plus de son travail pour l'A-T, David avait écrit des articles pour certaines revues communistes de New York. Il les avait signés d'un pseudonyme, mais l'A-T avait découvert l'identité de leur auteur et congédié David, au prétexte qu'il avait exprimé un point de vue radical sur la question raciale. Je n'en compris guère plus, mais si David estimait qu'il avait raison de faire telle ou telle chose, alors ce qu'il faisait m'importait peu. J'essayai de lui dire que ce n'était pas grave et que s'il voulait aller à New York pour travailler à plein temps pour ces revues, nous nous installerions là-bas. Mais quand je lui annonçai la venue du bébé – je pouvais difficilement la lui cacher –, il refusa : nous ne pouvions pas aller à New York, le travail de journaliste était trop précaire, nous risquions de rester sur le carreau. Il se démena pour retrouver du travail, en vain. Puis la panique commença à le submerger et rien de ce que je pouvais dire ou faire ne parvenait à le calmer. C'est alors qu'il se mit à changer, beaucoup. Un peu plus chaque jour.

Son attitude avait probablement un rapport avec certaines lettres qu'il recevait du Nord. Je ne les ai jamais lues et David ne me parlait pas de leur contenu, mais chaque fois qu'il en recevait une, il devenait plus distant. Elles arrivaient toutes dans des enveloppes anonymes, oblitérées à New York. J'appris à reconnaître la machine à écrire de l'expéditeur, une portative avec un « I » cassé. À chaque « I », la machine sautait, et Willson s'épelait W-I-espace-L-L-S-O-N. Quand j'allais prendre le courrier dans la boîte et que je tombais sur une lettre adressée à « M. Davi d Wi llson », je savais que, quelle qu'en fût la teneur, elle rendrait David plus malheureux et plus froid qu'il ne l'était déjà. J'en arrivais alors à souhaiter qu'un jour je rencontrerais la personne qui les écrivait afin de l'étrangler de mes propres mains. Mais tout cela n'était qu'un rêve, rien de semblable ne se produisit. L'auteur de ces lettres, auquel David passait des nuits à essayer de répondre, ne se présenta jamais chez nous. Et, quand il cessa d'écrire, il était trop tard : le mal était fait.

La dernière lettre arriva un matin, après que David eut quitté la maison pour la journée. Elle était plus longue que toutes les précédentes ; je le savais parce qu'elle nous parvint dans une enveloppe de grand format et qu'elle semblait peser beaucoup plus lourd. Mais elle provenait de la même personne, je reconnus sa machine à écrire. Je montai la lettre dans l'appartement et hésitai un long moment à l'ouvrir. Je n'en fis rien. Assise sur le lit, je passai une partie de la matinée à la soupeser et à me demander si, compte tenu de sa longueur, elle serait encore pire que les autres. Puis je me dis que si David voulait m'en parler, il le ferait, que je l'aiderais si je le pouvais, mais que, si je ne le pouvais pas, je l'aimerais tout autant. Je posai donc la lettre sur la commode et quittai la pièce.

David rentra fort tard, ce jour-là. J'étais déjà au lit, en train de lire, quand il se glissa dans la chambre et ferma la porte derrière lui. Il me sourit, puis il aperçut la lettre sur la commode, il savait aussi bien que moi de qui elle était. Il me regarda un long moment, puis se dirigea vers la commode et saisit l'enveloppe dont il coupa soigneusement l'un des côtés au lieu de la décacheter par le haut. Il s'assit sur le bord du lit pour la lire. J'eus l'impression que cela lui prenait une éternité. Je m'étais redressée et l'observais qui lisait une page après l'autre, glissant celle qu'il avait lue sous le paquet de feuillets. Quand il eut terminé, il resta à fixer le plancher, la lettre sur les genoux. Puis il la plia et la remit dans l'enveloppe et dit : « Eh bien, c'est la dernière. Il me l'a promis. Peut-être vais-je enfin avoir la paix. »

Comme j'avais davantage fait attention à ses mots qu'au ton sur lequel il les avait prononcés, je me sentis heureuse sur l'instant.

Je le regardai en silence tandis qu'il se déshabillait. J'éteignis la lumière et, pendant un long moment, nous restâmes étendus côte à côte sans nous toucher. Je savais qu'il ne dormait pas parce qu'il était couché sur le dos et qu'il ne peut s'endormir que sur le côté. Finalement, il poussa un soupir.

« David, n'y a-t-il rien que je puisse faire, vraiment rien ? » lui demandai-je, tout en craignant qu'il ne trouve cela déplacé.

Il resta sans rien dire, puis soupira de nouveau. « Tu as une grande confiance en moi, n'est-ce pas ?

— Oui, David.

— Comment peux-tu avoir seulement confiance en moi ? »

Sa question n'impliquait pas que je ne devais pas avoir confiance en lui, mais exigeait une réponse factuelle. Il me demandait souvent de traduire par des mots ce que je pouvais ressentir. Cela ne m'était pas facile, toutefois j'essayais toujours.

« Je ne sais pas, c'est comme ça. Tu ne m'as jamais rien fait qui puisse détruire la confiance que j'ai en toi. J'avais de l'amitié pour toi, puis je me suis mise à t'aimer, et j'ai toujours pensé que tu ne chercherais jamais à me faire du mal, délibérément.

— Mais suppose que j'aie fait quelque chose pour te blesser ? Suppose que je sois sorti un matin, soi-disant pour chercher du travail, et que le soir tu lises dans les journaux que David Willson et une femme mariée, tous deux nus dans un lit, ont été tués à coups de revolver par le mari bafoué ? Suppose que dans cet article tu apprennes que je fréquentais cette femme depuis deux ou trois ans ? Continuerais-tu à avoir confiance en moi et à m'aimer ? »

Un sentiment de malaise grandit en moi tandis qu'il me parlait. Mais je compris bientôt que c'était juste un exemple, que rien de tout cela n'était vrai et qu'il s'efforçait de découvrir quelque chose de très différent.

« David, ne dis pas des choses pareilles !

— Pourquoi ? fit-il en se redressant brusquement dans le lit. Tu perdrais confiance en moi, n'est-ce pas ?

— Ce n'est pas ça. » Je posai ma main sur son bras ; il ne chercha pas à se dégager. « Ce n'est pas ça. Quoi que tu aies pu faire, l'important pour moi serait que tu restes en vie. Non, je ne perdrais pas confiance en toi. Peut-être agis-tu réellement ainsi, mais la raison pour laquelle j'ai confiance en toi, c'est que, précisément, *je ne t'en crois pas capable*. Et si jamais ce que tu viens de dire arrivait, je suppose qu'après avoir beaucoup souffert, j'essaierais de te trouver des excuses. Il se peut aussi que je t'en veuille énormément, mais je finirais sans doute par me persuader que tu as été poussé à agir ainsi pour des motifs que j'ignore, à cause d'un problème que j'étais incapable de t'aider à résoudre, ou bien même que tu as trouvé en cette autre femme quelque chose qui me manquait. Oui, je pense que je continuerais à croire que tu as agi pour le mieux.

— Bon, que dirais-tu si après avoir réellement fait tout cela, je m'apercevais que j'avais eu tort ? Si je me sentais coupable, si j'avais l'impression d'avoir commis une trahison, non seulement envers toi, mais plus encore envers moi-même ? Qui alors pourrait jamais me redonner confiance en *moi* ? » Il se tut un instant, puis reprit : « Y parviendrais-tu ? Trouverais-tu les mots capables de changer l'opinion que j'aurais de moi ?

— Je ne sais pas, David. J'essaierais. J'accepterais le fait que tu aies agi ainsi et je m'efforcerais de te le faire accepter aussi. »

Maintenant que mes yeux s'étaient habitués à l'obscurité, je le distinguais mieux. Il était assis dans le lit, le corps légèrement penché en avant, les poings serrés.

« Et si je n'avais pas fait quelque chose que j'aurais peut-être dû faire ? Suppose que je me sois conduit comme un lâche alors que j'aurais dû, que j'aurais *pu*, me montrer courageux ? Car c'est cela que je suis,

Camille, un lâche sans raison. Et ça, c'est encore pire que d'être un lâche par nécessité. »

J'aurais tellement aimé qu'il me racontât ce qu'il avait sur le cœur.

« Tu t'es montré lâche à quel propos ? demandai-je.

— Oh, ça, ça n'a plus d'importance maintenant.

— Bien sûr que ça en a !

— Non, les circonstances ne comptent guère. Ce qui est grave, c'est que j'étais censé croire fermement en une chose, et quand le temps est venu de me battre pour elle, je n'ai pas bougé. Ou, plus exactement, j'ai battu en retraite. »

J'aurais mieux fait de réfléchir une seconde avant de lui dire : « Eh bien, c'est sans doute parce que tu n'aurais pas dû y croire du tout. Cette chose-là n'était peut-être pas bonne. »

Il pivota vers moi. Je sentis que je l'avais blessé.

« Mais si ! Elle était et continue d'être parfaitement juste ! s'exclama-t-il.

— Oui, mais peut-être pas pour toi. Peut-être qu'elle ne te correspondait pas. »

J'aurais dû me garder d'insister.

« Oh, mon Dieu, tu ne comprends rien, fit-il en laissant sa tête retomber sur son oreiller.

— J'essaie, David. Je voudrais tant comprendre et je regrette beaucoup de ne pas y arriver. »

Oh… je ne voulais surtout pas ça, je faisais mon possible pour l'empêcher, j'avais honte, mais je sentis que je me mettais à pleurer. Pas beaucoup, juste quelques larmes sur mes joues.

« Camille, je t'en prie, ne pleure pas. Ce n'est pas ta faute, rien de tout cela n'est ta faute. »

Il étendit la main sous les couvertures et me serra le bras, puis m'enlaça et m'embrassa sur les yeux.

« David, j'aimerais tant pouvoir t'aider. Je voudrais pouvoir faire quelque chose, mais je ne suis pas... je suis trop... bête. »

Il m'embrassa de nouveau et je sentis que nos deux corps commençaient à se désirer. Je me serrai contre lui de toutes mes forces et il commença à relever ma chemise de nuit. Puis il s'arrêta brusquement de m'embrasser. Je resserrai encore mon étreinte – me donner à lui était la seule chose que je savais vraiment bien faire –, mais soudain je sentis sur mes joues des larmes que je pris d'abord pour les miennes. Il pleurait. Il s'écarta de moi.

« Ça ne sert à rien. Je ne me sens même plus un homme. »

Ce fut le dernier moment de romantisme entre nous. Après cela, nos rapports ne s'améliorèrent plus jamais. Nous partîmes nous installer à Sutton où David se mit à travailler avec son père, dans l'affaire familiale. Sa famille était très bonne avec nous, mais je savais que David avait horreur d'être là et que c'était le dernier des métiers qu'il avait voulu exercer. Il ne pouvait souffrir l'idée que des gens puissent s'enrichir pour l'unique raison qu'ils possédaient des terres dont d'autres, moins fortunés, avaient besoin pour vivre. Il détestait aller encaisser les métayages et méprisait les occupations courantes d'un propriétaire foncier. Il était si malheureux que nous avions de moins en moins de choses à nous dire. Nous n'allions plus à New Marsails, chez nos amis du Quartier Nord, et, quand je lui en parlais, il me répondait qu'il était temps pour nous de grandir, que nous ne pouvions plus nous livrer à de tels enfantillages. Nous nous donnions encore parfois l'un à l'autre et je fus de nouveau enceinte, de Dymphna. David en paraissait heureux, mais je crois que c'était surtout parce qu'il n'avait plus à me faire l'amour.

Je vis Tucker pour la première fois quand nous nous installâmes à Sutton. À cette époque, il n'avait que deux ans. C'était un bébé maigre, très noir, avec un gros ventre et une tête énorme. Dans son parc, il était toujours entouré de cubes. Il les empilait les uns sur les autres pour en faire des constructions géantes. Je me souviens d'un jour où il en avait fabriqué une plus grande que lui. Il ne lui restait plus qu'un cube qu'il posa avec d'infinies précautions au sommet de l'édifice. S'appuyant contre les barreaux du parc, il contempla ce qu'il avait construit si difficilement, puis il rampa vers son chef-d'œuvre et, d'un coup de poing, le détruisit complètement. Il s'écorcha la main, mais ne pleura pas. À le regarder faire, on n'avait pas l'impression qu'il jouait.

La guerre éclata et David fut envoyé sur la côte Ouest. Il ne quitta jamais les États-Unis. Si surprenant que cela puisse paraître, je le regrettais pour lui. J'espérais qu'on l'enverrait quelque part, sur le front, où il aurait tiré des coups de fusil ou accompli quelque chose qu'il jugeait utile. Au lieu de quoi, il travaillait dans un bureau à San Diego, ce qui correspondait peu ou prou à travailler chez son père, à encaisser les loyers.

J'espérais aussi que la séparation lui ferait du bien mais, à son retour, il était encore pire qu'avant. Quand il était à la maison, il restait le plus clair de son temps enfermé dans son bureau.

Je commençais alors à me sentir vraiment seule. Pas uniquement parce que j'avais conscience que mon mariage était un échec. Je l'avais compris depuis longtemps et je crois que j'avais fini par l'accepter. Je me sentais comme une étrangère à Sutton, je n'avais personne à qui parler. J'avais l'impression d'être entourée d'étrangers, de ne pas être une Willson, et d'être la seule à ne pas faire véritablement partie du clan. Mes enfants étaient des Willson, eux, et j'étais décidée à leur cacher la situation le plus longtemps possible. Même les Caliban étaient devenus des Willson depuis le temps qu'ils étaient avec la famille. Je me sentais pareille à une étrangère dans une maison qui était censée être mon foyer.

Je fis alors une chose pour laquelle je conçus de la honte jusqu'à encore très récemment.

Quand Dewey était très jeune, il aimait tellement Tucker qu'il insista pour que celui-ci couchât dans sa chambre. Nous plaçâmes donc un autre lit à côté du sien et Tucker dormit chaque nuit auprès de lui. J'avais l'habitude de leur raconter une histoire, le soir, quand je les mettais au lit.

Une fois, après une journée extrêmement déprimante, je les bordai et débutai mon histoire ainsi :

« Il était une fois une princesse qui…

— Est-ce qu'elle était belle, maman ? demanda Dewey, couché sur le dos.

— Évidemment ! Toutes les princesses sont belles », rétorqua Tucker. Assis dans son lit, il me regardait en grimaçant.

« Eh bien, à vrai dire, je ne sais pas, et ce n'est pas très important. Un jour, donc, elle rencontra un prince charmant à un bal… donné en l'honneur de peintres, de peintres qui peignent des tableaux. » Je me souviens de m'être dit à ce moment-là que j'usais de licence poétique, en recourant à une matière autobiographique.

« Quel genre de tableaux ils faisaient, maman ?

— Oh, ils peignaient des gens, des paysages et des choses comme ça. »

La chambre n'était éclairée que par la lune et je pouvais distinguer la silhouette de Tucker assis dans son lit. Dewey avait tiré ses couvertures jusqu'au menton.

« La princesse tomba amoureuse du prince charmant et, très bientôt, ils se marièrent.

— Maman, c'est pas déjà la fin ?

— Non, mon chéri, c'est une histoire qui continue après la fin », dis-je, prenant soudain conscience de ce que j'étais en train de faire. Seulement, je ne pouvais plus m'arrêter.

« Comment ça se fait ? » demanda Dewey qui ne comprenait pas.

Tucker remua dans son lit et ses lunettes captèrent la lumière de la lune.

« Dewey, écoute l'histoire et elle te dira comment ça se fait.

— Mais comment une histoire peut continuer après la fin ?

— Cette histoire est à ta maman et elle a le droit de la raconter comme elle a envie.

— Ah bon. »

Je poursuivis : « Très bientôt ils se marièrent et le prince emmena la princesse dans le plus joli château que l'on puisse imaginer, tout en haut d'une colline. Ils furent très heureux pendant un temps, jusqu'au jour où le prince partit à la guerre et en revint grièvement blessé. »

La respiration de Dewey se fit plus profonde et je compris qu'il s'endormait. Mais Tucker m'écoutait toujours. D'ailleurs, même si lui aussi s'était endormi, je crois que j'aurais continué, ne fût-ce que pour pouvoir dire ces choses à haute voix, même travesties sous cette forme.

« Le prince était très triste parce qu'il avait perdu la bataille, si bien que la princesse était triste elle aussi. Mais elle découvrit qu'elle ne pouvait rien faire pour le prince. Au bout d'un certain temps, il cessa même de lui adresser la parole, alors qu'ils avaient toujours beaucoup parlé ensemble. Et ainsi, la princesse commença à se sentir très seule dans le château parce qu'elle n'avait personne à qui parler. »

À présent, quand j'y repense, je me sens vraiment honteuse. J'étais là, moi, une adulte, à raconter ma propre histoire déguisée en conte de fées à un enfant, à me confesser, à me confier à lui. Et le pire était encore à venir. « Elle n'avait personne à qui parler, personne pour partager sa vie, personne pour la rendre heureuse, et elle se sentait très seule. De temps à autre, elle songeait à s'enfuir, à retourner au château de son père, mais elle n'en avait pas vraiment envie parce qu'elle aimait le prince charmant et ne voulait pas l'abandonner. Pourtant, elle se mit à penser de plus en plus sérieusement à le quitter. Elle en parla même une fois au prince, mais celui-ci fit comme si cela lui était égal. Il lui dit : "Cam…" »

Je faillis prononcer mon prénom. Je rougis dans l'obscurité et ressentis des bouffées de chaleur. Je me tus, consciente de mal agir. Je croyais parler toute seule, mais quand je levai les yeux, j'aperçus les petites lunettes étincelantes de Tucker. Il était toujours assis dans son lit. Je me mis à pleurer intérieurement, à sangloter, quelque part, au plus profond de moi.

« Tucker, mon petit, je crois qu'il est temps de dormir.

— Vous allez pas terminer l'histoire, madame Willson ?

— Ce n'est pas une très bonne histoire. Pas de brigands ni d'enchanteurs. Je ne pense pas que tu veuilles entendre la fin.

— Mais si, m'dame. J'aime beaucoup cette histoire.

— Vraiment ? Pourquoi ?

— Parce qu'elle parle de gens qui existent pour de vrai, comme ceux que je connais.

— Mais est-ce que tu ne préférerais pas une histoire de dragons et de batailles ?

— Non, m'dame. Je pourrais pas y croire.

— Eh bien, mon chou, il n'y a pas de fin à cette histoire. Tu n'as qu'à la terminer toi-même. Comment l'imagines-tu ?

— Moi ?

— Oui. Que devrait faire la princesse, à ton avis ? »

J'avais l'impression de jouer. Je ne pouvais tout de même pas lui demander sérieusement conseil, il n'avait que neuf ans.

Je le vis qui réfléchissait. Ses couvertures rassemblées autour de la taille, on eût dit qu'il était debout jusqu'à mi-corps dans une eau laiteuse. Il jeta un regard en direction de la fenêtre, puis se tourna vers moi. « Je pense que la princesse devrait attendre. Elle ne devrait pas s'enfuir.

— Pourquoi ? »

Il me regarda bien en face, à la manière d'un vieil ami qui nous aurait connus, David et moi, et qui m'aurait donné un conseil avisé. « Parce que le prince va se réveiller un de ces jours et arranger tout ça. »

Sa réponse me fit tressaillir. Je me sentis stupide et un peu folle. Il ne pouvait pas savoir, il n'avait que neuf ans ! J'étais très troublée cependant.

J'attendis. Je vivais au jour le jour, me promettant d'aller voir mon frère avocat et d'entamer la procédure de divorce si rien ne changeait d'ici le lendemain. Et chaque nuit, je me persuadais d'attendre un jour de plus.

C'est ainsi que je finis par attendre des années, jusqu'au mois de mars dernier où je décidai que je ne pouvais plus continuer comme ça, que je devais aspirer à un peu plus que ce que je recevais et que vingt ans d'un mariage de ce genre, c'était plus que suffisant.

Un lundi soir, donc, j'informai Tucker que je voulais me rendre à New Marsails le lendemain matin et je lui demandai de tenir la voiture prête à 10 heures. Le mardi, je me levai, j'enfilai des vêtements de couleur sombre – j'avais l'impression de me rendre à un enterrement –, j'avalai une tasse de café et je montai en voiture. Je me mis à pleurer et continuai tout le long du chemin, en descendant la colline vers Sutton, en gravissant le Ridge et en le franchissant, après avoir traversé Harmon's Draw. Du haut du Ridge, j'aperçus New Marsails noyé dans la brume. En arrivant en ville, Tucker m'arrêta devant le cabinet de mon frère. Je lui dis qu'en cas de besoin on pouvait me joindre à l'étude de maître R. W. DeVillet.

C'est alors qu'il me dit une chose étonnante. Il était descendu de voiture pour m'ouvrir la portière et, au moment où je glissais le long de la banquette, il me regarda droit dans les yeux, à travers ses lunettes à l'épaisse monture, et me dit cette seule et unique phrase. Il me la dit si bas, avec tant de calme, que je ne compris pas tout de suite, assourdie que j'étais par le vacarme de la circulation et les conversations des gens qui passaient, et qu'il me fallut lui demander de la répéter. Ou peut-être l'avais-je entendue mais n'en croyais-je pas mes oreilles, car il me paraissait impossible que Tucker se souvienne, impossible qu'il ait su depuis si longtemps, depuis cette nuit où je lui avais raconté le conte de fées. Je levai les yeux vers lui, stupéfaite, et dis : « Pardon, Tucker ? »

Alors il répéta : « Je pense que la princesse devrait attendre, madame Willson, d'autant que son attente touche presque à sa fin. »

Je lui demandai de me conduire au cinéma le plus proche. C'est là que je passai la journée.

Depuis, au cours de ces derniers mois, je me suis levée chaque matin en essayant de me convaincre que mon attente touchait à sa fin, qu'à la tombée de la nuit ce serait fini. Mais rien ne se produisit jusqu'à hier. Et encore, je ne suis même pas sûre que quelque chose soit arrivé. La nuit dernière, David est entré dans ma chambre et, debout au pied de mon lit, m'a regardée longuement, d'un drôle d'air. Il a dit : « Camille, j'ai commis un million d'erreurs. Comment as-tu pu le supporter aussi longtemps ? » J'ai été incapable de lui répondre. « Camille ?... » Il a laissé sa phrase en suspens et n'a rien ajouté d'autre. Il n'a pas dit qu'il m'aimait ou qu'il espérait que je pouvais encore l'aimer. Mais c'était déjà beaucoup.

DAVID WILLSON

Vendredi 31 mai 1957

Cette journée, qui a commencé comme tant d'autres, s'est transformée pour moi en un véritable jour de gloire. J'ai presque l'impression de prendre un nouveau départ ! Comme si toutes ces années perdues (et je me rends compte à quel point je les ai perdues) m'étaient rendues pour les vivre à nouveau. J'ai toujours senti que ce qui m'avait manqué le plus, il y a vingt ans, c'était le courage et la foi, or je n'avais ni l'un ni l'autre. Bien sûr, j'avais des excuses, je pouvais toujours me cacher derrière mes responsabilités familiales, mais ce genre d'argument ne m'a jamais convaincu.

Parfois il m'est arrivé d'espérer – vainement, pensais-je – que quelqu'un pourrait m'aider, me redonner confiance en moi et m'insuffler le courage d'accomplir ce que je brûlais tant de faire. Même si j'ai toujours cru que personne ne peut réellement donner du courage à quelqu'un d'autre. Les chefs révolutionnaires ne font qu'aider leurs partisans à trouver, en eux-mêmes, un courage qu'ils ont déjà, sans quoi leurs efforts seraient vains. Le courage ne s'offre pas comme on offre un cadeau de Noël. Pourtant, il semble que j'aie eu tort – et je m'en réjouis – parce que, aujourd'hui, on m'a donné du courage, un courage que je suis certain de n'avoir jamais eu. Ou si je le possédais, dans quel repli de mon âme s'est-il alors caché si longtemps ? Je désespérais de le trouver. Et bien, je l'ai trouvé, à moins qu'on me l'ait donné...

Aujourd'hui, comme d'habitude, j'ai quitté la maison pour aller chercher mon exemplaire de l'A-T au magasin de Thomason. (Je ne sais pas pourquoi je lis ce journal en particulier, si ce n'est qu'il me rappelle des temps meilleurs. Je le lis avec plaisir, cherchant les coquilles ou les erreurs de mise en pages ; je suis content d'y voir de temps à autre la signature d'hommes qui sont entrés à l'A-T à peu près à la même époque que moi ; et puis, j'aime le lire parce que c'est le meilleur journal de New Marsails. On y trouve toujours ces faits divers bouche-trous qui finissent par devenir des nouvelles importantes et par paraître en première page.)

J'ai descendu la colline, puis j'ai traversé la place en direction du magasin. (Il y avait là deux ou trois hommes et un gamin, ce qui est exceptionnel à pareille heure : 7 h 30. Naturellement, je ne leur ai pas adressé la parole, je ne connais aucun d'entre eux. Ils ne travaillent pas sur mes terres.)

En rentrant chez moi avec le journal, je me suis rendu directement dans mon bureau, *comme à mon habitude*, pour le lire. Et voilà que soudain je suis tombé dessus, sur une nouvelle que j'attendais depuis longtemps (je m'empresse d'ajouter que je n'ai jamais cru que je la verrais se réaliser un jour et que j'ignorais tout de la forme qu'elle prendrait ; cependant, l'entrevoir une fois, c'était la connaître). L'article se trouvait en haut de la vingtième page, au-dessus des encarts publicitaires pour des tailleurs d'été et des gaines. Aux yeux du rédacteur en chef, ce n'était guère plus qu'un entrefilet, mais si j'avais été en charge du journal ce jour-là, cela aurait mérité de paraître en une, et peut-être même en caractères aussi gros que ceux utilisés pour annoncer l'attaque de Pearl Harbor. J'ai découpé l'article et l'ai collé ci-dessous :

UN INCENDIE DÉTRUIT UNE FERME
Le propriétaire est-il l'incendiaire ?

Sutton, 30 mai. Un incendie a ravagé la ferme de Tucker Caliban, située à 3 kilomètres au nord de la ville. Aucun des trente ou quarante spectateurs qui assistèrent à la scène ne tenta d'éteindre les flammes. Les témoins affirment que Caliban – un Noir – a mis le feu délibérément.

Ils déclarent, en outre, avoir observé Caliban une partie de la journée, alors que celui-ci répandait du sel sur ses propres terres, abattait ses bêtes et détruisait plusieurs de ses meubles. À 8 heures du soir, Caliban serait entré dans sa maison pour y mettre le feu. Puis, toujours d'après les témoins, il serait parti sans donner d'explication.

Introuvable, Caliban n'a pu être interrogé.

Je suis convaincu que cet article ne présente qu'un intérêt limité pour le commun des lecteurs. Mais à la lumière de ce que Tucker m'a dit, des sentiments qu'il a exprimés, il est certain que ce « fait divers » est de la plus haute importance, pour lui, cela va sans dire, mais aussi pour moi. Tucker *s'est libéré* : cela a été capital pour lui. Mais il m'a libéré aussi, d'une certaine manière. Tucker n'étant qu'un individu isolé, cela ne transforme pas encore en réalité les choses que j'ai rêvé de réaliser il y a vingt ans, mais ce qu'il a accompli représente déjà beaucoup. Et je peux dire que j'ai contribué à son affranchissement, puisque c'est moi qui lui ai vendu la terre et la maison. Je ne pense pas qu'il savait alors ce qu'il allait faire, ce soir d'été de l'année dernière, mais cela n'a guère d'importance. Le geste de renonciation qu'il a eu hier constitue le premier coup porté à mes vingt années gâchées, à ces vingt années que j'ai perdues à me lamenter sur mon sort. Qui aurait pu penser qu'une action aussi humble, aussi primitive, pouvait apprendre quelque chose à un homme prétendument cultivé comme moi ?

N'importe qui, oui, n'importe qui peut briser ses chaînes. Ce courage, si profondément enfoui soit-il, attend toujours d'être révélé. Il suffit de savoir l'amadouer et d'employer les mots appropriés, et il surgira, rugissant comme un tigre.

Mardi 22 septembre 1931

C'est la première fois que j'écris dans ce journal bien que mon père me l'ait offert pour mon dernier anniversaire (17 juillet). En me le donnant, il a dit : « Il est temps, mon fils, de commencer à noter chaque jour ce que tu as vu et appris, et cela d'autant plus que tu pars pour le Massachusetts en septembre. » Sur le moment, cela ne m'intéressa pas beaucoup. Je pensais que, de toute façon, on se souvenait des événements importants et qu'on oubliait les autres. Mais j'y ai réfléchi depuis et il se peut que mon père ait raison.

En effet, il peut vous arriver quelque chose qui vous paraît insignifiant sur le coup, mais qui, un an plus tard, explose comme une bombe à retardement et prend une tout autre importance.

C'est peut-être finalement une bonne idée que de tenir un journal intime.

Si j'ai décidé de commencer aujourd'hui (plutôt qu'un autre jour), c'est parce que je pars demain dans le Massachusetts pour y faire mes études pendant quatre ans (si je ne suis pas recalé avant). Je pense que c'est une bonne occasion pour commencer de nouvelles choses. Je ne saurais dire exactement pourquoi, il n'est pas simple de le traduire par des mots – et d'écrire dans ce journal m'aidera peut-être à le faire –, mais le fait d'aller à Cambridge est pour moi de la plus haute importance. Ce n'est pas à cause du nom de cette université, du prestige qui s'y rattache, mais parce que mon père (il y est allé aussi) m'en a beaucoup parlé et que, d'après tout ce que j'ai pu entendre ou lire à ce sujet, il semble que ce soit l'endroit idéal pour m'attaquer à certaines choses que je veux faire.

Quand je regarde autour de moi, ici, dans le Sud, je ne vois que pauvreté, misère, injustice et malheur. J'aime profondément mon pays, et bien que cela puisse paraître affreusement sentimental, j'ai envie de pleurer chaque fois que je le vois tel qu'il est et le compare à ce que, d'après mes conceptions, il pourrait être. En des temps aussi durs que les nôtres, avec le krach de Wall Street et la Dépression, la situation du Sud, qui était déjà plus mauvaise que celle du reste du pays, s'est encore aggravée. Mais ce Sud *tel qu'il pourrait être* n'est réalisable que si les gens d'ici trouvent et adoptent un nouveau mode de vie. Nous devons abandonner nos vieux schémas et nous arrêter d'idolâtrer le passé pour nous tourner vers l'avenir (Seigneur ! on dirait un mauvais discours). J'espère donc qu'à Cambridge je découvrirai quelques idées, quelques principes que je pourrai rapporter avec moi, dans quatre ans, pour aider le Sud à se remettre sur pied et à entrer dans le XXe siècle. Je ne sais même pas ce que je cherche ; je ne peux qu'espérer que je le reconnaîtrai *quand* je le rencontrerai.

C'est tout pour aujourd'hui. J'ai encore quelques affaires à emballer.

Vendredi 23 octobre 1931

Cette nuit, j'ai rencontré un type étonnant : Bennett Bradshaw, un Noir. Pour la première fois de ma vie, j'ai eu, avec un Noir, une conversation intelligente et, pour la première fois aussi, je me suis senti intellectuellement inférieur à un Noir. Je pourrais lui en garder rancune s'il ne m'avait appris tant de choses !

Je m'étais rendu à une réunion socialiste, espérant y entendre quelque chose d'intéressant. Avant d'y aller, j'avais même envisagé d'adhérer. Mais une fois sur les lieux, je n'y ai trouvé qu'une bande de gars qui faisaient étalage de leurs connaissances sur Marx.

Je venais de m'asseoir quand un Noir est entré et s'est installé à côté de moi. Voilà un sujet qu'il me faudra développer un de ces soirs : l'absence de ségrégation. Au début, cela ne m'a pas dérangé. L'absence de ségrégation ne me gêne que lorsque je suis assis dans un endroit où, d'habitude, on ne fait pas vraiment attention aux gens qui vous entourent, comme dans le trolley, par exemple, où l'on jette un rapide coup d'œil à son voisin avant de l'oublier, à moins, évidemment, qu'il ne soit assis sur les pans de votre manteau ! Mais quand un Noir s'assied à côté de moi, cela me distrait de ma lecture ou de ce que je suis en train de regarder par la fenêtre, parce que je n'ai pas l'habitude de côtoyer de si près une personne de couleur en public. Aussi, lorsque ce Noir s'est installé près de moi, je l'ai remarqué, et je n'ai cessé d'être conscient de sa présence. Il était corpulent, n'avait plus l'air très jeune, et portait un vêtement de couleur sombre.

Quand la réunion a commencé, j'ai évité de le fixer. (Je fais des efforts pour ne pas écarquiller les yeux chaque fois qu'un Noir s'approche de moi.) Mais comme la séance se prolongeait, avec ces types qui n'arrêtaient pas d'essayer d'épater la galerie, j'ai commencé à m'agiter sur ma chaise, songeant même à partir, mais ce genre de courage me fait défaut. Le Noir a dû remarquer mon impatience, car il s'est penché vers moi et m'a dit d'une voix qui m'a paru très britannique (il m'a confié plus tard que sa famille était originaire des Antilles) : « Ces gars-là n'ont strictement rien à dire. Si nous allions prendre un thé ensemble ? »

Il souriait légèrement en clignant des yeux.

Je ne sais toujours pas pourquoi je suis parti avec lui, pourquoi j'ai bravé le silence offensé qui a accompagné notre sortie. Je suppose que c'était pour un mélange de raisons diverses : 1) parce qu'il semblait penser comme moi que cette réunion était futile ; 2) parce que lui, un Noir, s'était penché vers moi et m'avait parlé avec autant d'audace, de franchise et d'amitié ; 3) ou bien, parce que avec son accent britannique, il m'était apparu comme un personnage exotique (ce qualificatif n'est peut-être pas tout à fait approprié). Toujours est-il que je suis parti avec lui.

Nous avons longé le jardin jusqu'à la place, marchant côte à côte, en silence. Il a pris une cigarette, l'a fichée dans un fume-cigarette avant de l'allumer en protégeant la flamme de ses doigts boudinés. On aurait dit qu'il marchait au rythme de quelque musique, une marche militaire, en balançant les bras. Nous avons trouvé un restaurant : il a commandé un thé et moi, un café.

Une fois assis, il m'a tendu la main. « Bennett Bradshaw. » Je l'ai serrée et me suis présenté à mon tour, ouvrant la bouche pour la première fois.

Il s'est mis à rire. « Ma parole ! Un gars du Sud ! Une âme sœur et pourtant un gars du Sud. »

Je me suis d'abord senti gêné, puis heureux qu'il commente l'étrangeté de la situation et des circonstances, et je me suis mis à rire aussi. Il m'a demandé de quelle partie du Sud je venais. Je le lui ai dit et, avec cette vivacité d'esprit qui devait m'impressionner de plus en plus à mesure que nous parlions, il en a conclu aussi vite : « Vous êtes apparenté au général Dewey Willson, n'est-ce pas ? »

J'étais sur le point de lui « avouer » que oui, puis je me suis ravisé en me disant que j'allais le mettre à l'épreuve : « Qu'est-ce qui vous fait penser cela ?

— Eh bien, le fait que vous soyez du même État que lui et que vous portiez son nom.

— Mais beaucoup de gens ont pris son nom après la guerre, toutes sortes de personnes qui n'avaient aucun lien de parenté.

— Oui, mais ceux-là n'auraient pas pu s'offrir des études à Cambridge, ils n'auraient pas hérité de son intelligence, n'est-ce pas ? De plus…

— Vous avez gagné ; vous m'avez coincé : je suis effectivement son arrière-petit-fils. » Je me suis mis à rire en hochant la tête.

« J'aimerais ajouter, bien que je ne puisse être *entièrement* d'accord avec ses idées, qu'il était un valeureux soldat et un chef admirable. Mais dites-moi, David… Vous permettez que je vous appelle par votre prénom ? » Il n'a pas attendu mon consentement, que je lui aurais d'ailleurs donné, pour poursuivre. « Comment se fait-il que *vous* vous soyez trouvé à cette réunion ? »

Je lui ai exposé mes idées sur mon pauvre Sud perdu et ce que j'espérais pouvoir faire pour mon pays. Je lui ai parlé également de certains problèmes auxquels j'avais longuement réfléchi. Tout cela semblait lui plaire beaucoup et, quand j'en ai eu terminé, il m'a exposé ses raisons personnelles. Il allumait une cigarette après l'autre.

« Mon peuple, lui aussi, a besoin de quelque chose de nouveau, d'un nouveau souffle vital. À mon avis, ses leaders n'ont fait que marcher sur les brisées des superviseurs noirs de l'époque des plantations. Chacun vit pour soi et, ce qui compte, c'est l'argent. J'ai beaucoup lu depuis que j'ai quitté le lycée. (À ce qu'il semble, il a vingt et un ans et a travaillé pendant quatre ans pour économiser l'argent de ses études. Actuellement, il travaille dans une teinturerie, à Boston.) Mais je n'ai rien trouvé dans les livres. J'espérais pouvoir découvrir quelque chose ici. Le socialisme ou le communisme détiennent peut-être la solution du problème, un socialisme nouveau et pas le verbiage creux dont nous avons eu un échantillon ce soir – cela et le syndicalisme et d'autres choses du même acabit. »

Nous avons continué à discuter et à échanger des idées, le temps de boire sept tasses de café. Il m'a suggéré une foule de livres à lire ; j'ai les poches bourrées de bouts de papier avec des notes.

Il est de New York et il est l'aîné d'une famille nombreuse.

Je déjeune avec lui demain.

Lundi 26 octobre 1931

Ai dîné avec Bennett. Nous avons parlé jusqu'à 3 heures du matin. Ses connaissances sont impressionnantes et sa conversation est des plus instructives. Il m'apprend même, sur le Sud, des choses que j'ignorais.

Mercredi 28 octobre 1931

Bennett est passé me voir à 21 heures. Nous avons discuté fort avant dans la nuit.

Samedi 31 octobre 1931

J'ai été à une soirée donnée au *Pudding*. J'y ai rencontré une très jolie fille qui s'appelle Elaine Howe. Elle est de Roanoke, en Virginie. Je la trouve très attirante et très gentille. Elle doit mesurer 1,60 mètre et peser dans les 60 kilos. Elle a une merveilleuse démarche que l'on pourrait qualifier d'hésitante, de nonchalante ou de sinueuse. Mais c'est sa voix, je crois, que j'aime le plus en elle, une voix comme « chez nous », comme un moineau qui tousse, un peu cassée, aux inflexions très douces et aristocratiques.

Elaine a des cheveux châtain clair, assez longs, et de jolis yeux. Je dois bien l'admettre, les filles du Sud sont les meilleures du monde !

Lundi 2 novembre 1931

Bennett et moi avons déjeuné ensemble. Nous avons bavardé tout l'après-midi. Il m'a dit – et c'est la première fois que je l'ai entendu parler autant de lui-même – qu'après son diplôme, il aimerait travailler pour la Société nationale des affaires noires. Il a conscience que l'organisation ne fait pas autant qu'elle le pourrait pour la cause des Noirs, mais il pense que c'est déjà un bon point de départ. Et moi, que diable vais-je devenir ? Comment et où vais-je m'installer pour faire le peu que je pourrai ? Il est une chose au moins dont je suis *certain*, c'est que je ne veux pas rentrer chez moi encaisser des loyers pour mon père.

Mardi 3 novembre 1931

Le *Crimson* organise bientôt un concours. Je m'y présenterai peut-être. Ai vu Bennett ce soir, en coup de vent. Nous avons tous deux beaucoup de travail.

Samedi 14 novembre 1931

Ai emmené Elaine à une soirée ; en fait, c'est elle qui m'y a emmené. Tout le monde était de « chez nous ». C'était merveilleux d'entendre de nouveau l'accent du Sud. J'ai rencontré des tas de gens sympathiques, surtout des filles.

Lundi 16 novembre 1931

Parfois, je me demande si Bennett et moi sommes de vrais amis. Je veux dire par là que nous ne parlons presque jamais de choses personnelles : les vêtements, les filles, ou autres sujets (à l'exception de ceux qui concernent nos plans d'avenir) dont s'entretiennent habituellement les amis. Nous discutons toujours de politique, de formes de gouvernement, de communisme *versus* capitalisme, du problème racial. Mais ce sont les questions qui nous intéressent réellement – et pourquoi pas ?

Si j'émets un doute quant à notre amitié, c'est parce que Bennett et moi, nous ne pouvons jamais sortir ensemble avec des filles ou nous rendre ensemble à la même soirée. Malgré mes convictions libérales, je suis, je l'avoue, un amateur de clubs et, qui plus est, un garçon du Sud. Il m'a fallu venir dans la froide et morne Nouvelle-Angleterre pour m'en apercevoir. En me promenant sur la place, je me surprends toujours à faire des comparaisons : « Les gens d'ici paraissent plus tristes que ceux de chez nous » ou « les maisons ne sont pas aussi jolies » ou « les gens sont moins aimables », ou bien encore, et c'est là que je veux en venir, « les filles sont moins gentilles ». Voilà ce que je ressens, et c'est cela, plus que toute autre chose, qui me sépare socialement de Bennett. Et s'il est vrai que nous connaissons quelques filles ici, des filles des cercles libéraux, je n'en ai pas encore trouvé une seule avec laquelle j'aimerais sortir.

Je mentionne tout cela pour la raison suivante : j'ai demandé à Bennett s'il voulait venir avec moi, et deux jeunes filles, au *Game*, et il m'a regardé d'un air choqué.

« As-tu perdu la raison, mon ami ?
— Pourquoi ?

— Pourquoi, tu le demandes ! Songe aux filles avec lesquelles tu es sorti ici. On dirait vraiment que tu n'as jamais quitté le Sud. Comment crois-tu qu'elles réagiraient envers moi ? Comme des chatons à l'eau. Tu peux être assuré que tu ne seras plus convié à aucune soirée par tes amis. »

J'ai continué à défendre mon idée, tout en commençant à reconnaître qu'elle était mauvaise. « Eh bien, rien ne nous oblige à y aller. Nous pourrions sortir à quatre. Ce serait, du reste, sûrement plus agréable. Les grandes soirées sont toujours ennuyeuses et trop bruyantes. »

Il a posé sa main sur mon épaule en souriant tristement. « David, c'est mieux comme ça. Nous ne pouvons pas imposer notre amitié aux milieux qui la jugent indésirable. Notre amitié n'a aucun besoin d'être absolue, ni d'inclure nécessairement toutes les trivialités dont la vie est faite. Dans nos cœurs, nous partageons les mêmes convictions, et ce que nous essayons de faire, c'est, précisément, de travailler pour qu'un jour nous *puissions* nous rendre ensemble à une soirée au *Pudding*. Je n'ai pas raison ? Ne t'inquiète pas pour moi, ce ne sont pas les invitations qui manquent et j'ai des amis à Boston. Si nous forçons les choses trop tôt, nous n'obtiendrons rien du tout. »

Je sais qu'il a raison, mais… Bon Dieu !

Mardi 9 février 1932

Bennett et moi, nous avons décidé d'habiter ensemble l'année prochaine. Nous espérons obtenir un logement dans l'Adams House, entrée B, une demeure typique de la Gold Coast, victorienne en diable, construite pour des millionnaires.

Jeudi 10 mars 1932

Aujourd'hui (à la dernière minute), nous avons remis notre dossier pour habiter ensemble à Adams, Winthrop ou Lowell House par ordre de préférence. Je ne songe plus à Bennett comme à un Noir, mais je n'ai encore rien dit à mes parents. Je leur ai parlé de lui, bien sûr (comment aurais-je pu faire autrement ?). Je le leur ai même décrit physiquement, son côté trapu, sans jamais mentionner la couleur de sa peau. Il faut absolument que je leur dise la vérité, car ils la découvriront tôt ou tard, et je ne veux pas qu'ils pensent que je la leur ai cachée parce que j'avais honte de mon ami. Cependant, j'aimerais mieux leur apprendre cela de vive voix que par écrit. Je me déciderai peut-être quand je les verrai aux vacances de Pâques. J'espère qu'ils n'en feront pas toute une affaire, ce qui m'obligerait à leur tenir tête. Or, pour être franc (je sais que personne ne lira ceci), j'ai besoin d'eux, du moins pour terminer mes études. Je ne suis pas aussi bûcheur et aussi rapide que Bennett qui, tout en travaillant trente heures par semaine dans une teinturerie, parvient à se maintenir parmi les cinq premiers de sa classe.

Lundi 25 avril 1932

J'ai oublié d'emporter ce carnet à la maison et, depuis mon retour, je n'ai pas eu le temps d'y noter quoi que ce soit. Je vais essayer de rattraper mon retard.

J'ai dit à mes parents *qui* était Bennett, voilà sans conteste l'événement le plus important survenu à la maison.

Pour le leur annoncer, j'avais attendu un moment propice, avant qu'ils ne se mettent au lit, quand ils étaient dans leur chambre et qu'aucun des Caliban ne pouvait entrer. (Cela au cas où mes parents se seraient échauffés un peu et se seraient mis à déblatérer contre les Noirs, chose qu'ils n'auraient peut-être pas faite en temps ordinaire.)

Mère était assise dans son lit, très jolie et féminine dans sa chemise de nuit. La douce lumière de la lampe jouait avec ses cheveux gris et les faisait briller. Assis dans un fauteuil, père feuilletait le journal.

J'ai choisi de ne pas y aller par quatre chemins. « Bennett Bradshaw est un Noir, j'ai dit tout de go. C'est avec lui que j'ai l'intention…

— C'est un *quoi* ? » J'avais plutôt imaginé que ce serait mon père qui dirait cela, mais il s'est contenté de me regarder calmement par-dessus ses lunettes et son journal. C'était mère qui avait parlé. Elle avait posé les poings sur les hanches, le buste droit et raide, mais je voyais ses jambes s'agiter nerveusement sous les couvertures.

« C'est un Noir, mère. Le garçon avec lequel…

— Et c'est avec lui que tu veux *vivre* pendant trois ans. Tu plaisantes, David !

— Non, maman (il y avait des années que je ne l'avais plus appelée comme ça), c'est mon meilleur ami à l'université et…

— Je me moque de ce qu'il est ! Tu ne *vivras* pas avec lui, tu ne lui adresseras même plus la parole. Plus jamais. Tu m'entends, David ? » Sa voix était bizarre, comme si elle voulait crier sans y parvenir.

J'ai acquiescé, mais uniquement pour lui signifier que j'avais entendu, puis je me suis tourné vers père qui me regardait toujours par-dessus son journal, le visage impassible. Je n'aurais su dire ce qu'il pensait.

« David, ma mère est repartie à la charge, te rends-tu bien compte de ce que tu fais ? Sais-tu que tu risques de n'être plus jamais invité de ta vie à une soirée convenable ? Habiter avec un Noir... C'est la chose la plus aberrante que j'aie jamais entendue !

— Et moi, je trouve que tu es incroyablement étriquée d'esprit ! » Je m'étais promis de garder mon sang-froid et voilà que j'avais lâché *ça*... Ma mère en est restée bouche bée, son visage a viré au rouge. Puis elle s'est mise à bredouiller.

Mon père s'est enfin décidé à parler : « Même si tu penses ce que tu viens de dire, tu ne devrais pas manquer de respect à ta mère. » Il a plié son journal et s'est penché en avant.

De toute manière, je ne pouvais pas ravaler mes paroles, et même si je n'avais pas les idées tout à fait claires sur le moment – mes oreilles s'étaient mises à bourdonner, des images et des mots fusaient dans ma tête –, je n'étais pas sûr du tout de vouloir les rattraper. Je me suis retourné contre mon père.

« Je trouve assez injuste de ta part de m'envoyer dans un endroit comme Cambridge, puis de me demander de rester un bon petit Blanc, aristocrate du Sud ! » Le sens de ma phrase n'était pas très clair non plus : « Il y a des gars, là-bas, qui ne croient même pas en Dieu ! Et tu t'attends à ce que je...

— Je ne m'attends à rien du tout ! » Ma mère s'était ressaisie. Elle s'est tournée vers mon père qui l'a regardée à son tour. « Demetrius, *je t'avais bien dit* qu'il serait mieux dans une université de l'État. Cela fait des siècles que je te le répète. Là, ça dépasse vraiment les bornes. En septembre prochain, David ira à l'université de l'État à Willson City. »

Mon père n'a pas répondu. Je ne distinguais pas très bien son visage, mais il m'a semblé qu'il acquiesçait d'un signe de tête. C'en était trop. Mon bourdonnement d'oreilles s'est aggravé et je me suis mis à pleurer. Je n'avais pas pleuré depuis si longtemps que j'avais oublié que c'était comme vomir. On se met à sangloter, on n'y voit plus rien, et on a très mal à l'estomac. Dieu, que c'était pénible ! Ils étaient là, tous deux, à me dévisager, et moi je ne pouvais même pas les regarder en face. « Et puis, merde », ai-je dit en leur tournant le dos et en tâtonnant pour attraper le bouton de la porte, que j'ai réussi à ouvrir après plusieurs essais infructueux. J'ai filé en courant dans le couloir et me suis barricadé dans la salle de bains. Je me faisais l'effet d'être une fillette !

J'ai ouvert le robinet et me suis aspergé le visage, m'efforçant de me calmer. Je continuais à pleurnicher, assis sur le rebord de la baignoire, quand quelqu'un a frappé à la porte. J'ai entendu mon père m'appeler : « David, mon fils, ouvre-moi. »

Je lui ai dit de s'en aller, non pas tant parce que j'étais en colère contre lui que parce que je voulais que personne ne me voie ainsi, et encore moins lui. C'est un homme dur, mais cette histoire semblait le bouleverser. Il s'obstinait à me parler à travers la porte et j'ai fini par céder.

Mon père est plus petit que moi ; il a des cheveux gris acier et des yeux gris clair, et moi, qui le domine d'une demi-tête, j'étais là à le regarder de haut en sanglotant. Je me sentais stupide. Il est entré sans un regard, ni même un mot, s'est dirigé vers les toilettes, en a rabattu le couvercle et s'est assis.

Je me suis rassis sur le rebord de la baignoire, continuant à asperger mon visage d'eau froide et à en avaler quelques gorgées. Puis j'ai fermé le robinet (celui de mes larmes compris).

Nous sommes demeurés immobiles un moment sans rien dire, puis il m'a regardé. « Tu as raison. Je ne peux m'attendre à ce que tu reviennes pareil à ce que tu as toujours été. C'était écrit que tu changerais un peu. De mon temps, cela ne serait pas arrivé parce qu'on devait se débrouiller par soi-même, trouver sa propre chambre, et plus tu avais d'argent, mieux tu étais logé. Tu aurais vécu avec des garçons de ton genre et de ton milieu. C'est avec eux que tu te serais lié. Mais avec le nouveau système, les questions d'argent comptent moins, et on obtient une cote mal taillée. Pas vrai ? »

J'ai acquiescé.

Il souriait en fixant le carrelage. « On dirait que tu affectionnes cette vieille université et que tu n'es pas prêt à t'en détacher. Ai-je raison ?

— Oui, père.

— Eh bien, ne t'inquiète pas. Tu y resteras jusqu'à ce qu'on te mette à la porte d'une manière ou d'une autre : recalé ou diplômé. Je m'en occupe. » Il m'a jeté un regard perçant. J'aurais pu me carapater à des milliers de kilomètres de là sans parvenir à lui échapper pour autant. « Et maintenant, dis-moi une chose. Pour quelle raison veux-tu cohabiter avec ce Noir ? »

J'ai réfléchi, ne sachant que répondre, et fini par bredouiller : « Parce que je l'apprécie et qu'il m'apprend quantité de choses. Mais surtout parce que je l'apprécie. »

Il s'est penché en arrière et a enfoui ses mains dans les poches de sa robe de chambre. « C'est cela que je voulais entendre. Si tu m'avais débité quelques sottises sur l'égalité des hommes, ou si tu m'avais raconté que tu luttais pour un monde meilleur, je t'aurais dit que tu commettais une erreur. On ne se lie pas d'amitié avec quelqu'un parce que c'est juste, mais parce qu'on l'aime et qu'on ne peut s'empêcher de l'aimer. » Il s'est tu un instant. « Ne t'en fais pas. J'arrangerai ça avec ta mère. » Il a quitté la salle de bains sans me donner le temps de le remercier.

C'est comme ça que ça s'est passé. Dieu, quelle histoire !

Avant de partir, j'ai présenté des excuses à ma mère, mais elle n'a pas daigné me regarder.

Dimanche 1er mai 1932

Elaine Howe s'est fiancée. Elle a choisi, entre tous, un gars du Maine, de Bangor.

Samedi 28 mai 1932

Bennett a passé hier son dernier examen et il est parti ce matin. Il doit commencer à travailler lundi à New York. Il a vraiment une volonté de fer, il n'aura pas de vacances avant longtemps. Quant à moi, j'ai bûché frénétiquement et je me sens épuisé. Cela va me manquer de ne plus parler avec lui, mais nous nous écrirons cet été et, bien entendu, l'année prochaine, nous habiterons ensemble à Adam's House.

Vendredi 23 novembre 1934

En rentrant des cours (vers midi), j'ai trouvé deux télégrammes pour Bennett sous la porte. Comme nous étions convenus de déjeuner ensemble à 13 heures et avions rendez-vous dans la salle à manger, je les ai pris avec moi.

Je me suis assis au fond de la salle, près de la fenêtre, et j'ai regardé les vieux immeubles gris, de l'autre côté de Bow Street, tout en sirotant une tasse de café. Puis il est entré. Il a enlevé son manteau et a posé ses livres. J'ai agité le bras pour attirer son attention et, après s'être servi, il est venu s'asseoir à côté de moi. Je lui ai tendu les enveloppes jaunes. « Je déteste ces machins, a-t-il déclaré, non seulement ils vous annoncent toujours des mauvaises nouvelles, mais en plus ils le font sur le ton le plus impersonnel qui soit. » Je me suis mis à rire.

« Je suis bien de ton avis », ai-je approuvé. Il a souri et a ouvert le premier télégramme avec son couteau.

Je l'ai regardé, espérant que les nouvelles seraient bonnes, mais son expression ne m'a guère éclairé. Il m'a tendu le télégramme :

MÈRE MORTE À 10 h 20. AMELIA.

Je ne savais que dire. Il lisait l'autre télégramme, mais comme il sentait que je l'observais, il a murmuré : « Amelia, c'est ma sœur. » Puis il m'a tendu l'autre papier :

MÈRE BRUSQUEMENT MALADE. VIENS VITE. AMELIA.

Il me fixait quand j'ai levé les yeux de dessus le second télégramme.

« Mon Dieu, Bennett, je ne sais vraiment pas…

— Elle était encore jeune : trente-huit ans. Ça a été dur pour elle. » Il a baissé les yeux sur son assiette.

J'ai failli lui demander *qu'est-ce qui* avait été dur pour elle, puis j'ai compris qu'il parlait du dur labeur qui l'avait tuée. Je n'ai rien dit. J'ai continué à scruter son visage, sans avoir même conscience que je cherchais, de manière presque sadique, à déceler chez lui quelque signe d'émotion. Je ne m'attendais pas à ce qu'il fonde en larmes devant moi, mais j'étais quand même curieux de voir comment il allait réagir. Je me suis surpris à penser : *D'accord, Bennett Bradshaw. On sait que tu peux faire face à n'importe quoi, que rien ne te touche. Mais voyons un peu comment tu vas réagir à ça. Voyons un peu si tu vas garder ton petit air suffisant.* Quand je me suis ressaisi, j'ai tout de suite eu honte de mes pensées.

Il n'a pas chancelé, et j'en suis heureux. Je suppose que je voulais simplement vérifier s'il était humain (et il l'est, tellement, dans ces circonstances, je veux dire). Chaque fois que je parle de lui, ici, je dois manifestement l'idéaliser beaucoup.

Il me regardait. J'espérais qu'il ne pouvait pas lire dans mes pensées. « Il faut que je parte à New York aujourd'hui. » Il s'est levé. « Je vais essayer d'appeler. Aurais-tu une grille avec les horaires de chemins de fer ? »

J'ai secoué la tête.

« Ça ne fait rien. Je vais téléphoner à la gare. » Puis il est parti à grandes enjambées vers l'autre bout de la salle où il avait laissé ses affaires.

Je l'ai revu un court instant tout à l'heure, dans la chambre, mais il était pressé et je n'ai pas eu l'occasion de lui parler.

Mardi 27 novembre 1934

Bennett est rentré de New York ce matin, avec de très mauvaises nouvelles. Son père n'étant plus de ce monde, c'est lui qui doit désormais s'occuper de ses trois sœurs et de ses deux frères, tous âgés de moins de dix-huit ans. Il pourrait les confier à divers oncles et tantes, mais comme il ne veut pas disperser la fratrie, cela signifie qu'il doit quitter l'université et trouver un travail à plein temps. Il va faire tout ce qu'il peut pour terminer le semestre, mais il craint que ce ne soit pas possible. J'aurais tant voulu lui dire que je télégraphierais à mon père et que j'obtiendrais assez d'argent pour qu'il puisse tenir jusqu'en février, mais je crois qu'il aurait décliné mon offre et se serait même senti blessé ou offensé. Bon Dieu, pourquoi fallait-il que cela lui arrive maintenant, à un semestre à peine de la fin ? Il mérite vraiment d'obtenir son diplôme, sans compter qu'il lui serait très utile.

Jeudi 20 décembre 1934

J'écris ceci dans le train qui me ramène à la maison pour les vacances de Noël. Bennett et moi sommes descendus ensemble de Cambridge à New York, dans un camion qu'il a emprunté à son oncle, une sorte de brocanteur, pour déménager ses affaires (en particulier ses livres qu'il n'a pu se résoudre à vendre). Bennett m'a conduit directement à Penn Station.

Pendant notre voyage, nous avons essayé de ne pas penser à notre longue séparation et avons plutôt parlé de ces choses qui nous réuniront en pensée et en esprit, sinon en personne : de nos aspirations communes à un progrès social, de la haine que nous portons tous deux à l'ignorance, à la pauvreté et à la souffrance physique, et de ce que nous comptons faire pour remédier à tous ces maux. C'est surtout Bennett qui parlait, la voix aussi vibrante et avec autant d'éloquence que s'il s'adressait à un vaste auditoire. Il donnait surtout de la voix, ce qui avait toujours suffi à me captiver, tandis que nous traversions une ville ou un village, ou que la route serpentait dangereusement entre les arbres, mais liait le geste à la parole dans les lignes droites bordées de neige. « Quand tu auras obtenu ton diplôme, tu retourneras dans le Sud et tu te lanceras dans le journalisme. Nous aurons besoin de tes articles ; tu seras notre "agent". Tu nous tiendras au courant de ce qui se passe. Tu pourras écrire des articles traitant de la situation dans le Sud et je les ferai publier à New York. Nous leur ferons honte, nous les convaincrons, nous les contraindrons à emprunter une voie meilleure. Songe un peu à tout ce que nous pouvons faire si nous travaillons dur ! »

Nous nous rapprochions de la ville dans la cabine non chauffée de notre camion, sans même nous apercevoir que nous étions transis de froid, n'ayant ni le temps ni l'envie sans doute de nous en préoccuper.

Nous sommes arrivés en ville au début de la soirée et l'avons traversée en direction de Pennsylvania Station.

Bennett s'est garé. Je suis descendu de la cabine, j'ai grimpé à l'arrière pour soulever la lourde bâche sous laquelle se trouvait ma valise.

« Porteur ? » Bennett s'approchait de moi en souriant. Un taxi est passé en bruissant, éclaboussant les jambes de Bennett de neige boueuse.

« Non, merci. Je vais la porter moi-même. » J'ai saisi ma valise de la main droite. Les livres qu'elle contenait pesaient lourd (j'espère que *cette fois* je pourrai travailler à la maison).

Bennett me regardait d'un drôle d'air. « Non, laisse-moi faire. C'est à cela justement que servent les amis. »

Je lui ai donc tendu la valise et, après avoir enjambé un petit monticule de neige sale, nous nous sommes dirigés vers l'avenue où brillaient des lumières vertes et roses et où nous apercevions les hautes colonnes de la gare.

« Tu crois que tu vas pouvoir finir ? Je veux dire tes études, ai-je demandé sans le regarder.

— Je crois bien. Amelia terminera le lycée en juin et elle ne veut pas poursuivre ses études. Elle n'est peut-être pas équipée pour ça. Elle trouvera du travail et entretiendra les autres jusqu'à ce que j'aie fini. »

Nous nous sommes arrêtés un moment au carrefour – même après que le feu est passé au vert – à regarder les taxis en maraude, les camions de livraison aux couleurs vives et les gens dont la plupart, chargés de valises, se hâtaient vers la gare. Enfin, nous avons traversé la rue.

« Tu crois que tu réussiras à trouver un travail convenable ? » C'était la seule façon dont je pouvais lui exprimer ma sympathie. J'aurais voulu lui en dire bien davantage, mais je ne voulais pas l'embarrasser ni me montrer sentimental. Cependant, de manière voilée, je voulais faire savoir à Bennett que je regrettais qu'il ne puisse terminer ses études maintenant. Je prends conscience que ces choses-là sont sinon normales, du moins attendues dans la vie d'un Noir, ils sont conditionnés, presque résignés à devoir renoncer à leurs rêves ou du moins à les remettre à plus tard.

Je voulais juste faire savoir à Bennett que j'étais désolé de ce contretemps, parce que je n'appréciais pas plus les injustices que d'être privé de sa compagnie.

« Oui, j'ai écrit à la Société et ils m'ont répondu qu'ils pourraient sans doute me trouver *quelque chose* chez eux. » Nous étions sur les marches qui mènent au hall de marbre, dominé par un bureau d'information aux allures de forteresse.

« Ça ne prendra pas longtemps pour qu'ils te confient un poste important.

— J'y compte bien. Quarante ans, c'est relative-ment court pour opérer des miracles. » On a ri, nous moquant tous deux de notre idéalisme. Je me rends compte à présent que nous cherchions désespérément à rire.

Des porteurs à casquette rouge passaient, chargés de bagages, ou tiraient des chariots en acier le long du quai obscur. Ici et là, on apercevait des groupes de mécaniciens en salopette de toile ; des chefs de train, en uniforme bleu avec des étoiles dorées sur les manches, vérifiaient des horaires ou, pareils aux hôtes d'une réception, attendaient dans l'encadrement des portières. Et puis, évidemment, il y avait les voyageurs. Bennett et moi nous sommes dirigés vers la queue du train, vers une portière moins encombrée de monde. Bennett m'a tendu ma valise. « Tâche d'écrire ces articles. Je les attends.

— Tu ne les recevras pas avant que je ne sois rentré pour de bon à la maison, mais je t'enverrai des lettres s'il se passe des choses intéressantes à Cambridge. » J'ai posé ma valise et l'ai poussée du pied contre le mur de la plate-forme.

« Bon, eh bien… » Bennett m'a tendu la main.

Mais je ne voulais pas prendre congé aussi vite. J'ai dit la première chose qui me venait à l'esprit : « Fais-moi savoir ce que tu penses de ce projet d'aide fédérale dont je t'ai parlé.

— D'accord, mais je peux te dire tout de suite que je ne crois pas que ça puisse marcher. D'abord... Bon, eh bien... » De nouveau, il m'a tendu la main et cette fois je n'ai pu faire autrement que de la saisir.

« Prends soin de toi, Bennett.

— C'est promis, au revoir, David. »

De dessous la voiture, la vapeur est montée à hauteur de nos visages. À l'autre bout du quai, un chef de train s'est mis en devoir de claquer les portières.

« Au revoir, Bennett. » Nous nous sommes serré la main à nouveau, puis il m'a tourné le dos au moment où le chef de train arrivait à ma hauteur. Je suis entré dans un compartiment, pour en ressortir aussitôt, mais Bennett avait déjà disparu derrière un groupe de gens. J'ai vu réapparaître un instant sa silhouette trapue qui marchait d'un air décidé en balançant les bras, puis il a disparu pour de bon et le train s'est mis en branle.

Mercredi 2 janvier 1935

Suis arrivé à Cambridge vers 9 h 30 du matin. Une lettre de Bennett m'y attendait. Lundi, il a commencé à travailler à la Société nationale des affaires noires. Il a l'air de s'y plaire et me dit que le travail qu'il fait n'est pas un simple boulot de gratte-papier. Comme de bien entendu, je n'ai rien fait à la maison (qui travaille pendant les vacances ?). Il faut que je me remette à bûcher sérieusement.

Mardi 8 janvier 1935

Reçu aujourd'hui une lettre de Bennett. Il dit qu'il va essayer de m'écrire toutes les semaines. Lui parti, je me retrouve presque sans amis. Cela me permet au moins d'étudier.

Jeudi 20 juin 1935

Eh bien, ça y est. J'ai été reçu à mes examens. Cette semaine a été très mouvementée et je n'ai pas eu le temps de tenir mon journal. Mes parents sont venus. Ils ont l'air d'apprécier. Bennett n'a pas pu venir. Il croyait pouvoir se libérer et je me réjouissais à l'idée de le revoir, je ne l'ai pas vu depuis les vacances de Noël. Nos lettres hebdomadaires ont rendu notre séparation un peu moins pénible. Peut-être irai-je lui rendre visite à New York, en août.

Demain nous rentrons, et lundi, je commence mon stage de reporter à l'*Almanac-Telegraph*. J'espère que cela me plaira ; je crois que oui. Ma collaboration de quatre ans au *Crimson* m'a procuré pas mal de satisfactions et m'a également appris pas mal de choses.

Lundi 26 août 1935

Je ne suis pas allé à New York la semaine dernière comme j'en avais eu l'intention. On m'a chargé d'écrire un long article sur le gouverneur et j'ai dû me rendre à Willson.

Aujourd'hui, j'ai envoyé à Bennett un article intitulé *Le syndicalisme et le Noir du Sud*. Il va essayer de le faire publier là-bas. Comme il me l'avait recommandé, je l'ai signé d'un pseudonyme : Warren Dennis. J'ai des idées pour plusieurs autres papiers, mais j'attends de voir ce que celui-ci va donner.

Lundi 2 septembre 1935

Reçu une lettre de Bennett. Il a « beaucoup » aimé l'article. Il m'écrit : « Ton papier fait preuve d'une grande pénétration. Envoie-m'en d'autres de la même qualité, cher ami. » Il en a obtenu quarante dollars. Je suis heureux que quelqu'un en ait voulu et j'ai dit à Bennett de garder cet argent, que j'en faisais don à la Société. Il ne me reste plus qu'à me mettre au travail et à en écrire d'autres. Rédiger des articles, ce n'est pas grand-chose, mais je fais ce que je peux pour aider. Et c'est infiniment mieux que d'aller encaisser des fermages pour mon père.

Vendredi 10 juillet 1936

J'ai fait la connaissance… à dire vrai, je n'ai pas vraiment fait sa connaissance, puisque je ne connais pas son nom, mais, d'une manière ou d'une autre, je le découvrirai bientôt… j'ai donc rencontré ce soir, au cours d'une fête organisée dans le Quartier Nord, la plus gentille et la plus jolie de toutes les filles. Elle a de grands yeux marron foncé et des cheveux châtains ; elle portait une robe bleue très élégante, ce qui me fait penser qu'elle n'appartient pas à cette bande de sauvages. Elle n'avait vraiment pas l'air à sa place là-bas, mais elle picolait pas mal – quand j'ai remarqué sa présence, elle était en train de se préparer un cocktail à côté de l'évier – avec les autres. Elle ne ressemble pas du tout au reste de la bande : elle n'est pas bruyante et n'a pas le genre bohème. C'est à peine si elle a ouvert la bouche de la soirée. Elle m'a servi quelques verres et s'est assise à côté de moi quand je l'y ai invitée, mais quand la soirée a pris fin, elle était déjà partie. Je n'ai pas vu le garçon avec lequel elle était venue. J'espère qu'elle n'est pas mariée. Je ne vais pas tarder à le découvrir.

Jeudi 20 août 1936

Je connais son nom : Camille DeVillet. Mais quand je l'ai appris par Howard, il était déjà trop tard pour lui téléphoner. J'essaierai de l'appeler demain, en sortant du travail.

Dimanche 7 février 1937

Je me suis marié aujourd'hui. Que peut-on dire de plus ?

Lundi 7 février 1938

Aujourd'hui est mon premier anniversaire : une bonne, une heureuse, une douce année. Si quelqu'un, n'importe qui, il y a un an et neuf mois, m'avait dit : « Willson, dans ta vie tu connaîtras une année remplie uniquement de bonheur et de rien d'autre. Tu seras moins nerveux, tu fumeras moins, tu mangeras bien, tu te coucheras tôt et tu dormiras bien et, de toute l'année, tu ne te sentiras pas seul une seule fois », je ne l'aurais pas cru et j'aurais pensé que j'avais affaire à un fou. Mais, ô merveille des merveilles, tout cela est vrai. L'année que je viens de passer a été la plus belle de ma vie. Et le miracle, la chose la plus extraordinaire, c'est que les cinquante prochaines années seront tout aussi heureuses, tout aussi radieuses.

Je ne veux pas dire par là que nous vivons un roman, un conte de fées, que notre mariage répondra forcément à l'adage « Ils vécurent heureux et eurent beaucoup d'enfants ». Non, nous aurons nos petites querelles. Elle rangera mon bureau, par exemple, et comme je ne retrouverai plus rien, je lui ferai une scène. Ou bien je me montrerai désagréable avec elle parce que je n'arrive pas à pondre un article. Elle, de son côté, aura mal au dos tous les vingt-huit jours et m'en rendra responsable, comme si j'y étais pour quelque chose ! Mais ces petits nuages ne seront rien comparés à ces jours, cette succession de semaines où nous filerons un bonheur parfait. Je l'aime chaque jour davantage. Chaque jour, je découvre en elle plus de choses à aimer, mais plus encore, je lui porte une profonde amitié. Si elle n'était pas une femme (et quelle femme !), si elle était un homme, elle serait certainement mon meilleur ami.

Il ne nous manque qu'une chose, des enfants, ou du moins, un enfant. Si nous n'en avons pas, c'est qu'en ce moment, nous parvenons tout juste à joindre les deux bouts. Mais je serai augmenté bientôt et, alors, nous sauterons le pas.

Nous avons reçu aujourd'hui une carte de Bennett. L'enveloppe contenait également une note dans laquelle il me disait qu'il avait vendu mon article sur *Les effets corrosifs de la ségrégation sur la société du Sud*. Il paraît que la revue qui le publiera est plus ou moins d'extrême gauche, mais si ce sont ces gens-là qui s'intéressent à ce que j'ai à dire, je n'y vois pas d'inconvénient.

Samedi 5 mars 1938

Camille m'a dit que ses règles avaient deux semaines de retard. Elle ne m'en a pas parlé plus tôt, pensant que c'était peut-être dû à cette partie de tennis que nous avons faite dimanche dernier.

En fait, elle ne m'en a pas parlé du tout, c'est moi qui lui ai tiré les vers du nez. Dans le débarras, il y a une étagère en hauteur sur laquelle nous rangeons des vieilleries et des caisses contenant nos vêtements d'été. Ces caisses sont assez lourdes ; moi-même, j'ai eu beaucoup de mal à les monter là-haut, l'automne dernier. Or, quand je suis rentré hier soir, elle était en train de grimper sur une chaise pour les descendre. Je lui ai demandé ce qu'elle faisait.

« Je cherche quelque chose », m'a-t-elle répondu.

J'ai enlevé mon manteau. « Viens, laisse-moi t'aider. Elles sont lourdes.

— Je t'assure que je peux très bien me débrouiller toute seule. Va te détendre.

— Comment ça, tu peux te débrouiller toute seule ? C'est à peine si je peux les soulever moi-même. Allons, descends de cette chaise. »

Ses yeux bruns se sont faits opaques. Quand elle se met en colère, ils deviennent ternes et durs comme de l'écorce. « Tu n'as pas besoin de m'aider. Je me *débrouillerai*. »

J'ai failli me mettre à la taquiner, mais finalement je l'ai laissée tranquille. Je n'ai plus pensé à cette histoire pendant le reste de la soirée (d'ailleurs, je ne l'ai même pas mentionnée ici, hier). Mais ce matin – je me suis levé tard et, entendant la bouilloire siffler dans la cuisine, je suis allé dire bonjour –, j'ai trouvé Camille couchée par terre, les jambes à 20 centimètres du sol, le visage empourpré, le corps agité de frémissements, et parlant toute seule : « Allez, venez, venez, venez, venez ! » Elle a reposé ses jambes sur le plancher, les a soulevées de nouveau à 20 centimètres, les a écartées, les a rassemblées, les a écartées et rassemblées encore une fois.

Comme j'étais debout derrière elle, elle ne pouvait pas me voir. La bouilloire sifflait et je ne portais pas de chaussures, elle ne pouvait donc pas m'entendre non plus. « Dis donc, Camille, les Jeux olympiques, c'est pas avant 1940, et ce n'est même pas sûr, étant donné la situation en Europe. Que diable fais-tu ? » j'ai fini par dire.

Elle a sursauté, s'est assise et m'a regardé d'un air un peu effrayé.

« Que fais-tu ? » ai-je répété.

Alors elle m'a raconté qu'elle avait deux semaines de retard. « Et c'est étrange, a-t-elle dit, parce que, même si les montres n'avaient pas été inventées, cela ne m'aurait pas empêchée de me repérer dans le temps, depuis mes treize ans. D'abord, le mal de reins, puis les maux de tête, puis les crampes, et enfin le reste. Exactement dans cet ordre, avec la régularité des horaires de train ou des cycles de la lune. »

Je lui ai dit de ne pas se tourmenter, que ça viendrait. Et que si ça ne venait pas, ça n'avait pas d'importance. Après tout, nous avions peut-être tort d'attendre parce que nous risquions de devoir attendre encore longtemps. Ce n'est pas comme si nous ne voulions pas d'enfants, nous en désirons, au contraire, une pleine maisonnée. On voulait juste attendre d'avoir un peu d'argent en banque. Et puis je vais être augmenté bientôt, il n'y a pas lieu de s'inquiéter. Bien entendu, rien ne certifie qu'elle est enceinte, mais la perspective de devenir père ne me déplaît pas du tout. Si c'est un garçon, je pense que je vais rompre avec la tradition des Willson qui consiste à donner des prénoms commençant par un « D ». Si c'est un garçon, j'aimerais l'appeler Bennett Bradshaw Willson.

Samedi 12 mars 1938

Toujours rien jusqu'ici, et Camille a cessé de faire ses exercices stupides. On dirait que je vais être père. Dieu, comment puis-je rester aussi calme ! Je vais certainement être père !

Lundi 14 mars 1938

Suis allé au journal aujourd'hui. Au lieu d'être augmenté, comme je m'y attendais, j'ai été mis à la porte. Quelqu'un, je ne sais qui, a lu mon article sur l'effet corrosif de la ségrégation, et a découvert, je ne sais comment, qui l'avait écrit, du coup on m'a congédié. Au diable ! Réflexion faite, je suis assez content que les choses sortent au grand jour. Maintenant, je vais pouvoir écrire sous mon vrai nom. Il n'y a aucune raison d'avoir honte de la vérité. Dès demain, j'irai faire le tour des autres rédactions. J'ai fait du bon travail et les gens le savent. Je pense pouvoir trouver un autre emploi sans trop de difficultés.

Lundi 21 mars 1938

Camille s'est rendue chez le docteur. Bien qu'il soit encore un peu tôt pour l'affirmer, il est presque certain qu'elle est enceinte. Il lui donnera un diagnostic définitif d'ici deux à trois semaines.

Je suis allé voir trois des sept journaux du coin. Pas de boulot. Ils sont encore plus conservateurs que l'A-T, si seulement c'est possible.

Jeudi 14 avril 1938

Il n'y a plus de doute : Camille est enceinte.

Mardi 26 avril 1938

Aucun journal de New Marsails ne veut avoir affaire à moi. On m'a blacklisté. Que diable vais-je faire ?

J'ai reçu une lettre de Bennett. Comme je lui avais dit que je ne retrouverais pas du travail ici, il m'écrit de venir à New York. Mais je ne peux pas embarquer Camille maintenant pour faire le grand saut. Supposons que je ne trouve rien là-bas, notre situation n'en serait que pire. Il faut que je trouve ici. Peut-être que tout cela va se tasser et que quelqu'un me laissera une chance. Bon Dieu ! je suis un bon journaliste.

Jeudi 5 mai 1938

Rien ! Rien ! Rien !

Reçu une lettre de Bennett. « Sois courageux, mon ami, viens à New York. Tes articles ont fait impression ici. Tu trouveras du travail, je te le promets. Et si, par malchance, tu n'en trouvais pas, n'oublie pas que je travaille, c'est donc comme si tu travaillais aussi. »

J'ai demandé à Camille ce qu'elle en pensait. Elle n'a pas hésité une seconde. « Pour tout emballer, il me faudra… voyons voir… quatre jours. »

Mais je soupçonne que c'est juste sa conception de la femme du Sud, stoïque et détachée, qui la pousse à réagir ainsi. Je ne crois pas qu'elle veuille réellement partir. Je pense qu'elle en a encore plus peur que moi, si c'est seulement possible.

Même si j'en déteste l'idée, je crains fort que nous n'ayons à retourner à Sutton, à revenir aux Swells, à la famille et à l'encaissement des fermages.

Mais je ne me tiens pas encore pour battu, quelque chose finira peut-être par se présenter ici.

Mercredi 1er juin 1938

J'ai eu une autre conversation avec Camille. Elle continue à maintenir qu'elle est prête à partir à New York. « Je t'aime, David. Nous irons là-bas. Et le bébé sera bien obligé de venir aussi, puisque j'y vais. » Elle s'est mise à rire. « Et moi, je veux y aller parce que tu y vas. Si tu retournes à Sutton, tu ne t'en relèveras pas. Cela ne sera plus jamais comme avant. Alors, partons ensemble à New York. Je te suivrai n'importe où. »

Je ne la crois pas. Elle essaie désespérément de faire ce qui est bien, mais elle n'a aucune envie de partir. Je le vois très clairement.

J'ai écrit à Bennett pour lui annoncer que j'allais retourner pour de bon chez mes parents.

Mardi 7 juin 1938

J'ai reçu la réponse de Bennett. « Maintenant que tu as pris une décision, je vais essayer par tous les moyens, bons ou mauvais, de te faire changer d'avis et de te faire venir à New York. »

Je crains que ce ne soit inutile, Bennett. Aucun des arguments que je pourrais t'opposer ne parviendrait, pas plus que moi d'ailleurs, à te convaincre. J'ai l'impression de regarder passer un défilé, je sais que je devrais y participer, mais au lieu de marcher fièrement avec les autres, je reste cloué sur le trottoir. Je dois assumer ce qui, à mes yeux, est la première de mes responsabilités. C'est tout ce que je peux faire.

Mercredi 29 juin 1938

J'ai reçu hier une ultime lettre, très longue, de Bennett, par laquelle il essaie une dernière fois de me faire changer d'avis. Elle se termine ainsi :

> *Ensemble, nous avons échafaudé bien des projets et sommes parvenus à quelques conclusions assez remarquables. Je te remercie de ton apport à tout cela. J'espérais que nous pourrions ensemble mettre à profit nos découvertes communes pour mener nos peuples vers un avenir meilleur, mais je vais être seul désormais. Nous ne pourrons plus partager cet enthousiasme commun. Une des pierres de touche de notre amitié a disparu. Tout cela pour te dire que je ne vois pas de raison de poursuivre plus longtemps notre correspondance. J'y perdrais certainement beaucoup.*
>
> *Naturellement, je ne t'oublierai jamais complètement. Même si tu ne peux pas faire partie de mon avenir, tu continueras à faire partie de mon passé.*
>
> *Au revoir, David, et bonne chance.*
> *Bennett*

Lundi 15 août 1938

Nous avons emménagé aux Swells. Ma famille se montre très compréhensive. Mais je sais qu'ils se prennent tous, Camille y compris, pour mes protecteurs.

Jeudi 1er septembre 1938

J'ai encaissé des fermages pour mon père.

Mercredi 20 octobre 1954

Ai découpé, aujourd'hui, cet article dans une revue :

« Jésus est noir ! »

Tandis que la lueur des torches faisait scintiller son énorme crucifix porté en breloque et que les cris de « Jésus est noir ! » mouraient dans la salle archicomble, le révérend Bennett T. Bradshaw, fondateur de l'Église ressuscitée du Christ noir d'Amérique, harangua ses ouailles avec un accent britannique légèrement suspect : « Nous avons déclaré la guerre à l'homme blanc ! Que le monde blanc et tout ce qu'il représente soient voués à la mort ! »

Connu sous le nom de « Jésuites noirs », le groupe fut fondé en 1951 par Bradshaw, un New-Yorkais communisant, ayant étudié à Harvard. Il compterait 20 000 membres (« Et le nombre de nos adhérents ne cesse d'augmenter », déclarent les responsables de ce mouvement).

L'homme :

Sympathisant communiste pendant les beaux jours de sa jeunesse estudiantine (il quitta l'université au bout de trois ans et demi sans terminer ses études), Bradshaw entra en 1935 au secrétariat de la Société nationale des affaires noires. Il fut chassé de cette organisation en 1950, quand ses affiliations communistes le firent comparaître devant diverses commissions du Congrès.

Après son renvoi de la SNAN, et trouvant toutes les autres portes closes, Bradshaw décida de se faufiler par l'entrée de service des relations raciales, à savoir la religion. « Il est parfaitement exact que je n'ai entendu l'appel de la vocation que peu de temps après ma démission forcée de la Société, mais je puis vous assurer qu'il s'agit là d'une simple coïncidence. »

Bradshaw est célibataire. Il vit seul à Harlem, au dernier étage d'un édifice qui abrite son église. Il parade dans le quartier à bord d'une limousine noire conduite par un chauffeur. La voiture lui a été offerte par un de ses fidèles partisans. (« Je pouvais difficilement refuser ce cadeau, dit Bradshaw : cet homme a économisé pendant trois ans pour me l'offrir. »)

Le mouvement :

L'organisation des Jésuites noirs est calquée sur celle des Marines. Leur doctrine est un mélange de Mein Kampf, *du* Capital *et de la Bible. Le groupe professe l'antisémitisme (« Les Juifs sont parmi ceux qui nous exploitent le plus ; ils travaillent pour le compte de l'homme blanc ; avez-vous remarqué quelle sorte de gens détenait les baux de Harlem ? »). Les Jésuites noirs ne reconnaissent que les passages de la Bible susceptibles d'étayer leur théorie de la suprématie noire. Ils croient que Jésus était un noir (« Tout le reste a été ajouté ou modifié pour mieux asservir les gens de couleur. Les Romains aussi avaient leur problème racial »). Mais même sur ce dernier point, la doctrine reste assez vague. En fait, les Jésuites noirs se contentent de croire en tout ce que prêche Bradshaw, et bien que les boniments de ce dernier paraissent souvent confus, ils n'en seraient pas moins, d'après lui, des révélations divines, revues et corrigées.*

Tandis qu'à New York l'on s'inquiète de l'effet néfaste de l'action des Jésuites noirs sur les relations

raciales, Bradshaw déclare dans son style d'évangé-
liste le plus pur : « Nous leur avons flanqué la frousse.
Ils savent que s'ils ne nous accordent pas nos droits,
nous les leur arracherons de force. »

Bennett, Bennett, maintenant nous sommes perdus tous deux.

Samedi 23 juin 1956

John Caliban, qui a travaillé pendant plus de cinquante ans pour notre famille, est mort aujourd'hui dans l'autobus qui l'amenait à New Marsails.

Samedi 18 août 1956 – 7 h 30 du matin
(Journal des dernières sept heures)

Je ne me suis pas couché de la nuit. Je rentre à l'instant d'une balade en voiture avec Tucker. Nous sommes allés voir une de mes terres, située au nord de la ville, celle où, il y a très longtemps, avant même ma naissance, se trouvait la plantation des Willson. J'ai vendu à Tucker sept arpents de cette terre, à la limite sud-ouest de la propriété.

Quelle étrange soirée ! Je ne sais pas pourquoi, mais j'ai l'impression qu'il s'est passé quelque chose d'extraordinaire. Ce sentiment provient sûrement du fait que j'ai tendance à surdramatiser ma propre expérience qui n'a jamais été particulièrement importante pour quiconque (j'aurais aimé qu'il en soit autrement). Bon, je vais essayer de résumer les faits aussi fidèlement que possible.

J'étais seul dans mon bureau, en train de lire. Cette nuit – ou plutôt, la nuit dernière – était chaude et calme, et je venais de me lever pour ouvrir plus grand la fenêtre, quand j'ai entendu frapper à la porte. On frappait à petits coups timides, comme si le visiteur n'osait serrer le poing, ne voulait, pour rien au monde, paraître intempestif et cognait du dos de sa main ouverte, produisant un son pareil à un grattement. J'ai lancé : « Qui est là ?

— C'est Tucker, monsieur Willson. » Ah, cette voix perchée qu'il a !

Je suis revenu vers mon bureau. « Qu'y a-t-il, Tucker ?

— J'aimerais vous parler un instant, monsieur.

— Entrez. »

J'ai regardé la porte s'ouvrir et l'ai vu entrer, petit, sombre, vêtu de sa livrée de chauffeur, d'une chemise blanche et d'une cravate noire. Il m'a fait l'effet d'un enfant qui jouerait à être entrepreneur de pompes funèbres. Il tenait sa casquette des deux mains, devant lui. La lumière de la lampe de bureau se reflétait dans ses lunettes, de sorte que ses yeux ressemblaient à deux énormes cercles, dorés et plats.

Persuadé qu'il voulait de l'argent pour acheter de l'essence, de l'huile, ou que sais-je d'autre pour la voiture, j'avais déjà mis la main à ma poche porte-feuille. (D'habitude, je ne perds pas mon temps à lui demander des précisions, je me contente de lui donner le montant qu'il me réclame.) « Alors ? » ai-je demandé. J'avais sorti mon portefeuille, je l'avais ouvert et m'apprêtais à compter les billets avec mon pouce.

« Je voudrais sept arpents de votre terre. » Il s'était montré presque grossier, mais je savais que c'est sa façon d'être. Il ne s'était avancé que de quelques pas dans la pièce, assez cependant pour pouvoir refermer la porte derrière lui, et il se tenait là, me fixant à travers ces disques luisants. Il m'était impossible de discerner ce que disaient ses yeux. « Sept arpents sur le terrain de la plantation. »

Surpris, j'ai levé la tête. « Mais pour quoi faire, grand Dieu ? » J'ai rangé mon portefeuille et je me suis renversé dans mon fauteuil, scrutant les deux petits soleils encastrés dans son visage, essayant de les percer à jour.

Tucker demeurait immobile. On aurait dit une statuette noire, un portrait en pied, grandeur nature. « Je voudrais cultiver la terre. » Je sais, j'ai tout de suite su que ce n'était qu'un prétexte, mais je ne m'en suis pas formalisé. Conscient qu'il n'était pas très honnête de l'inciter à me mentir sciemment, je tenais néanmoins à découvrir ce qu'il avait derrière la tête. Aussi, pensant que cela le ferait peut-être parler, je me suis moqué de lui. « Cultiver la terre, vous ? Mais vous n'avez jamais fait ça de votre vie. Vous n'y connaissez rien, voyons ! »

Il a incliné légèrement la tête pour me montrer qu'il reconnaissait la justesse de ma remarque : « J'ai quand même l'intention d'essayer. » Il n'avait pas bougé ; son attitude était si rigide qu'il paraissait à peine vivant.

La provocation ayant échoué, j'ai opté pour la manière paternaliste. « Asseyez-vous, Tucker. »

Il n'a pas hésité ; il s'est avancé vers moi, presque d'un pas cadencé, et s'est assis, droit comme un i, sur une chaise près du bureau.

« D'où tenez-vous l'argent ? ai-je demandé en appuyant mes coudes sur le bureau et en posant mon menton sur mes mains croisées.

— J'ai économisé. Et mon grand-père m'en a laissé un peu. » Ma question l'avait contrarié, il n'aime pas qu'on le traite en enfant. « Est-ce que vous allez me vendre ce terrain ?

— Je ne sais pas. » J'aurais pu répondre simplement par oui ou par non, mais j'ai eu soudain l'impression d'être sur une scène de théâtre ; j'avais certaines répliques à dire, Tucker aussi, et nous devions tous deux en passer par là pour que la pièce puisse se dérouler selon l'ordre prévu. « Il s'agit de la terre jalonnée par Dewey Willson. Personne d'autre n'a jamais possédé un pouce de ce terrain et je doute que vous soyez tout à fait désigné pour être le premier. »

Il a opiné de la tête et s'est apprêté à se lever. Cela aussi faisait partie du jeu. « Je comprends, monsieur. »

Maintenant mon « rôle » était de le retenir, ce que j'ai fait. « Attendez une minute, Tucker. J'ai peut-être parlé trop vite. Que comptez-vous faire au juste ? » Je me suis renfoncé dans mon fauteuil sans cesser de le regarder. Je pouvais à présent voir ses yeux, mais ils étaient tout aussi inexpressifs que les disques de lumière l'instant d'avant.

« Faire ? Je ne comprends pas, monsieur.

— Oui, faire. Qu'avez-vous exactement l'intention de faire de ce terrain ? Pourquoi est-ce justement *notre* terre que vous voulez ? Ne pouvez-vous en acheter une à quelqu'un d'autre ?

— Je voudrais cultiver un peu la terre, c'est tout.

— Et qu'allez-vous planter ?

— Eh bien, ce qu'on plante d'habitude : du maïs, du coton…

— Mais *pourquoi* est-ce précisément à moi que vous venez demander cela ? » Je me suis penché en avant en serrant les poings. C'est étrange. Je me sentais prisonnier de cette parodie de théâtre et j'y mettais du cœur. « Sachez que nous n'avons jamais vendu aucun arpent de cette terre à qui que ce soit. Pourquoi commencerions-nous maintenant ? » Tucker s'est contenté de me regarder droit dans les yeux. « Et pourquoi faut-il que ce soit sur la plantation ? ai-je poursuivi. Nous avons un terrain bien meilleur, du reste, au sud de la ville. »

Ses lèvres remuaient à peine : « J'en veux pas. Vous me le vendez, oui ou non, le terrain sur la plantation ? » De l'irritation, presque de la colère, perçait dans sa voix.

Peut-être suis-je un Sudiste après tout, car son attitude m'a fort déplu et je lui ai dit très sèchement : « Vous ne devriez pas me parler sur ce ton, Tucker. Je pourrais vous créer de sérieux ennuis. »

Mais sa riposte a été immédiate et m'a rendu tout honteux : « Nous sommes pas blanc et noir là maintenant, monsieur Willson. C'est pas la question pour l'instant. »

Je me suis senti soudain las et j'ai abandonné toute résistance. « Mais Tucker, comprenez-moi, si je vends cette terre, il faut que ce soit pour une raison précise. Vous savez que je ne peux pas simplement vous en faire cadeau. D'ailleurs, vous ne l'accepteriez probablement pas. Vous voulez la payer. » Me raccrochant à la question financière, j'ai ajouté : « Et je dois m'assurer que vous pourrez honorer vos échéances.

— Je ne veux pas l'avoir à crédit. J'ai assez d'argent pour vous la régler tout de suite.

— Qu'en savez-vous ? Je ne vous ai pas encore fixé de prix.

— J'ai assez d'argent pour acheter vingt arpents, et vous savez très bien que ce que j'ai à offrir suffit. » Nous nous sommes dévisagés pendant un instant qui m'a paru très long.

« Je sais, mais dites-moi vos raisons pour que je puisse les entendre. C'est important pour moi. » J'en étais presque rendu à le supplier.

Il a acquiescé d'un signe de tête. « Je veux ce terrain sur la plantation parce que c'est là que le premier des Caliban a travaillé, et il est temps, maintenant, que cette terre soit à nous.

— Et puis ? » Je m'étais penché en avant, impatient d'entendre la suite.

Mais elle m'a déçu. « Je sais pas. Je le saurai quand j'y serai. Là maintenant, tout ce que je peux dire, c'est que mon bébé travaillera pas pour vous. Il sera son propre maître. On a travaillé pour vous assez longtemps, monsieur Willson. Vous avez essayé de nous libérer autrefois, mais on est pas partis, et maintenant il faut qu'on se libère nous-mêmes. »

Je me suis redressé et j'ai baissé le nez sur mes papiers. « Faites-moi une offre, Tucker. » Puis nous nous sommes mis à discuter affaires. Tucker m'a indiqué le montant dont il disposait : comme il l'avait dit, il avait assez d'argent pour acheter vingt arpents. J'ai pris une carte de la région et je lui ai montré l'emplacement des sept arpents.

Tucker a acquiescé. « Oui, c'est là que je le voulais.

— Pourquoi ? » Nous étions maintenant plus proches que nous ne l'avions jamais été. Nous étions parvenus à une sorte d'étrange accord, à une entente assez inexplicable, si ce n'est que je faisais une chose, je m'en rends compte à présent, que j'avais toujours voulu faire et qui correspondait à celles que j'aurais voulu voir s'accomplir il y a vingt ans. Quant à Tucker, il avait pris conscience que quelque chose dans sa vie allait de travers et il tentait d'y remédier. Nous nous aidions mutuellement à réaliser ce que chacun de nous désirait si fort pour lui-même.

« Il y a quelque chose de spécial là-bas, mon grand-père me l'a dit. » Il ne m'en apprit pas davantage.

« Eh bien, le terrain est à vous. Je ferai rédiger l'acte de vente demain. »

Mais il n'avait pas fini de me surprendre. « Vous pouvez le rédiger vous-même et le garder. J'ai pas besoin d'un papier. Il est à moi et, en plus, vous y tenez pas assez pour m'escroquer. » Un sourire pointait dans sa voix, mais pas sur son visage.

Ce fut un moment agréable, un de ces instants d'entente parfaite comme j'en ai connu si rarement, et je voulais le prolonger. J'ai demandé à Tucker s'il souhaitait aller là-bas pour voir la propriété. « Je veux dire tout de suite. J'aimerais vous y conduire. »

Il n'a pas répondu, se contentant de se lever et de se diriger vers la porte. Je l'ai suivi. Puis, soudain, je me suis souvenu d'une chose que mon père m'avait donnée quand j'étais revenu vivre aux Swells. Mon père était allé à son bureau, en avait sorti un objet et me l'avait remis. « Ceci n'est pas à toi, m'avait-il dit, cela appartient aux Caliban, mais ils ne sont pas encore prêts à le recevoir. Donne-le-leur quand tu jugeras qu'ils le sont. » Il ne me révéla pas ce que c'était, mais je le compris dès que je le vis. Je connaissais la vieille légende aussi bien que n'importe qui ; tout le monde la connaissait et l'aimait, mais je doute que quelqu'un l'ait jamais considérée comme autre chose qu'une belle histoire. Je suis donc revenu sur mes pas, j'ai ouvert un tiroir du bureau et je l'ai trouvé sous une pile de papiers. Il était recouvert de poussière. Tout en m'avançant vers Tucker, je l'ai nettoyé avec mon mouchoir et il s'est mis à briller à la lumière de l'unique lampe qui éclairait la pièce. Je l'ai tendu à Tucker.

Il l'a pris dans sa main et ses yeux se sont légèrement voilés. Je ne l'avais encore jamais vu aussi près des larmes ou, en fait, d'une émotion quelconque. Il a mis la pierre blanche dans sa poche, puis il a tourné les talons et est sorti.

En me rendant là-bas, Tucker assis près de moi côté passager, je me suis rappelé que je ne m'étais pas trouvé seul avec un Noir, aussi près, physiquement, depuis presque vingt ans, depuis ces vacances de Noël lors de ma dernière année à l'université. À cette époque, c'était Bennett qui conduisait et parlait, parlait, parlait, tandis que, assis à son côté, je m'inquiétais qu'il ne regarde pas la route, qu'il ne soit pas même capable d'apercevoir un éléphant à temps, à travers les lunettes noires qu'il s'était soudain mis en tête de porter. Je me disais que nous allions nous tuer tous deux sans même avoir eu le temps de commencer tout ce que nous envisagions d'entreprendre. Je nous revois dans la cabine du camion, frissonnant comme des chats mouillés. Oui, c'est bien le moment où je me suis jamais trouvé le plus près d'un Noir, et cela, dans tous les sens du terme !

Peut-être aurait-il mieux valu que je ne survive pas à ce voyage en camion. Force est de constater que je n'ai rien accompli depuis lors. Naturellement, cela ne signifie pas qu'en cet instant précis, j'aimerais être mort. Ce serait par trop mélodramatique. Je ne dis cela qu'en pensant à tous ces gens que j'aime et que j'ai rendus malheureux parce que je n'avais pas le courage de réaliser mes projets. Ma propre lâcheté a fait d'eux des lâches, pire que des lâches puisqu'ils attendaient qu'un lâche se mît à agir.

Camille, en particulier. Ma fidèle, ma douce, ma patiente Camille. Elle a fait front tellement mieux que moi en me soutenant qu'elle partirait pour New York si seulement cela pouvait me rendre heureux. Et je sais à présent qu'elle était sincère. Mais je ne l'ai pas crue. Elle avait en moi cette confiance dont j'avais besoin et, comme je n'ai pas su l'accepter, elle a fini par perdre confiance en sa propre foi ; je l'avais dévalorisée. Il était déjà trop tard quand j'ai compris enfin que Camille était un être humain capable de réflexion, et pas juste une esclave, un animal domestique ou une femme du Sud. Je nous ai trahis tous les deux.

C'est l'une des choses que j'ai demandées ce soir à Tucker. Je me suis tourné vers lui et je l'ai vu, assis là, à fixer la route, au loin, aussi perdu dans ses pensées que je l'étais dans les miennes. Je lui ai demandé ce que Bethrah pensait de tout ceci, de l'achat du terrain.

« Elle est inquiète, monsieur Willson. Je crois qu'elle pense que je suis devenu fou. » Sa position n'est pas plus facile que ne l'a été la mienne. Bethrah est beaucoup plus indépendante que Camille ne l'a jamais été.

« Et cela ne vous dérange pas ? Est-ce que cela ne vous donne pas envie de renoncer ?

— Non, monsieur. C'est une chose que je dois faire.

246

— Elle n'a pas insisté pour que vous y réfléchissiez à deux fois ? Acheter cette ferme, c'est un grand pas, sachant que vous n'avez jamais travaillé la terre. Elle n'a pas essayé de vous arrêter ?

— Non, monsieur.

— Comment pouvez-vous faire ça ? N'a-t-elle pas son mot à dire ? Vous savez que c'est une fille intelligente et elle pourrait bien avoir raison.

— C'est pas important si elle a raison, et c'est pas important si j'ai tort aussi. Il faut que je le fasse, même si je me trompe. Si je ne le fais pas, rien changera jamais. On continuera à travailler pour vous le restant de nos jours, et ça, il faut que ça cesse.

— Oui, cela doit cesser, pas vrai ?

— Oui, monsieur. »

Nous avons continué de rouler. À notre droite, au-dessus d'Eastern Ridge, le ciel virait au gris, tandis que les ténèbres s'étiraient tel un rideau. Prenant la teinte bleue d'un vitrail, le paysage semblait contenir toute la lumière sans pour autant la diffuser. Nous étions presque arrivés. Je me suis tourné encore une fois vers Tucker : « Y a-t-il quelque chose qui pourrait vous faire renoncer à votre projet ? »

Il n'a pas hésité : « Non, monsieur.

— J'imagine que non, si l'acquisition de cette ferme vous tient tellement à cœur. »

Il m'a regardé. « On a une seule chance dans la vie, c'est quand on peut faire quelque chose et qu'on a envie de la faire. Quand c'est pas le cas, ça sert à rien d'essayer. Pourquoi on le ferait si on n'a pas envie ? Et quand on a envie, et qu'on peut pas, ça revient à se cogner la tête contre une voiture qui roule à 150 à l'heure. Vaut mieux renoncer quand on a pas ces deux choses-là. Mais quand *on les a* et qu'on en profite pas, on n'a plus qu'à tirer un trait sur tout ce qu'on voulait faire ; on a laissé passer sa chance, pour toujours. »

J'ai acquiescé. Je sais tout ça.

LES HOMMES DE LA VÉRANDA

Ils n'étaient pas rentrés chez eux.

À 21 heures, ce samedi soir, ils restaient assis là, tandis que les dernières voitures remplies de Noirs passaient devant la véranda de M. Thomason, traversant Sutton en direction du Nord. Tout l'après-midi, elles avaient défilé en convoi, à la manière d'un cortège funèbre, pare-chocs contre pare-chocs. Le flot s'éclaircissait maintenant ; elles n'apparaissaient plus en grappes en haut du Ridge, mais isolément, comme celles de familles en partance pour les vacances. Il y avait certes plus d'automobiles que d'habitude, toutefois moins qu'un peu plus tôt. Chacun des hommes assis sous la véranda se demandait si la raréfaction des voitures chargées d'enfants, de vieux, de nourrissons, de matelas, de couvertures et de valises signifiait que New Marsails était vidé de tous ses Noirs.

Ils savaient pertinemment qu'il n'y avait plus de Noirs à Sutton car, depuis 14 heures, cet après-midi-là, seule une poignée de retardataires était venue s'aligner à l'arrêt de bus devant chez Thomason. Et, de leur poste d'observation, les hommes, en regardant la place, ne voyaient plus aucune voiture venir du quartier noir, au nord de la ville. Après le départ de M. Harper, à 18 heures, quelques hommes étaient rentrés chez eux pour dîner, mais la plupart avaient acheté une bricole au magasin et étaient restés assis là, à mastiquer des biscuits, des cacahuètes, des bonbons ou des pommes. Une fois leurs papiers d'emballage jetés en boule dans la rue, quelques-uns s'étaient levés et étaient partis faire un tour dans le quartier noir.

Ils n'y avaient rien trouvé. Pas une seule maison n'était éclairée. Les Noirs n'avaient pas jugé nécessaire d'illuminer leurs fenêtres, pour éloigner les cambrioleurs, ayant emporté tout ce qui, pour eux, avait de la valeur, abandonnant le reste aux voleurs, leur facilitant même la tâche en laissant les portes grandes ouvertes. Certains avaient même laissé la clé dans la serrure, invitant quiconque en aurait le désir à s'installer pour de bon dans la maison. En vraies gens du Sud, les hommes ne pouvaient se décider à entrer dans les demeures, conditionnés par le respect de la propriété, ce même respect qui les avait retenus de poser le pied sur la terre de Tucker Caliban, le jeudi précédent. Cependant ils jetèrent un coup d'œil par les portes ouvertes et, dans la pénombre, ils distinguèrent une foule de choses : des chaises, des tables, des sofas, des tapis, des lits, des balais et des détritus. Les murs étaient nus pour la plupart, dépouillés des portraits de grands-parents sévères, de fils en uniforme de soldat ou de filles en robe de mariée, dépouillés de leurs crucifix et de toutes ces choses sans lesquelles les gens ne pouvaient envisager de s'installer dans un nouveau logis. Si les hommes étaient entrés et avaient regardé sous les lits, ils auraient aperçu les rectangles exempts de poussière où reposaient encore les valises, quelques jours auparavant. Il n'y avait plus un seul Noir.

Les hommes revinrent donc sous la véranda. Ils ne parlèrent pas de ce qu'ils avaient vu, chacun d'eux ayant pu l'apprécier par lui-même. Ils demeurèrent assis en silence, réfléchissant, cherchant à établir un rapport entre tout ceci et eux-mêmes, essayant d'imaginer en quoi le lendemain, la semaine ou le mois à venir se distingueraient de la veille, de la semaine ou du mois passés, ou de tout ce qu'avait été leur vie jusqu'à présent. Mais aucun d'eux n'était capable d'aller au bout de sa pensée. C'était comme s'ils tentaient de se représenter le Néant, une chose à laquelle aucun d'eux n'avait jamais songé. Aucun d'eux n'avait le moindre repère auquel il aurait pu rattacher la notion d'un monde dépourvu de Noirs.

Puis Stewart arriva dans sa charrette, avec une bonbonne presque aussi ventrue que lui posée à ses côtés. Ils la firent tourner, chaque homme essuyant le goulot avec sa manche selon le vieux rite inutile de purification et d'hygiène.

C'est alors qu'ils commencèrent à s'animer, à s'emporter telle une mariée abandonnée devant l'autel criant vengeance sans trouver quiconque sur qui se venger, et qui enrage plus que tout de sa propre frustration. Ils cachaient leur dépit en maintenant, comme le gouverneur le matin même, que le départ des Noirs ne constituait nullement une perte pour eux.

Stewart avala une autre rasade. « Sûr ! dit-il. Pourquoi on en aurait besoin ? Voyez ce qui se passe au Mississippi ou en Alabama. Nous, au moins, on n'aura plus à se faire du souci pour *ça*. On va prendre un nouveau départ, comme disait l'autre. Maintenant on va pouvoir vivre comme on a toujours vécu, sans craindre qu'un nègre vienne frapper à notre porte et veuille s'asseoir à notre table. » Il était assis sur les marches de la véranda, à côté de Bobby-Joe qui n'avait pas ouvert la bouche depuis le départ de M. Harper.

« Voyez ça, poursuivit Stewart, il va y avoir plein de travail, plein de terres – tout le travail et toutes les terres qu'avaient les nègres. Tout ira même très bien, dès qu'on se sera organisés. » Il commençait à transpirer, comme toujours, qu'il ait bu ou non, qu'il fasse chaud ou froid, et il tira un mouchoir de sa poche.

« Mais ça pourrait faire trop de travail et trop de terres, intervint Loomis en rabattant son chapeau sur son front et en renversant sa chaise contre le mur de la maison. Il se peut qu'on n'ait pas assez de gens pour faire tout ça. C'est ce qu'on appelle de l'économie : j'en ai fait un peu à l'université. Ça veut dire qu'on n'aura pas assez à manger. Il y aura un tas de terrains dont personne pourra profiter. Il y a toujours eu assez de terre pour tout le monde, du moins assez pour s'échiner dessus. On est pas au Japon, ici. On a encore jamais vu de gars planter quelque chose sur les versants du Ridge en s'accrochant à une corde pour pas dégringoler.

— On s'en tirera mieux quand même. » Stewart se détourna, essayant de distinguer Loomis dans l'obscurité de la véranda. « Prenez Thomason, par exemple. C'est le seul épicier de Sutton maintenant. Avant, il y en avait deux. Il y avait ce magasin nègre, là-bas. Maintenant, tout le monde viendra chez Thomason. »

Loomis secoua la tête. « Ouais, seulement avec deux fois moins de clients. »

Stewart poursuivit sur sa lancée. « Et pensez un peu à l'entrepreneur de pompes funèbres Hagaman. C'est le seul du coin maintenant, et on doit tous se faire enterrer un jour. J'ai entendu dire que même certains Blancs de Sutton faisaient appel au croque-mort nègre.

— J'suis pas si sûr que toi que tout est pour le mieux. On a jamais vu de *Blancs* balayer les magasins, seulement des gens de couleur. Tu vas te faire embaucher comme balayeur maintenant, Stewart ? C'est le seul boulot pour lequel t'es bon. »

Quelques hommes pouffèrent de rire.

Bobby-Joe claqua des doigts, le son fut répercuté par un écho. « Ça y est ! C'est ça ! »

Il avait capté leur attention. Bien qu'il eût pas mal bu, Bobby-Joe n'avait rien dit jusque-là. Il était assis, les pieds posés sur le bord de la grand-route, le coude appuyé sur son genou nu qui pointait à travers un trou dans sa combinaison de travail. « Je vous l'avais bien dit qu'il y en a plus, derrière tout ça, que ce que vous croyez.

— Écoute-moi ça, Loomis ! C'est à peine si Bobby-Joe a bu quelques gorgées, et le voilà qui se met déjà à parler tout seul ! » Thomason était assis dans un fauteuil qu'il avait sorti du magasin. « Tu ne devrais pas boire si tu ne tiens pas l'alcool mieux que ça, mon garçon.

— La ferme ! » Bobby-Joe était furieux. « Vous êtes tous trop saouls ou trop bêtes pour voir ce qui se passe réellement ici. » Il marqua une pause. « À votre avis, qu'est-ce qu'il est venu faire ici, celui-là, sinon essayer de nous créer des embêtements, hein ? C'est bien ça ! J'savais bien qu'il y avait autre chose. »

Ils fixaient le garçon, clignant des yeux, louchant un peu, cherchant à mieux le distinguer, dans le cas où ça leur aurait permis de mieux comprendre ce qu'il voulait dire. « Qui fait quoi ? » Thomason se pencha vers Bobby-Joe. Stewart s'épongea nerveusement le visage comme il le faisait chaque fois qu'il se croyait trop stupide pour comprendre quelque chose qui paraissait pourtant clair.

Bobby-Joe pivota vers eux. « Et dire que ce prêcheur nègre est passé dans sa voiture, là, devant nos yeux, et qu'on est restés à le regarder comme si c'était le président en personne. On aurait dû savoir ; on aurait pu faire quelque chose. » De plus en plus agité, il bondit sur ses pieds et se planta face à eux pour les sermonner : « On aurait pu l'arrêter. C'est comme si on avait eu une fille nue à portée de la main et qu'on s'était contentés de rougir.

— Eh là, on se calme, Bobby-Joe. Pas une goutte de plus pour lui, commanda Thomason à Stewart. Nous sommes tous là à t'écouter, mon garçon, mais essaie d'être plus clair. Calme-toi un peu et répète depuis le début. »

Mais Bobby-Joe poursuivit : « Bon Dieu ! Quelle bande d'abrutis on fait ! On aurait pu faire quelque chose quand on regardait cette bagnole, ce chauffeur, et tout cet argent que le type distribuait. On aurait pu faire quelque chose *hier*, au lieu de rester assis à regarder, et on serait pas là, aujourd'hui, à se lamenter parce que tous les nègres sont partis. On aurait pu *faire* quelque chose. »

Thomason comprit soudain. « Tu veux parler de ce nègre de l'Église ressuscitée ! » C'était davantage une exclamation qu'une question, comme si l'idée venait juste de germer dans sa cervelle sans l'aide de Bobby-Joe.

« Ouais. C'est de ça que je parle. De ce prêcheur nègre du Nord qu'est venu ici pour nous créer tous ces problèmes. Bon Dieu ! On l'avait sous la main et tout ce qu'on a fait, c'est le regarder jeter tout cet argent par la portière.

— Attends un peu. Cet homme ne s'est pointé ici qu'*après* l'histoire de Tucker Caliban. Il a demandé à Monsieur Leland ce qu'il en savait. Il avait l'air au courant de rien.

— Et vous y avez cru ? Vous avez vraiment cru ça ? Vous pensez *réellement* que Tucker était assez malin pour démarrer tout ce chambardement ? Je parie que vous avez cru ça ! » Bobby-Joe l'invectivait comme si Thomason venait de commettre un crime. « Eh ben, moi, reprit-il, j'y ai pas cru une seconde. J'ai su dès le début ce que ce nègre était venu manigancer ici. » Bobby-Joe agitait les bras et faisait les cents pas devant ses comparses comme un avocat devant un jury. « Cet Africain et son sang qu'il aurait transmis à Tucker Caliban. C'est la plus grosse connerie que j'aie jamais entendue ! »

Stewart, dont le buste oscillait un peu, pointa son index vers le jeune homme. « Oh, bien sûr, tu l'as su tout le temps. » Il sourit. « C'est pour ça que tu t'es montré *si bavard* hier. Viens pas me raconter d'histoires : t'en savais rien de plus que nous là-dessus. Alors arrête d'essayer de me baratiner, parce que je pourrais le prendre pour une attaque personnelle. »

Bobby-Joe grimpa d'une marche. « Ben, d'accord, admettons qu'hier j'en savais rien. Mais vous m'avez tous entendu tout à l'heure, quand j'ai dit que je croyais pas à cette histoire de sang que M. Harper essayait de nous faire gober. J'ai pas cru une seconde à ces conneries, parce que c'est tout ce que c'est : des conneries ! Comment une chose qui s'est passée il y a cent cinquante ans – en supposant que c'est jamais arrivé – peut avoir le moindre rapport avec ce qui est arrivé cette semaine ? Tout ça, c'est des sornettes ! Non, monsieur, c'était ce nègre du Nord, cet agi... agi... Comment qu'on appelle les gars qui s'amènent pour faire du chambard ?

— Des agitateurs, parvint à placer Loomis, bien que Bobby-Joe eût à peine marqué un temps d'arrêt.

— C'est ça, monsieur Loomis, des agi-ta-teurs. Il s'est amené dans sa grosse bagnole noire et a persuadé tous les nègres d'aller ailleurs au lieu de rester ici, à leur place.

— Mais il n'était pas au courant de toute cette affaire, Bobby-Joe », insista Thomason en se demandant pourquoi il s'obstinait à refuser une idée qui semblait si facile à accepter. Peut-être était-ce sa mentalité de commerçant, les chiffres qu'il devait aligner et additionner, qui l'empêchaient d'y croire malgré la tentation. « Sinon, pourquoi serait-il revenu ici ! Aucun homme n'est assez fou pour rappliquer après avoir violé votre femme ou assommé votre fille. Il s'enfuit et se cache, mais il ne s'amuse pas à venir frapper à votre porte. »

Bobby-Joe posa un pied sur la véranda et se pencha en avant. « J'ai toujours pensé que vous étiez sacrément malin, monsieur Thomason. Assez malin pour faire croire aux gens que vos prix sont corrects, mais pas assez pour avoir compris que ce nègre est revenu ici par pur vice, pour nous narguer et regarder les résultats de sa machination. C'est pour ça qu'il est revenu.

— Dites donc, les gars, le gamin a peut-être pas tout à fait tort », approuva Stewart en hochant la tête.

Thomason essaya de donner un tour plus raisonnable à la conversation. Il devinait, comme si c'était inscrit dans l'air, que les hommes écoutaient Bobby-Joe et le croyaient. « Mais, mon garçon, on ne l'a même pas vu aujourd'hui. Il n'est pas repassé par ici depuis hier. Il n'était pas dans le quartier noir pour aider les nègres à faire leurs valises et, à ma connaissance, personne d'autre ne s'est pointé pour voir s'ils avaient bien un moyen de partir. » Mais Thomason ne dominait plus son auditoire. Les hommes lui échappaient comme du sable entre ses doigts. Il souhaita que M. Harper fût là pour les raisonner, ou bien Harry, pour les calmer un peu.

« Il n'avait pas besoin de s'occuper de ça, répliqua Bobby-Joe. Pourquoi il l'aurait fait ? Ces nègres du Nord se fichent pas mal des nègres d'ici. Tout ce qu'ils veulent, c'est causer des emmerdes aux Blancs et rendre tout le monde, Blancs ou Noirs, malheureux. Son boulot était terminé une fois qu'il avait décidé les nègres à partir. Après ça, il lui restait plus qu'à s'asseoir à l'arrière de sa bagnole et à se fendre la pipe, en savourant le spectacle. Qu'est-ce que ça pouvait lui faire, comment les nègres sont partis ? De toute manière, ils se sont débrouillés tout seuls. »

Thomason soupira. « Bon, peut-être. Et alors ? Même s'il était responsable de tout ça, on ne pourrait plus rien y faire. »

Cela les plongea dans le silence un moment. Bobby-Joe se rassit et alluma une cigarette. Les autres se mirent à fixer quelques étoiles qui brillaient au-dessus des toits. Quelqu'un demanda du feu, un autre lui en donna.

« C'est terminé maintenant, reprit Thomason, et c'est pas la peine de se ronger les sangs pour ça. Si c'est ce gars qui l'a fait, eh bien, il a fait du bon travail, c'est tout ce qu'on peut dire. » *Il faut bien leur donner un os à ronger*, songea-t-il.

Les hommes opinèrent du chef et émirent un murmure approbateur.

« Les gars, si seulement je pouvais lui mettre la main dessus à ce nègre, je vous jure que je saurais quoi en faire. » Bobby-Joe tapa son poing contre la paume de son autre main. « Je lui effacerais son sourire à coups de poing. »

S'ils avaient été assis au milieu de la grand-route, ils auraient pu voir la voiture franchir le Ridge, les phares braqués vers le ciel, alors qu'elle grimpait la côte de Harmon's Draw, illuminant une étroite bande de ciel à l'horizon, comme l'eût fait une lune blafarde et froide. Puis elle atteignit la crête et bascula dans un subtil mouvement de balancier, éclairant devant elle un long ruban de route. Seule la lumière était visible ; la voiture se confondait avec l'obscurité, de sorte que si les hommes avaient regardé la colline, ils n'auraient vu que le faisceau lumineux fonçant sur la ville. Puis ils n'auraient plus vu qu'une boule de lumière formée par les phares et la calandre. Et lorsqu'elle se serait rapprochée d'eux, ils auraient vu, non pas une boule, mais deux phares distincts, enfin les lampes et, au-dessus d'elles, une tache vert pâle avec un visage de Noir au teint clair dans l'angle droit. C'est uniquement quand la voiture se trouva à cette distance-là que les hommes remarquèrent le flot de lumière qui inondait la chaussée, devant eux, et éclairait les bâtiments, de l'autre côté de la route. Ils tournèrent la tête, s'apprêtant à compter au passage les Noirs dans la voiture. Ils ne cherchaient nullement à tenir des comptes, se contentant de dénombrer les occupants de chaque véhicule, pour en oublier le résultat aussi vite. Mais ils n'aperçurent que le Noir au teint clair à l'avant de la limousine et, à l'arrière, deux silhouettes dont la plus proche était celle d'un Noir aux longs cheveux grisonnants et avec deux disques opaques – des lunettes de soleil – en guise d'yeux, à demi couché sur la banquette. C'est alors que Bobby-Joe bondit sur ses pieds et se précipita au milieu de la chaussée pour disparaître aussitôt dans un nuage de poussière et de gaz d'échappement. De la véranda, les hommes l'entendirent hurler de derrière cet écran de ténèbres : « Hé là, sacré salaud de prêcheur ! Arrête cette voiture ! Tu m'entends, nègre ? *Arrête cette voiture ! J'ai à te parler ! Arrête cette voiture !* »

Quand ils passèrent devant le magasin, Dewey ne remarqua pas qu'un jeune homme, qui devait avoir le même âge que lui, ses cheveux raides et hirsutes couvrant ses oreilles, courait derrière eux, et brandissait son poing en direction de la voiture. Mais le chauffeur, lui, l'aperçut et l'entendit. Il freina brusquement, et la voiture s'arrêta en dérapant, dans un crissement de pneus, juste sous le regard du général. Bradshaw se pencha vers le microphone : « Que se passe-t-il, Clement ?

— Quelqu'un, derrière nous, nous hurlait des injures. Je n'ai rien vu, mon révérend. Je ne pense pas avoir heurté quoi que ce soit. » À peine achevait-il sa phrase que déjà les hommes descendaient la rue d'un pas lourd, encerclaient la voiture, secouaient les poignées et ouvraient les portières. Un visage juvénile, que Dewey reconnut sans pouvoir mettre un nom dessus, apparut dans l'encadrement de la portière ouverte, du côté de Bradshaw. Bien qu'assis à l'autre extrémité de la banquette, Dewey pouvait sentir l'odeur de mauvais alcool que dégageait le type.

« Hé ! Voyez un peu qui est là ! Nous l'avons attrapé. C'est lui. Regardez, monsieur Stewart. »

Un autre visage, celui d'un homme plus âgé, avec de lourdes bajoues rouges qui recouvraient presque ses lèvres épaisses, s'encadra dans la portière. « Nom de Dieu ! Est-ce que c'est lui, Bobby-Joe ? C'est lui, le nègre qui nous a causé tous ces problèmes ? »

Le jeune homme confirma d'un signe de tête. « C'est bien lui. Qu'est-ce que j'avais dit ? Vous vous rappelez ? Je voulais lui mettre la main dessus, c'est pas vrai ? Eh bien, un ange a dû m'entendre, parce que le voilà. »

Se penchant par-dessus Bradshaw, Dewey leva la tête vers le jeune homme. « Attendez une minute. Qu'est-ce qui ne tourne pas rond chez vous ? »

Le jeune homme eut un rictus qui découvrit ses dents inégales dont certaines, sur le devant, étaient cassées. « Ma parole ! Mais c'est un de ces Willson, amis des nègres, qui ont laissé Tucker Caliban travailler pour eux jusqu'à ce qu'il soit assez riche pour commencer tout ce bordel. Vous avez aidé votre ami nègre à comploter tout ça, cher monsieur Willson ?

— Comploter quoi ? » Dewey sentait que son corps se mettait à trembler ; il tenta de contrôler sa voix.

« Comploter *quoi* ? » Bobby-Joe poussa le gros homme du coude. « Comploter quoi ? Vous avez entendu ça, monsieur Stewart ? De quoi il peut bien parler ? Vous pariez qu'il parle de tous ces nègres qui ont fichu le camp ? Moi, je parie que c'est de ça qu'il parle. »

Le gros homme ricana. « Oui, ça doit être de ça qu'il parle, Bobby-Joe. »

Derrière les deux hommes, Dewey en aperçut deux ou trois autres, puis quatre ou cinq qui émergeaient de l'ombre. Ils écoutaient tranquillement, avec la même expression hostile sur leurs visages éclairés par les phares.

« Il n'a rien à voir avec toute cette histoire ! » Dewey essaya de garder son sang-froid dans l'espoir que son calme agirait sur les autres, tout comme il aurait essayé de le faire en s'approchant d'une bête à cornes. « Tout cela n'était absolument pas prémédité.

— Qu'est-ce que vous en savez ? Vous en avez discuté avec quelqu'un ? Vous en avez discuté avec vos amis nègres, pas vrai, monsieur Willson ?

— Mais cet homme, je vous le répète, n'a rien à voir avec cette affaire. Tout cela était parfaitement spontané.

— Oh, c'était spon-ta-*né*, vraiment ? » Bobby-Joe se tourna vers le gros. « Vous entendez ça, monsieur Stewart ? Ils l'ont envoyé dans le Nord pour y apprendre quelques grands mots. J'suppose qu'il en a ramené une cargaison. Qu'est-ce que ça veut dire spon-ta-*né* : préparé ?

— Non, le contraire justement. Cela veut dire que les choses sont arrivées d'elles-mêmes. » Dewey étendit le bras pour essayer de refermer la portière, mais le jeune homme l'obligea d'un coup de poing à retirer sa main de la poignée capitonnée.

« Feriez mieux de faire attention, monsieur Willson, à moins que vous vouliez filer un coup de main.

— Écoutez, ne soyez pas ridicule. Je vous assure que cet homme n'a absolument pas été mêlé à ces événements.

— C'est *lui* qui vous a dit ça ? » Le jeune se pencha à l'intérieur de la voiture ; l'odeur d'alcool devint intolérable.

« Oui, bien sûr. Il ne connaît même pas Tucker Caliban. Il m'a dit qu'il n'avait rien à voir avec tout cela. » Dewey regarda le jeune homme dans les yeux. Durant ses huit mois d'absence, il avait presque oublié l'expression qu'il y trouva, une expression qui apparaissait en des occasions comme celle-ci. Aucun habitant de la Nouvelle-Angleterre n'a, ni n'a jamais eu, pareil regard pour exprimer une pensée ou un sentiment. C'était un regard plus froid, plus méchant, plus cruel même que celui d'un fermier du Vermont auquel un étranger demande son chemin. Plus froid, plus méchant, plus cruel parce que totalement vide. Et ce vide était le signe d'un renoncement à toute alternative entre la tendresse ou la brutalité, le plaisir ou la peine, la compréhension ou l'ignorance, la confiance ou la défiance, la compassion ou l'intolérance, la raison ou le pire fanatisme. C'était un regard dans lequel on voyait vaciller le dispositif de contrôle de ce mécanisme qui fait de l'homme un être humain. Ce regard disait : Maintenant nous devons frapper. Le temps n'est plus aux vaines paroles ; la violence est déjà parmi nous, en nous.

« Il n'a rien à voir avec ces événements, déclara doucement Dewey, dans une dernière tentative.

Révérend Bradshaw, dites-le-leur. » Il saisit le Noir par le bras, le dévisagea et vit que ce n'était pas la peur qui le réduisait au silence, mais le désenchantement. Bradshaw ne pensait pas au danger, mais uniquement aux Noirs – sa Cause – qui lui échappaient. Dewey comprit que la seule chose que Bradshaw aurait voulu clamer, c'est que c'était bien lui l'instigateur de tout cela, qu'il avait tout planifié tout seul, qu'il avait incité Tucker à acheter et à détruire la ferme pour le citer ensuite en exemple et exhorter les autres Noirs à l'imiter. Or, cela, il ne pouvait pas le dire. Et ce n'était pas vraiment le moment d'être déçu ni de se lamenter sur son sort. « Mais dites-le-leur, bon Dieu ! »

Le gros homme passa lui aussi la tête par la portière. « Pourquoi est-ce qu'il dit rien ? »

Le jeune homme ricana : « P't-être parce qu'il est trop honnête pour raconter des mensonges. » Il agrippa Bradshaw par le col de sa chemise. « Dis la vérité, nègre ! T'as quelque chose à voir avec cette affaire ? » Il le souleva à moitié de son siège.

« Non, mais je le regrette beaucoup. »

On eût dit que la seconde avait enflé, qu'elle était sur le point d'éclater. Tout parut se figer en une scène de violence, comme ces statues représentant le moment où la lame du guerrier s'enfonce dans le corps de l'ennemi et où celui-ci, mortellement atteint, est sur le point de tomber, mais demeure en suspension dans l'air, défiant toutes les lois de la pesanteur. Puis la seconde éclata et le jeune resserra ses doigts autour du col de chemise. « Tu mens ! » cria-t-il. Il empoigna Bradshaw et le tira hors de la voiture, hors d'atteinte de Dewey qui étendait vainement le bras, et le jeta sur la chaussée. Aussitôt, le Noir se retrouva entouré de cinq hommes et une grêle de coups de poing et de coups de pied s'abattit sur lui.

Dewey glissa le long de la banquette et vit Bradshaw à terre, étendu sur le dos, un étrange sourire, douloureux et sans peur, sur les lèvres. Il ne semblait pas se débattre, comme s'il savait que toute résistance serait vaine. De ses yeux mobiles, grands ouverts, il observait d'un air presque détaché les visages sombres et grotesques de ses assaillants et suivait la trajectoire des poings qui s'écrasaient sur son visage et sur son corps. Il ne paraissait pas plus se soucier des coups, ni de la douleur, que s'il était assis à regarder tomber la neige par la fenêtre d'une chambre bien chauffée. Dewey, lui, hurlait, essayant de tirer les hommes en arrière : « C'était Tucker Caliban ! C'était Tucker Caliban ! » Il fut réduit au silence par un coup de coude qui l'atteignit à la bouche, faisant jaillir le sang d'une morsure à l'intérieur de la joue.

« Éloignez-le de la voiture ! hurla quelqu'un. Faites-moi de la place pour que je puisse taper un peu moi aussi. Amenez-le ici ! » L'homme qui braillait plongea au milieu de la volée de poings et, attrapant Bradshaw par les jambes, le traîna jusqu'au trottoir. Craignant d'être lésés, les autres le suivirent.

Dewey marchait derrière eux en continuant d'agripper des bras et des épaules. Il vit le jeune homme tourner vers lui un visage grimaçant, vit, sans pouvoir l'éviter, le coup qui l'atteignit en plein sur la tempe ; puis l'obscurité se morcela en petites taches blanches et rouges. L'instant d'après, il se retrouva sur la chaussée, les mains dans la même position de défense que lorsqu'il avait tenté de parer le coup. Debout à côté de lui, le jeune le toisa une seconde, avant de reporter son attention vers le groupe d'hommes qui bourrait de coups de pied et de poing Bradshaw, avec une sauvagerie distraite, comme on shooterait dans une vieille boîte de conserve pour la pousser le long d'une ruelle.

« Hé ! Arrêtez ! Arrêtez une seconde, les gars ! » Le jeune homme courait vers eux en agitant les bras. « Arrêtez ! »

Toujours assis par terre, Dewey vit quelques hommes se retourner. « Pourquoi ? Qu'est-ce qu'il y a ? »

Encore tout étourdi, il réussit à se mettre à genoux. Peut-être que le jeune homme, qui semblait être leur chef, avait fini par le croire. Peut-être allait-il convaincre les autres de s'arrêter ?

« Arrêtez, les gars ! Je viens d'avoir une idée. » Tous les hommes se redressèrent et se figèrent pour écouter. À leurs pieds, Bradshaw poussait de faibles gémissements. « Les gars, vous savez pas que c'est notre dernier nègre ? Réfléchissez un peu. Notre dernier, dernier nègre. Y en aura plus après celui-là. Finis leurs chansons, leurs danses et leurs rires. À moins d'aller dans le Mississippi ou dans l'Alabama, les seuls nègres qu'on verra jamais ce sera ceux de la télévision, et ceux-là ils chantent plus les vieilles chansons et ils dansent plus les danses d'autrefois. Ceux-là c'est des nègres de luxe, avec des femmes blanches et des grosses bagnoles. Alors je me suis dit que, pendant qu'on en avait encore un sous la main, on devrait lui faire chanter une de leurs vieilles chansons. »

Les hommes étaient déconcertés, pas très sûrs de comprendre ce que Bobby-Joe avait en tête, se demandant s'il parlait sérieusement ou non. Certains d'entre eux, impatients de poursuivre ce qu'ils avaient commencé, baissèrent les yeux sur Bradshaw.

Le gros homme dit enfin : « Je vois ce que tu veux dire, Bobby-Joe. Je vois ce que tu veux dire. » Il se mit à rire à gorge déployée. « Notre dernier nègre ! C'est pas mal trouvé ! Il était pas vraiment le nôtre quand il est arrivé dans sa grosse bagnole, mais maintenant il est à nous et on peut lui faire faire ce qu'on veut.

— Tout à fait, monsieur Stewart. » Le jeune se mit à rire aussi. Les autres s'esclaffèrent à leur tour : « Ha, ha, ha ! Je vois ce qu'il veut dire. »

Le jeune homme se fraya un passage à travers le groupe et, aidé du gros, remit Bradshaw sur ses pieds.

Dewey s'était relevé lui aussi, conscient qu'au lieu d'interrompre la cérémonie, les hommes ne faisaient que la prolonger. « Vous ne pouvez pas lui faire ça ! » La tête baissée, Dewey fonça sur le groupe en agitant les poings, mais il fut maîtrisé par deux ou trois hommes.

« Que quelqu'un aille chercher une corde chez Thomason pour ligoter cet ami des nègres, commanda le jeune. Si on lui faisait mal, on aurait sûrement des ennuis ; son papa nous chasserait de ses terres. » Tandis que plusieurs hommes maintenaient Dewey, un autre courut chercher la corde. Quand il revint, ils lui attachèrent les mains et les pieds et le jetèrent sur le pavé.

« Bon, et maintenant, que le spectacle commence. Qu'est-ce que tu sais faire, nègre ? Tous les nègres savent faire quelque chose. »

Hébété, le visage en sang, Bradshaw se tenait debout entre le jeune et le gros homme, ses vêtements déchirés et fripés. Il ne répondit pas.

« Réponds ! Qu'est-ce que tu sais faire ? »

Le gros homme serra le poing : « Je vais le faire parler, moi.

— Non, monsieur Stewart, on a tout notre temps pour ça. Pour l'instant, il va avoir la gentillesse de nous distraire. Qu'est-ce que tu sais faire, hein ? Tu connais "Mon petit négrillon frisé" ? »

Dewey vit Bradshaw opiner de la tête. Il connaissait cette chanson, bien sûr, tout le monde la connaissait. Tous les professeurs de musique libéraux de New York, Chicago, Des Moines, San Francisco et de toutes les villes intermédiaires l'apprenaient à leurs élèves pour les familiariser avec la culture noire. À Cambridge, on la chantait chaque fois qu'un groupe d'amis se targuant d'être amateurs de folklore comptait en son sein un guitariste qui se vantait d'être un chanteur. Elle était connue dans tout le pays et on la chantait depuis fort longtemps. Dewey prit conscience que le signe de tête de Bradshaw avait voulu dire autre chose : à présent, il savait, il comprenait pourquoi les Noirs étaient partis sans attendre et sans avoir besoin d'une organisation ou d'un chef quelconques.

« Très bien », fit le jeune. Puis ses yeux se rétrécirent : « Alors, chante-la. »

Bradshaw chanta faux, d'une voix faible et monotone :

Viens, viens, viens auprès de ta maman,
Mon petit négrillon frisé.
Viens, viens me raconter tes peines,
Et ta maman te consolera.
Je sais que tu as besoin d'un baiser sur la joue
Pour chasser les mauvais rêves qui te tourmentent.
Allons,
Viens, viens, viens auprès de ta maman,
Mon petit négrillon frisé.

C'était un air rapide, avec un rythme de cakewalk. Et c'était étrange de l'entendre chanté par Bradshaw, parce qu'il prononçait tous les mots correctement, avec l'accent britannique et sans la moindre trace d'accent noir. Les hommes n'apprécièrent pas son interprétation et se mirent à grogner. « Il est pas très bon. »

Le jeune saisit Bradshaw à la gorge. « Cette fois, chante-la comme un nègre, sale nègre. »

Le gros homme désira autre chose. « Ouais, et danse un peu en même temps.

— Et chante plus fort, qu'on puisse t'entendre », brailla quelqu'un qui se tenait à l'extrémité du groupe.

Dewey faisait des efforts désespérés pour rompre ses liens, en vain. Il n'avait pas cessé de leur crier d'arrêter, mais personne ne faisait attention à lui.

Bradshaw recommença, cette fois en sautant d'un pied sur l'autre, grotesque, le ventre ballottant. Il en était à la moitié de la chanson quand l'adolescent s'avança vers lui et lui envoya son poing en pleine figure. « Tu pues ! Mettez-le dans la voiture. On ferait aussi bien de prendre *sa* bagnole pour l'emmener. Elle est plus grande. On pourra y monter à plusieurs. » L'adolescent et le gros homme saisirent Bradshaw par les épaules, puis, moitié le portant, moitié le traînant, l'emmenèrent, par-dessus la tête de Dewey presque, jusqu'à la voiture et le jetèrent dedans.

« Mais il n'a absolument rien fait ! » Dewey se retourna, le chauffeur s'était enfui, personne ne l'avait vu partir. Quelqu'un s'assit derrière le volant, trouva la clé de contact et démarra en faisant vrombir le moteur plus que nécessaire. Le conducteur cria aux autres de monter. Dewey entendit claquer les portières : une, deux, trois, quatre. Il essaya de se lever, en hurlant dans leur direction, mais il n'était pas encore à genoux qu'ils avaient déjà filé vers la ferme de Tucker Caliban. Même quand la voiture fut hors de sa vue, il continua d'entendre le bruit du moteur.

« Mais il n'a rien à voir avec cette affaire. » Il se laissa choir, à la manière dont les bébés s'asseyent, et fondit en larmes.

La rue déserte était aussi paisible qu'un endroit où l'on vient de retourner un rocher, une fois les insectes qui vivaient dessous partis, quand plus rien ne laisse supposer qu'ils ont jamais été là. Assis sur la ligne blanche, au milieu de la chaussée, Dewey pleurait dans le silence de la nuit.

Il entendit soudain un grincement de roues, le bruit ininterrompu, déchirant, de moyeux non graissés. Il vit le fauteuil, la femme aux cheveux jaunes et le vieil homme émerger de l'obscurité. Dewey ne dit rien et ils ne l'aperçurent pas tout de suite. Puis ils furent assez près pour entendre ses sanglots. « Qui ont-ils attrapé, monsieur Willson ? » Avant que Dewey n'ait eu le temps de répondre, le vieil homme se tourna vers sa fille : « Détache-le, ma chérie. »

Il sentit ses douces mains dénouer les cordes rugueuses ; la douleur cessa instantanément quand les liens se défirent. « Le révérend Bradshaw. Ils croient que c'est lui qui a fait tout ça... fait partir les Noirs. Il faut que je me dépêche. Je peux sûrement encore le sauver. » Il bondit sur ses pieds dès qu'elle l'eut détaché.

« Vous feriez mieux de ne pas essayer, mon garçon. Vous arriverez trop tard et ils seront encore pires une fois qu'ils auront fait ce qu'ils ont en tête... Aucun d'eux ne viendra en ville demain, ils n'auront pas le courage de se regarder en face, pendant quelque temps. » Le vieil homme avait l'air triste.

« Ma parole ! On dirait que vous les plaignez, ces salauds-là ! Vous avez peut-être l'intention de ne rien faire, mais moi je ne peux pas rester les bras croisés. » Dewey s'éloigna de quelques pas.

« Vous ne pouvez rien faire, mon garçon. » Le vieil homme éleva la voix et elle se répercuta doucement le long de la rue déserte.

Les phares d'une voiture éclairèrent soudain les maisons. La fille de M. Harper se précipita vers le fauteuil et le poussa contre le trottoir.

« Regardez-moi cette voiture ! cria le vieil homme en faisant pivoter son fauteuil. Regardez-la bien ! »

Dewey se tourna pour l'observer. Un gros Noir la conduisait. Sa femme était assise paisiblement à côté de lui, les yeux grands ouverts et brillants. Un enfant, une petite fille, dormait entre ses bras. De nombreux bagages s'empilaient sur la banquette arrière.

« Oui, je plains mes hommes. Ils n'ont pas ce que possèdent ces gens de couleur. »

Dewey regardait toujours la voiture. Elle atteignit les confins de la ville et disparut. Il s'approcha du vieil homme.

« Si cela peut vous consoler, monsieur Willson, songez que c'est la dernière fois. Et puis, je vais vous dire autre chose. Le général n'aurait pas approuvé », ajouta-t-il avec un sourire. Il se tourna vers sa fille. « Est-ce qu'il nous reste un peu de café, à la maison ?

— Oui, papa.

— Monsieur Willson, que diriez-vous d'une tasse de café ? Vous feriez mieux de ne pas rentrer tout de suite. Et de vous nettoyer un peu. »

Dewey acquiesça et ils remontèrent la rue ensemble.

Monsieur Leland se demandait ce qui l'avait réveillé. Tout d'abord il pensa que c'était Walter ; Walter qui, menacé dans son rêve par quelque monstre à cent têtes, s'agitait dans son sommeil. Mais quand il jeta un coup d'œil vers son frère, il le trouva dans la même position bizarre que celle qu'il avait adoptée pour s'endormir, après que leur mère était venue leur souhaiter bonne nuit. Puis Monsieur Leland l'entendit de nouveau : c'était un cri.

Il partait de la grand-route, d'un peu plus haut sans doute, du côté de la ferme de Tucker, et lui parvenait, assourdi, à travers les arbres qui séparaient les deux fermes. Peut-être que Tucker était rentré et donnait une fête. Mais où ? Tucker n'avait plus de maison. Il pouvait tout aussi bien la donner dehors, il faisait assez chaud. Et puis, qui d'autre aurait pu se trouver là-bas ?

Monsieur Leland se mit à secouer Walter pour lui dire que Tucker était revenu et donnait une fête. À présent, il pouvait entendre d'autres voix et des rires d'hommes. Il se dit que c'était des amis de Tucker qui étaient venus lui taper dans le dos, heureux de le revoir, d'autant plus heureux qu'ils avaient cru que Tucker était parti pour toujours. Il cessa de secouer Walter car cela ne servait à rien, et même si son frère se réveillait, il serait trop ensommeillé pour comprendre quoi que ce soit.

Couché sur le dos, Monsieur Leland écoutait les rires lointains et quelqu'un qui s'était mis à chanter, imaginant la fête. Il devait y avoir du pop-corn là-bas, et des bonbons, et du soda. Une soirée réussie, avec des gens heureux de se voir, comme lorsque sa famille se réunissait à Willson City, dans la maison de son grand-père. Lui-même n'y avait été qu'une seule fois, quand il était tout petit, mais il s'en souvenait très bien. Couché dans son lit, il avait entendu les adultes qui riaient et qui chantaient. Quand il s'était réveillé le lendemain matin, tout le monde dormait encore, même son grand-père, un fermier pourtant, comme son propre papa, qui, d'habitude, commençait à travailler avant le jour. Seul à être éveillé dans la maison, il s'était levé et s'était rendu au salon. Il y avait découvert les restes de la fête : des bonbons et du pop-corn. Quand tout le monde, ses oncles et ses tantes, s'était enfin réveillé, les yeux rougis et le visage fripé, il avait déjà mangé assez de sucreries pour ne plus avoir faim.

Couché sur le dos, il pensait à tout cela, puis il sut ce qu'il ferait lorsque viendrait le matin. Ce serait dimanche, et il faudrait d'abord qu'il mange, puis qu'il aille à l'église où sa mère faisait l'école. Ensuite, il rentrerait à la maison. Alors il prendrait Walter par la main et tous deux traverseraient à nouveau le bois jusqu'au champ de Tucker. En les apercevant, Tucker agiterait la main et ils se mettraient à courir, sur la terre molle et grise, à travers le champ labouré et salé. Tucker serait heureux de les voir et leur dirait bonjour. Monsieur Leland lui présenterait Walter.

Puis Monsieur Leland demanderait à Tucker pourquoi il était revenu. Tucker répondrait qu'il avait retrouvé ce qu'il avait perdu, il leur sourirait et leur

dirait qu'il avait une surprise pour eux. Il leur apporte-
rait une grande coupe remplie des restes de la veille :
des bonbons, du pop-corn, des biscuits et des pastilles
au chocolat. Et ils mangeraient tout leur content et, pas
un seul instant, ils ne cesseraient de rire.

BIOGRAPHIE
DE WILLIAM MELVIN KELLEY

par Jessica Kelley

William Melvin Kelley, écrivain noir américain, lié au Black Arts Movement et connu pour sa fiction expérimentale et ses explorations satiriques de la question raciale en Amérique, est né le 1er novembre 1937, au Seaview Hospital, Staten Island, de Narcissa Agatha Kelley (née Garcia) et de William Melvin Kelley Sr. Comme elle souffre de tuberculose, on recommande à Mme Kelley, fervente catholique, un accouchement prématuré. Elle choisit de programmer son accouchement le jour de la Toussaint. La grossesse et l'accouchement l'affaiblissent au point qu'il faudra attendre quatre mois avant que la petite famille quitte l'hôpital.

William Melvin Kelley Sr., anciennement rédacteur à l'*Amsterdam News* de Harlem, a tenté de lancer plusieurs organes de presse, avant de poursuivre une carrière de fonctionnaire pour la ville de New York. Les Kelley habitent au second étage du 4060 Carpenter Avenue, dans une maison de deux logements, propriété de Joe, le frère de Narcissa, et occupée par la famille Garcia, dont sa mère Jessie.

Dans un voisinage à prédominance italienne, la famille Kelley est la seule famille de couleur du pâté de maisons. Malgré des difficultés à lire, le fils unique des Kelley se révèle extrêmement brillant, il est inscrit dans la prestigieuse Fieldston School de Riverdale. Bien que Fieldston ait aboli toutes discriminations raciales depuis 1920, Billy compte parmi les très rares élèves afro-américains. Le contraste évident entre ses riches amis de Fieldston, pour la plupart de confession juive, et ses amis italiens de familles d'ouvriers du quartier, lui fournit une source d'inspiration pour son œuvre à venir. « Je connais des Blancs riches. Je connais des Blancs pauvres, confie-t-il au *Mosaic Magazine*, en 2012. Je connais les Blancs. »

Kelley intègre Harvard University en 1956, avec l'ambition de devenir avocat spécialisé dans les droits civiques. Cependant, ses difficultés à lire compromettent le succès de ses études. Conteur-né, un don qu'il disait tenir de sa grand-mère maternelle Jessie Marin Garcia, il opte pour des études d'anglais. Il suit alors les cours de John Hawkes et d'Archibald MacLeish, et remporte le Harvard's Dana Reed Prize de creative writing pour sa nouvelle *The Poker Party* qui lui vaut l'attention d'agents littéraires. Kelley comprend dès lors que seule l'écriture lui importe, et quitte l'université six mois avant ses examens. Son premier roman, *Un autre tambour*, paraît en 1962.

En avril de la même année au Penn Relays (épreuves d'athlétisme organisées annuellement par l'University of Pennsylvania), Kelley fait la rencontre de Karen Gibson, une jeune femme de Chicago étudiante en art au Sarah Lawrence College. Si Karen Gibson a le coup de foudre pour Kelley (« il était pieds nus et, quand il souriait, on voyait ses grandes dents blanches), Kelley ne comprend pas immédiatement qu'elle sera l'élue de son cœur, jusqu'au jour où il la présente à sa grand-mère Jessie. « Elles se sont assises et ont discuté toutes les deux pendant des heures, en m'ignorant totalement. » Ils se marient le 15 décembre, près de huit mois plus tard.

En 1964, Kelley publie un recueil de nouvelles, *Danseurs sur le rivage*[1], dans lequel on rencontre pour la première fois certains personnages – les Bedlow, les Dunford et les Pierce – de ses futurs romans.

Son second roman, *A Drop of Patience* (*Jazz à l'âme*, Delcourt, 2020), paraît en 1965, une année pivot pour Kelley. Jessica, sa première fille, naît en février, quelques jours avant l'assassinat de Malcom X devant sa femme et ses enfants à l'*Audubon*, une salle de bal de Harlem. Peu après, le temple de la Nation of Islam au numéro 7 de la 116e Rue Ouest est plastiqué.

« L'affaire semblait réglée. Les guerres tribales, comme disent les Jamaïcains, écrira Kelley. J'avais besoin pourtant de regarder en face les hommes accusés du meurtre de Frère Malcolm, je voulais entendre ce qu'ils avaient à dire sur leur acte. J'ai chargé mon agent de me décrocher un contrat pour couvrir le procès pour le *Saturday Evening Post*, m'assurant ainsi l'accès au tribunal. Lorsque débuta le procès, début 1966, j'étais assis au premier rang du carré réservé à la presse. » Pendant le procès, Kelley acquiert la certitude que deux des trois hommes poursuivis par l'État, Norman Butler et Thomas Johnson, sont innocents.

« Après l'énoncé du verdict, j'ai roulé sur la West Side Highway, les yeux pleins de larmes et la peur au fond du cœur. Les événements des trois dernières

1. Paru aux Éditions du Castor Astral, en 2003.

années avaient sévèrement ébranlé mes derniers espoirs dans le rêve américain. Les riches flouaient les pauvres, les politiciens faisaient le jeu des industriels, mais j'avais cru dur comme fer jusqu'ici à l'indépendance de la justice. Je devais à l'évidence renoncer à cette conviction aussi. Il y avait eu l'histoire Kennedy [*sic*] et maintenant ce procès démontrait que l'État pouvait à l'envi manipuler la cour à des fins politiques. Et même si l'État voulait à tout prix que Butler et Johnson soient jugés coupables, je savais que je n'aurais pas le courage de le dénoncer dans les pages d'un quelconque journal, prêt à publier ce que j'avais à dire. Je ne voulais pas m'infliger la triste tâche d'annoncer que notre petite rébellion avait échoué, que le racisme avait encore gagné pour un bout de temps. Pas avec une femme et un bébé à charge et tous ces assassinats qui avaient cours. Quand je suis arrivé dans le Bronx, c'était décidé, nous allions quitter la Plantation, pour toujours peut-être. »

Deux ans après, Kelley déménage enfin avec sa famille à Paris. Ils vivent au 4 rue Régis, dans l'immeuble où l'auteur Richard Wright (*Un enfant du pays*, *Black Boy*) a résidé quelques années plus tôt. *Dem*, son troisième roman, paraît la même année. *Kirkus Reviews* le juge « plus enflammé » que ses précédents ouvrages, reconnaissant toutefois « une maîtrise subtile et puissante de thèmes graves, d'une intrigue complexe ». Cira, la seconde fille de Kelley, naît en mai 1968, pendant les mouvements étudiants. Kelley a choisi Paris dans le but d'apprendre le français avant d'émigrer au Sénégal mais, pour ne pas trop s'éloigner de leur famille restée aux États-Unis, il opte finalement pour la Jamaïque. Ils vont y vivre jusqu'en 1977.

En 1970, Kelley publie un dernier roman, *Dunfords Travels Everywheres*, dans lequel il crée un pays étranger imaginaire sous le joug d'une ségrégation fondée sur le simple choix que font les gens de porter des vêtements bleus ou jaunes, durant un jour précis. Inspirés par le *Finnegans Wake* de James Joyce, certains passages de son roman sont écrits dans une langue onirique, épousant le rythme et les tonalités d'un *patois* afro-américain combiné à l'anglais standard.

À leur retour en Amérique en 1977, les Kelley s'installent à Harlem. Grâce à une connaissance de son mentor, le romancier et universitaire Joseph Papaleo (*Italian Stories*), Kelley décroche un poste au Sarah Lawrence College.

Après *Dunfords*, Kelley ne publiera plus de roman mais de nombreux essais et nouvelles dans des magazines tels que le *New Yorker*, *Playboy* et *Harper's*. Ses nouvelles figurent également dans diverses anthologies et ouvrages universitaires. Kelley a reçu plusieurs prix au cours de sa carrière : le Rosenthal Foundation Award et le John Hay Whitney Foundation Award (1963) pour *Un autre tambour*, le Transatlantic Review Award (1964) pour son recueil de nouvelles *Danseurs sur le rivage* tandis que *Dunfords Travels Everywheres* reçoit les honneurs de la Black Academy of Arts and Letters. Enfin, Kelley se voit honoré de l'Anisfield-Wolf Book pour l'ensemble de son œuvre en 2008.

Écrivain, Kelley était aussi un photographe et vidéaste insatiable. Il a pris quelques milliers de photographies, chroniques de sa vie à Paris et en Jamaïque.

En 1988, il collabore au film *Excavating Harlem* avec l'artiste Stephen Bull. Ce court-métrage de 28 minutes leur vaut un prix modestement doté, que Kelley investit dans l'achat d'une caméra. De 1989 à 1992, il tient un journal vidéo avec l'envie de capturer la beauté de Harlem qu'il ne peut traduire en mots. Ces vidéos, en partie détruites par le temps, donnent lieu, au terme d'un travail de montage de deux ans par Benjamin Oren Abrams, à un court-métrage : *The Beauty That I Saw*. En 2015, le film est présenté au Harlem International Film Festival et remporte le Harlem Spotlight Award.

Kelley était un homme d'une profonde mais discrète spiritualité. Il a pratiqué le judaïsme – autant que faire se peut sans être officiellement converti –, se désignant lui-même comme un enfant d'Israël. Il a souvent déclaré que, compte tenu de ses médiocres qualités de lecteur, il n'avait pu venir à bout que de deux livres dans sa vie : l'*Ulysse* de James Joyce et la Bible. Kelley avait aussi un goût pour le cannabis, que l'on se permet de mentionner ici, car lui-même ne se privait pas de le faire chaque fois que quelqu'un lui demandait s'il fumait.

À Harlem, Kelley a vécu dans le quartier Dunbar, un complexe d'immeubles construits en 1926, dans le cadre d'un programme pilote destiné à enrayer la pénurie de logements à Harlem et à fournir des logements à la population afro-américaine. D'autres illustres Afro-Américains ont vécu dans ces logements de Dunbar, notamment W. E. B. DuBois, Paul Robeson, Bill « Bojangles » Robinson, Countee Cullen et l'explorateur Matthew A. Henson.

Pendant les dix-huit dernières années de sa vie, Kelley a souffert d'insuffisance rénale, à la suite d'un cancer de la vessie, et suivi des dialyses au Mount Sinai Kidney Center de l'East River Plaza. En 2009, il est amputé de la jambe droite. En dépit de ses graves problèmes de santé, Kelley continue à enseigner au Sarah Lawrence College de Bronxville, New York, deux fois par semaine.

À l'hiver 2016, Kelley, ou Duke comme on l'appelait à Harlem, met un terme à sa carrière d'enseignant au SLC, avec une grande fierté pour ses derniers élèves apprentis écrivains. Il est mort le mercredi 1er février 2017 au Lenox Hill Hospital de New York. Il avait soixante-dix-neuf ans.

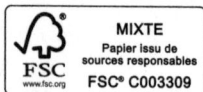

Imprimé en France par **CPI**

N° d'impression : 3038844
X07561/01